호르헤 루이스 보르헤스 Jorge Luis Borges

1899년 아르헨티나의 부에노스아이레스에서 태어났다. 1919년 스페인으로 이주, 전위 문예 운동인 '최후주의'에 참여하면서 본격적인 문학 활동을 시작한 그는 부에노스아이레스에 돌아와 각종 문예지에 작품을 발표하며, 1931년 비오이 카사레스, 빅토리아 오캄포 등과 함께 문예지《남쪽》을 창간, 아르헨티나 문단에 새로운 물결을 가져왔다. 한편 아버지의 죽음과 본인의 큰 부상을 겪은 후 보르헤스는 재활 과정에서 새로운 형식의 단편 소설들을 집필하기 시작한다. 그 독창적인 문학 세계로 문단의 주목을 받으며 세계적인 명성을 얻기 시작한 그는 이후 많은 소설집과 시집, 평론집을 발표하며 문학의 본질과 형이상학적 주제들에 천착한다. 1937년부터 근무한 부에노스아이레스 시립 도서관에서 1946년 대통령으로 집권한 후안 페론을 비판하여 해고된 그는 페론 정권 붕괴 이후 아르헨티나 국립도서관 관장으로 취임하고 부에노스아이레스 대학에서 영문학을 가르쳤다. 1980년에는 세르반테스 상, 1956년에는 아르헨티나 국민 문학상 등을 수상했다. 1967년 66세의 나이에 처음으로 어린 시절 친구인 엘사 밀란과 결혼하였으나 삼 년 만에 이혼, 1986년 개인 비서인 마리아 코다마와 결혼한 뒤 그해 6월 14일 제네바에서 사망하였다.

일러스트 피터 시스 Peter Sis

1949년 체코에서 태어나 미국에서 삽화가로 활동하고 있다. 뉴욕 타임스에서 선정한 올해의 일러스트 북에 일곱 번이나 선정되었으며 전 세계의 유수한 일러스트 상을 수상했다. 특히 이 작품에서는 보르헤스의 상상 속 세계를 독창적이고 생생한 그림으로 구현하여 높은 평가를 받았다.

보르헤스의
꿈
이야기

보르헤스의 꿈 이야기

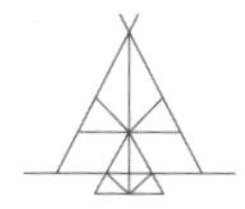

El libro de los
seres imaginarios

호르헤
루이스
보르헤스

남진희 옮김

민음사

LIBRO DE SUEÑOS
by Jorge Luis Borges

차례

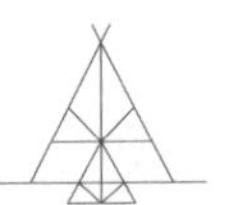

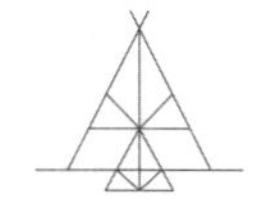

일러두기 :

이 책에서 옮긴이 주는 주석 서두에 옮긴이 주로 표기하였다.

서문

이 책에 수록된 에세이(《관객》, 1712년 9월 발표)에서, 조지프 에디슨은 잠이 든 인간의 영혼은 육체를 벗어나 극장이자 배우이며 동시에 관객으로서 자유를 누린다고 말했다. 나는 여기에 한 가지 더, 즉 잠을 자는 동안 인간은 우화 작가의 역할을 한다는 말도 덧붙이고 싶다. 물론 이는 페트로니우스와 루이스 데 공고라가 했던 말과 어느 면에서는 유사하다.

은유에 대한 에디슨의 문학적 해석은 치명적인 매력을 지닌 추상화된 명제, 즉 꿈은 가장 오래되고 가장 복합적인 문학 장르라는 명제로 우리를 이끈다. 별다른 대가를 치르지 않고도 멋진 서문을 쓸 수 있고, 이 텍스트도 읽을 수 있음을 의미하는 이 재미있는 명제는 꿈 자체와 꿈이 문학에 미치는 영향에 대한 일반적인 이야기를 정당화한다. 호기심 많은 독자들을 위한 오락물로 편집된 이 책은 이와 관련된 소재들을 풍부하게 제공한다. 이 같은 가상의 이야기들을 통해 우리는 예지적 성격을 지닌 동방의 꿈부터 우화적이고 풍자적인 성격의 꿈, 그리고 루이스 캐럴과 프란츠 카프카가 쓴 진정으로 유희적인 성격의 꿈까지, 이 오래된 문학 장르가 어떻게 변화되어 왔는지를, 그리고 어떤 식으로 가지를 쳐 왔는지를 탐구해 나갈 것이다. 또한 꿈이 만들어 낸 꿈과, 밤이 만들어 낸 꿈도 구별할 것이다.

이 책은 밤에 꾸는 꿈부터 — 예를 들어 내가 확인한 것들 — 자발적인 정신 훈련이라고도 할 수 있는 백일몽, 그리고 이미 잊힌 과거의 꿈, 예를 들면 앵글로색슨족의 십자가의 꿈 같은 것까지 모두 다룰 것이다.

『아이네이스』 여섯 권은 『오디세이』의 전통을 이어받아, 꿈이 우리 인간에게 오는 것을 가능하게 하는 두 개의 성스러운 문에 대해 말했다. 하나는 거짓된 꿈이 나오는 상아의 문이고, 또 하나는 예지적인 성격의 꿈이 나오는 뿔의 문이다. 일단 질료가 선택되고 나면, 시인들은 미래를 예언하는 꿈보다 잠자는 인간이 즉흥적으로 창작하는 허황된 꿈이 더 소중하다고 조심스레 이야기할 것이다.

특히 관심을 끄는 꿈의 형태로는 악몽을 들 수 있다. 영어에서는 나이트메어(nightmare), 즉 '밤의 암말'이라는 의미를 지닌 명사인데, 이는 빅토르 위고에게 떠올랐던 은유, 즉 '밤의 검은 말'과 그 어원이 같다. 그러나 어원학자들에 따르면 이는 밤의 허구나 우화와도 일맥상통한다. 악몽을 의미하는 독일어 명사 알프드뤼켄(Alpdrücken)은 잠든 사람을 짓누르며 무서운 영상을 보여 주는 엘프나 몽마(夢魔)를 암시한다. 몽마를 의미하는 그리스 용어 에피알트(Ephialtes) 역시 이처럼 미신적인 생각으로부터 유래했다.

콜리지는 꿈에서 받은 이미지가 시에 준 영감과, 꿈에서 감정이 이미지에 불러일으킨 영감을 글로 남겼다.(신비하면서도 미묘한 감정, 그 어떤 감정이 그에게 꿈의 선물이라고 할 수 있는 「쿠블라 칸」을 받아쓰게 했을까?) 만일 호랑이가 방에 들어온다면 우리는 두려움을 느낄 것이다. 그러나 꿈에서 공포를 느끼면, 우리는 호랑이를 만들어 낼 것이다. 이렇듯 우리의 경계심은 나름의 합리적인 영상을 만들어 낸다. 그런데 의외의 장소에서 갑자기 호랑이를 마주치는 것만큼 두려움을 느끼는 경우도 있다. 예를 들어 밤을 새우거나 할 때 전혀 두려워할 필요가 없는 여러 가지 것, 다시 말해서 대리석상이나 지하실, 그리고 동전 뒷면이나 거울 등에 분명 공포라는 옷을 입히는 것이다. 온 우주에서 공포로부터 자유로운 것은 아무것도 없다. 그러므로 악몽이 주는 독특한 풍미는 다양한 형태의 놀람, 다시 말해 우리의 현실을 좌지우지할 수 있는 능력을 갖춘 놀람으로부터 나온다고 할 수 있다. 게르만 민족은 라틴 혈통을 가진 민족에 비해 어쩐지 매복한 악에 대해 좀 더 예민한 듯하다. 스페인어로는 번역하기 힘든 단어들, 즉 '등골을 오싹하게 하는(eery)', '기괴한(weird)', '묘한(uncanny)', '섬뜩한(unheimlich)' 같은 단어들은 명확하게 규정할 수 없는 무언가를 만들어 낸다.

밤의 예술은 낮의 예술을 관통하며, 그와 같은 공격은 몇 세기를 두고 지속되어 왔다. 『신곡』 「지옥편」의 네 번째 노래에는 끔찍한 일들이 일어나는 고통의 왕국이 그려지는데, 이는 단순한 악몽이 아니라 억압된 불쾌감의 표출이라 할 수 있다. 밤의 독서는 쉽지 않다. 성서에 나오는 꿈에는 일정한 스타일이 없다. 지나칠 정도로 은유적인 장치와 연계된 예지적 성격이 드러날 뿐이다. 케베도의 꿈은, 플리니우스가 언급한

키메리아 사람들처럼, 한 번도 꿈을 꾸어 본 적이 없는 사람의 작품처럼 보인다. 뿐만 아니라, 여타의 많은 꿈들이 나온다. 밤과 낮은 서로 영향을 주고받는다. 벡포드, 드 퀸시, 헨리 제임스, 그리고 포 등은 이야기의 뿌리를 악몽에 두고 우리의 밤을 휘젓는다. 신화와 종교의 뿌리 역시 이와 유사할 가능성이 없지 않다.

나는 로이 바살러뮤에게 감사의 말을 전하고 싶다. 그녀의 열정적인 연구가 없었다면 이 책을 마무리할 수 없었을 것이다.

호르헤 루이스 보르헤스

부에노스아이레스, 1975년 10월 27일

길가메시 이야기

삼분의 이는 신이고 삼분의 일은 인간이었던 길가메시는 에렉*에 살고 있었다. 전사 중의 전사, 무적의 전사였던 그는 강철 같은 손으로 이 세상을 지배했다. 남자들은 그를 받들었으나, 여자들은 그를 용서하지 않았다. 백성들이 신들에게 보호를 청하자, 하늘의 주인은 진흙으로 첫 번째 인간을 만들었던 여신 아루루에게 길가메시와 맞서 싸울 수 있는 존재, 말하자면 백성들의 원성을 잠재울 수 있는 그런 존재를 만들라고 명령했다.

아루루는 엔키두라는 이름의 전사를 만들었다. 장발에 털북숭이였던 그는 동물 가죽으로 온몸을 감싸고 짐승들과 함께 풀을 먹고 살았으며, 덫을 망가뜨려 동물들을 구하기도 했다. 길가메시는 그의 존재를 알게 되자, 신하들에게 명령을 내

* 보르헤스는 「창세기」에 나오는 지명을 사용하고 있는데, 학자들은 이곳을 메소포타미아의 우루크로 추정한다.

려 그에게 벌거벗은 여인을 소개해 주라고 했다. 엔키두는 그녀를 이레 동안 밤낮없이 안고 지냈으며 결국 영양과 맹수들까지 깡그리 잊고 말았다. 그러다 자신의 다리가 더 이상 가볍지 않다는 것을 깨닫고는 마침내 인간이 되었다.

여인 역시 엔키두가 멋진 남자로 변했음을 깨달았다. 그녀는 신들과 여신들이 함께 앉아 있는 휘황찬란한 신전과 길가메시가 지배하는 에렉 곳곳으로 그를 안내했다.

선달 그믐이었다. 길가메시가 성스러운 결혼식을 준비하고 있는데, 엔키두가 나타나 그에게 결투를 신청했다. 사람들은 무서워 떨면서도 뭔가 마음이 가벼워지는 것을 느꼈다.

길가메시는, 별 아래에 우뚝 서 있는데 하늘에서 감당할 수 없을 만큼 많은 투창이 자기에게 떨어지더니 커다란 도끼가 연달아 도시 한복판에 박히는 꿈을 꾸었다.

길가메시의 어머니는 엄청나게 강한 자가 찾아와 길가메시와 친구가 될 것을 예언하는 꿈이라고 해석했다. 그러나 두 사람은 만나자마자 싸우기 시작했고, 길가메시가 엔키두에 의해 땅바닥에 내던져지기도 했다. 엔키두는 길가메시가 폭군이 아니라 절대 겁을 먹고 물러서지 않는 진정한 용사라는 걸 알아채고, 그를 일으켜 세워 포옹했다. 결국 두 사람은 진정한 친구가 되었다.

길가메시는 모험을 즐기는 성격으로 엔키두에게 신령한 숲에 있는 삼나무를 베어 내자고 제안했다.

"쉽지 않을 겁니다." 엔키두가 대답했다. "그곳은 훔바바라는 괴물이 지키고 있습니다. 천둥 같은 목소리를 내는 외눈박이 괴물인데, 그 괴물과 눈이 마주치면 온몸이 돌처럼 굳어버립니다. 게다가 그 괴물은 코로는 화염을 뿜어내고 날숨으로는 역병을 뿌립니다."

"먼 훗날 너의 자식들이 길가메시가 쓰러지던 날 아버지는 무엇을 했느냐고 물으면 뭐라고 대답하겠느냐?"

엔키두는 결국 그의 설득에 넘어가고 말았다.

길가메시는 노인들과 태양신, 그리고 자신의 어머니이자 하늘의 여왕인 닌순에게 그 계획을 밝혔으나 아무도 찬성하지 않았다. 고집스러운 아들의 성격을 잘 알았던 닌순은 태양신에게 길가메시를 보호해 달라고 간청한 끝에 간신히 원하던 바를 얻을 수 있었다. 길가메시는 엔키두를 자신의 명예 경호원으로 임명했다.

길가메시와 엔키두는 마침내 삼나무 산에 도착했고, 두 사람은 각각 꿈을 꾸었다.

길가메시는 거대한 산이 그들의 머리 위로 무너져 내리는데, 그 순간 멋진 사내가 나타나 흙더미에 짓눌려 있던 그를 구해 일으켜 세우는 꿈을 꾸었다.

엔키두가 말했다.

"우리는 틀림없이 훔바바를 무찌를 겁니다!"

엔키두 역시 꿈을 꾸었다. 천둥이 쩌렁쩌렁 하늘을 울리고 땅은 부들부들 떨며, 어둠이 세상을 지배하고 벼락이 내리쳐 여기저기 불이 타오를 뿐만 아니라, 죽음이 사나운 비처럼 쏟아지더니 태양은 광채를 잃고 불은 간신히 꺼지지만, 땅에 내리꽂힌 섬광이 재로 변하는 그런 꿈이었다.

길가메시는 하늘이 불길한 메시지를 전하고 있다는 걸 깨달았지만 엔키두를 불러 계속 앞으로 나아가자고 부추겼다. 삼나무 한 그루를 뿌리째 뽑자, 훔바바가 바로 눈치를 챘다. 길가메시는 처음으로 두려움을 느꼈지만 엔키두와 힘을 합쳐

괴물을 쓰러뜨리고 목을 베었다.

길가메시는 먼지를 턴 다음 용포를 걸쳤다. 여신 이슈타르가 나타나 자신의 연인이 되어 달라고 청하면서, 이 부탁을 들어주면 부와 환락을 안겨 주겠다고 말했다. 그러나 길가메시는 이 여신이 배신을 일삼을 뿐만 아니라 성격이 완고하고, 더욱이 탐무스를 비롯한 수많은 연인을 살해했다는 사실을 잘 알고 있었다. 앙심을 품은 이슈타르는 자신의 아버지에게 하늘 황소를 땅으로 보내 달라고 청한 다음, 지옥의 문을 부숴 죽은 자들에게 산 자들을 괴롭히라고 명령했다.

"황소가 하늘에서 내려가면 칠 년의 고난과 기아가 온 대지를 뒤덮을 텐데, 너는 그것을 아느냐?"

이슈타르는 물론 잘 안다고 대답했다.

여신의 아버지는 황소를 땅으로 내려보냈으나 엔키두가 황소의 뿔을 잡고 쓰러뜨린 뒤 목에 칼을 박았다. 그는 길가메시와 함께 황소의 심장을 꺼내 태양신에게 바쳤다.

에렉의 성벽에 기대어 이 싸움을 지켜보던 여신은 성벽의 망루에서 뛰어내리더니 길가메시에게 저주를 퍼부었다. 이에 격분한 엔키두는 황소의 엉덩이를 찢어 여신의 얼굴에다 던졌다.

"너를 이것과 똑같이 만들어 주고 싶다!"

결국 이슈타르는 물러날 수밖에 없었고, 백성들은 하늘 황소를 때려잡은 두 사람에게 환호와 갈채를 보냈다. 그러나 신들을 비웃을 수는 없었다.

엔키두는 여신들이 모여 훔바바와 하늘 황소의 죽음에 대해 길가메시와 자기 중 누구의 잘못이 더 큰지 논의하는 꿈을 꾸었다. 잘못이 큰 쪽이 죽게 되리라는 것이었다. 쉽게 결론이 나지 않자 신들의 아버지 아누는 길가메시가 훔바바를 죽였을 뿐만 아니라 삼나무도 베어 냈다는 사실을 지적했다. 토론은 시간이 지날수록 격렬해졌고 결국은 서로를 비난하기에 이르렀다. 엔키두는 최종 판결을 보지 못한 채 잠에서 깨어나 길가메시에게 꿈에 대해 이야기했다. 이어진 기나긴 불면의 시간 속에서 그는 거칠 것 없는 동물로 살았던 지난 삶을 떠올렸다. 어디선가 그를 위로하는 목소리가 들려오는 것 같았다.

며칠 밤이 지난 뒤 엔키두가 또 꿈을 꾸었다. 울부짖는 소리가 하늘에서 땅으로 내려왔다. 사자의 머리에 독수리의 날개와 부리를 가진 흉측한 괴물이 그를 붙잡아 텅 빈 공간으로 데려갔다. 그러자 그의 팔에서 깃털이 돋아나기 시작하면서 조금씩 그를 데려가는 동물을 닮아 갔다. 엔키두는 이미 죽음을 맞아 하르피아가 자기를 다시는 되돌아올 수 없는 길로 끌고 가고 있다는 것을 깨달았다. 어둠이 짓누르는 커다란 방에 도착하자 지상의 위대한 영웅들의 영혼이 그를 에워쌌다. 그들은 깃털 날개를 가진, 생기 잃은 악마들이었는데 음식 찌꺼기를 게걸스럽게 먹고 있었다. 지옥의 여왕이 명부를 뒤적이며 죽은 자들의 과거 행적을 바탕으로 무게를 달고 있었다.

잠에서 깨어난 두 친구는 신들의 판결 내용을 알게 되었다. 길가메시는 신혼의 장막으로 친구의 얼굴을 가리고, 가슴을 쥐어뜯으며 방금 죽은 자의 얼굴을 보았다는 생각을 했다.

대지의 끝에 위치한 섬에는 우트나피쉬팀이 살고 있었다. 그는 엄청나게 나이가 많은 사람으로 유일하게 죽음에서 벗어난 인간이었다. 길가메시는 영원한 생명의 비밀을 배워 보려는 생각에 그를 찾아 나섰다.

길가메시는 마침내 대지의 끝에 도착할 수 있었다. 어마

어마하게 높은 산이 지옥에 뿌리를 박은 채 두 봉우리로 하늘을 떠받치고 있었다. 반은 인간의 모습을 하고 반은 전갈의 모습을 한, 무섭고 흉측한 괴물들이 대문을 지키고 있었다. 그는 과감하게 앞으로 나서며 괴물들에게 우트나피쉬팀을 찾아왔다고 소리쳤다.

"그를 만나 본 사람은 아무도 없다. 영원한 생명의 비밀을 얻은 사람도 없다. 우리는 태양의 길을 지키고 있는데 살아 있는 사람은 그 누구도 지나갈 수 없다."

"내가 지나가겠다." 길가메시의 외침에 괴물들은 지금까지 한 번도 접해 보지 못한 인간이라는 사실을 깨닫고 그를 지나가게 해 주었다.

길가메시는 길을 뚫고 나아갔다. 동굴은 갈수록 어두워졌다. 한참을 나아가자 그의 얼굴에 상큼한 바람이 불어오더니 한 줄기 빛이 비쳤다. 그곳에는 형언하기 어려울 만큼 아름다운 정원이 펼쳐져 있었고, 사방에는 반짝이는 보석들이 광채를 뽐내고 있었다.

태양신의 목소리가 들려왔다. 신은 환희의 정원에 앉아 그 어떤 인간에게도 허용되지 않았던 은혜를 누리고 있었다. "망설이지 말고 다가오라!"

길가메시는 파라다이스 너머까지 나아가 기진맥진한 채로 조그만 오두막에 도착했다. 그 집 여주인인 시두리는 그를 떠돌이로 오인했지만 여행자는 그녀를 알아보고 자신이 온 목적을 이야기했다.

"길가메시, 너는 구하고자 하는 것을 결코 얻지 못할 것이다. 신들은 인간을 창조한 다음, 운명처럼 죽음을 주고 생명은 감추어 두었다. 너도 잘 알듯이 우트나피쉬팀은 죽음의 바다

건너 머나먼 섬에 살고 있다. 이곳에는 그의 배를 관리하는 우르샤나비만이 머물고 있다."

길가메시가 끈질기게 고집을 피우자 우르샤나비는 그를 태워 주기로 했다. 하지만 어떤 이유에서도 절대로 바닷물을 만져서는 안 된다는 사실은 알려 주지 않았다.

120개의 장대를 미리 준비했지만 결국 길가메시는 자신의 옷을 돛으로 사용해야만 했다.

섬에 도착한 길가메시에게 우트나피쉬팀은 이렇게 말했다.

"젊은이! 이 땅 위에 영원한 생명 같은 건 없다네. 나비는 고작 하루를 사는 게 전부 아닌가! 모든 생명에게는 자신만의 시간과 시대가 있는 법이지. 바로 여기에 신들만 아는 비밀이 숨겨져 있는 거야."

그러고는 길가메시에게 홍수가 닥칠 거라는 이야기를 해 주었다. 인간에게 호의적이었던 에아가 미리 알려 준 덕분에, 우트나피쉬팀은 커다란 방주를 만들어 가족들과 가축들을 데리고 올라탈 수 있었다. 태풍을 뚫고 이레 동안 항해한 끝에 방주가 산꼭대기에 걸리자 그는 물이 빠졌는지 알아보기 위해 비둘기를 날려 보냈다. 그러나 비둘기는 내려앉을 곳을 찾지 못하고 금세 돌아왔다. 제비들 역시 마찬가지였지만 까마귀는 돌아오지 않았다. 그는 방주에서 내려 신들에게 바칠 공물을 준비했다. 결국 바람의 신은 그들을 다시 배에 오르게 하여 영원히 머물 수 있도록 지금의 장소로 방주를 인도했다.

길가메시는 노인이 자기에게 줄 수 있는 처방이 한 가지도 없다는 사실을 깨달았다. 그는 영원히 살 수 있었으나 그것 역시 오로지 신들의 호의였음을 알게 되었다. 길가메시가 찾아나선 것은 무덤 곁에서도 찾을 수 없는 것이었다.

헤어지기 전에 노인은 영웅에게 장미 가시가 박힌 바다의 별을 찾을 수 있는 곳을 가르쳐 주며 그 식물을 먹는 사람은 젊음을 되찾을 것이라고 말했다. 길가메시는 깊은 바닷속에서 그 식물을 찾아냈지만, 너무 피곤한 나머지 잠깐 쉬는 사이 뱀이 나타나 먹어 버리고 말았다. 뱀은 곧 낡은 허물을 벗고 젊음을 되찾았다.

길가메시는 자신의 운명이 다른 인간들의 운명과 다르지 않다는 것을 깨닫고, 다시 에렉으로 돌아갔다.

기원전 2000년경,

바빌로니아의 이야기

보옥의 끝없는 꿈

보옥은 자기 집 정원과 똑같이 생긴 정원에 있는 꿈을 꾸었다. “우리 집 정원과 똑같은 정원이 있다는 게 가능한 일일까?”

아름다운 여인들이 그에게 다가왔다. 보옥은 얼이 빠져서 중얼거렸다. “가련과 평아를 비롯하여 우리 집안 여자들을 빼닮은 이 여인들의 주인은 도대체 누구일까?” 그중의 한 여인이 소리쳤다. “여기 보옥 공자님이 계세요. 어떻게 여기까지 오셨어요?” 그녀들이 자기를 알아보았다고 생각한 보옥이 앞으로 나서며 입을 열었다. “걷다 보니 우연히 여기까지 오게 되었소. 우리 함께 조금 걸읍시다.” 여인들은 일제히 웃음을 터뜨렸다. “정말 말도 안 돼! 당신을 우리 주인인 보옥 공자님과 착각했어요. 그렇지만 당신은 공자님만큼 잘생기지 않았네요.” 그들은 또 다른 보옥 공자의 여인들이었다. “사랑스러운 누이들, 내가 바로 보옥인데 누가 당신들의 주인이란 말이오?” 그녀들이 한목소리로 대답했다. “보옥 공자님이라니까요. 그분의 부모님이 보(寶) 자와 옥(玉) 자를 합쳐서 이름을 지어 주셨지요. 오랫동안 행복하게 살라고 말이에요. 그런데 지금 그분의 이름을 도용하고 있는 당신은 누구시죠?" 그러고는 모두들 웃으며 그 자리를 떴다.

보옥은 정신이 몽롱했다. '그 누구도 나를 이렇게 함부로 대한 적이 없는데, 저 여인들은 도대체 왜 나를 불쾌하게 생각하는 것일까? 혹시 정말 또 다른 보옥이 있는지 내가 확실히 밝혀 보아야겠다.' 이런 생각을 하는 동안 낯익은 느낌이 드는 마당에 당도했다.

계단을 올라 자기 방으로 들어가니 젊은 청년 하나가 누워 있었다. 그의 침대 곁에는 여러 명의 여인들이 시중을 들면서 웃고 있었다. 젊은이가 한숨을 내쉬자 그중 한 여인이 입을 열었다. "무슨 언짢은 꿈이라도 꾸셨어요? 보옥 공자님. 어디 편찮은 데라도 있으세요?" "정말 희한한 꿈을 꾸었소. 어떤 정원에 있는데, 그곳에서 당신들이 나를 알아보지 못하고 떠나 버리지 않겠소. 당신들을 따라 어떤 집에 들어갔더니 그곳에 또 다른 보옥이 내 침대에 누워 잠을 자고 있었소."

이 말을 들은 보옥은 더 이상 감정을 억누르지 못하고 소리쳤다. "또 다른 보옥을 찾아왔는데 바로 당신이군요." 젊은이는 침대에서 벌떡 일어나더니 그를 껴안으며 이렇게 소리쳤다. "꿈이 아니었구나. 당신이 보옥이군요." 정원에서 누군가 부르는 소리가 들려왔다. "보옥!" 두 사람의 보옥은 전율했다. 꿈속의 보옥은 사라져 버렸다. 그러자 또 다른 보옥이 이렇게 말했다. "얼른 돌아오시오. 보옥 공자!"

보옥은 잠에서 깼다. 아내인 가련이 그에게 물었다. "무슨 언짢은 꿈이라도 꾸셨어요? 보옥 공자님! 어디 편찮은 데라도 있으세요?" "정말 희한한 꿈을 꾸었소. 어떤 정원에 있는데, 그곳에서 당신들이 나를 알아보지 못하고……."

조설근, 『홍루몽』(1754)

하느님이 야곱의 아들인 요셉이 나아갈 길을, 그리고 이를 통하여 이스라엘이 나아갈 길을 인도하시다

이스라엘은 요셉을 늘그막에 얻은 아들이라고 해서 어느 아들보다도 더 사랑하였다. 그래서 장신구를 단 옷을 지어 입히곤 하였다. 이렇게 아버지가 유별나게 그만을 더 사랑하는 것을 보고 형들은 미워서 정겨운 말 한마디 건넬 생각이 없었다.

한번은 요셉이 꿈을 꾸고 그 꿈 이야기를 형들에게 했는데 그 때문에 형들은 그를 더 미워하게 되었다. “내가 꾼 꿈 이야기를 들어 봐요.” 하며 그는 이야기를 꺼냈다. “글쎄, 밭에서 우리가 곡식 단을 묶고 있는데 내가 묶은 단이 우뚝 일어서고 형들이 묶은 단이 둘러서서 내가 묶은 단에게 절을 하지 않겠어요?” “네가 정말 우리에게 왕 노릇 할 셈이냐? 네가 정말 우리에게 주인 노릇 할 셈이냐?” 형들은 그 꿈 이야기를 듣고 그를 더욱 미워하게 되었다. 그 후 그는 또 다른 꿈을 꾸고는 형들에게 그 이야기를 또 했다. “글쎄, 내가 또 꿈을 꾸었는데 해와 달과 별 열하나가 내게 절을 하더군요.”

그는 아버지와 형들에게 이 이야기를 했다가 아버지에게 꾸지람을 들었다. "네가 꾼 꿈이 대체 무엇이냐? 그래, 나와 네 어머니와 형제들이 너에게 나아가 땅에 엎드려 절을 할 것이란 말이냐?" 형들은 그를 질투했지만, 아버지는 그 일을 마음에 두었다.

「창세기」 37장 3~11절

요셉과, 왕에게 술잔을 바치는 시종장과 빵을 구워 올리는 시종장

이집트 왕에게 술잔을 올리는 시종장과 빵을 구워 올리는 시종장은 어느 날 밤, 감옥에 갇힌 몸으로 같이 꿈을 꾸었는데 두 꿈은 뜻이 너무나 달랐다. 아침에 요셉이 그들에게 가 보니 그들은 크게 근심하고 있었다. 요셉은 자기 주인 집 감옥에 함께 갇혀 있는 그들 파라오의 관리들에게 물었다. "오늘은 안색들이 좋지 못하시군요. 왜 그러십니까?" 그들이 대답하였다. "우리가 꿈을 꾸었는데 아무도 풀어 줄 사람이 없소." 요셉은 "꿈을 푸는 것은 하느님만이 하실 수 있는 일이 아니겠습니까?"라고 말하면서 자기에게 이야기해 달라고 청하였다.

술잔을 드리는 시종장이 요셉에게 자기의 꿈 이야기를 들려주었다. "내가 꿈에 보니까, 내 앞에 포도나무 한 그루가 있었소. 그 포도나무에는 가지가 셋이 뻗어 있었는데 싹이 나자마자 꽃들이 피고 포도송이가 익더군. 내 손에는 파라오의 잔이 들려 있었소. 나는 포도를 따서 그 잔에다 짜 넣고는 그 잔을 파라오의 손에 받쳐 드렸다오." "그 풀이는 이렇습니다. 앞으로 사흘이 되면 파라오께서는 당신을 불러내어 복직시킬 것입니다. 당신은 전날 술잔을 받들어 올리던 관습대로 파라오의 손에 그의 잔을 올리게 될 것입니다. 그러니 제발 당신이 잘되시는 날 나를 생각해 주십시오. 나에게 친절을 좀 베풀어 주셔야 하겠습니다. 파라오에게 내 이야기를 하여 이 집에서 벗어나게 해 주십시오. 나는 여기에서도 이런 구덩이에 들어올 만한 일을 한 일이 없습니다."

그 풀이가 좋은 것을 보고 빵을 구워 올리는 시종장도 요셉에게 이야기를 했다. "나도 꿈을 꾸었는데 흰 과자를 담은 바구니 셋을 내가 머리에 얹고 있더군. 제일 위 바구니엔 파라오에게 드릴 온갖 구운 음식들이 담겨져 있었소. 그런데 새들이 내 머리에 이고 있는 그 바구니 속에서 그것들을 먹고 있더군." "그 풀이는 이렇습니다." 하며 요셉이 말해 주었다. "바구니 셋은 사흘을 말하는 것입니다. 앞으로 사흘이 되면 파라오는 당신을 불러내어 나무에 매달 것입니다. 그렇게 되면 당신의 고기를 새들이 쪼아 먹게 될 것입니다."

그리고 사흘째 되던 날, 그날은 파라오의 생일이어서 왕은 신하들을 다 모아 놓고 잔치를 베풀었다. 술잔을 드리는 시종장과 빵을 구워 올리는 시종장은 신하들이 모인 자리에 불려 나왔다. 그런데 술잔을 드리는 시종장은 술잔을 드리는 자리에 복직되어 파라오의 손에 잔을 올리게 되었으나, 빵을 구워 올리는 시종장은 매달려 죽었다. 이렇게 그들은 요셉이 해몽해 준 대로 되었다. 그러나 술잔을 드리는 시종장은 요셉을 까마득히 잊어버렸다.

「창세기」 40장 5~23절

요셉이 파라오의 꿈을 풀다

그로부터 세월이 이 년이나 흐른 뒤 파라오가 꿈을 꾸었다. 그는 나일 강가에 서 있었는데 난데없이 살이 찌고 잘생긴 암소 일곱 마리가 강에서 나와 갈대 풀을 뜯고 있었다. 그런데 곧이어 여위고 볼품없는 암소 일곱 마리가 뒤따라 나오는 것이었다. 그 여위고 볼품없는 소들은 강가에 먼저 나와 있는 소들 곁으로 가는가 했더니, 이내 그 살이 찌고 잘생긴 소들을 잡아먹었다. 그러는데 파라오는 꿈에서 깨어났다. 그러나 그는 다시 잠이 들어 다시 꿈을 꾸었다. 이번에는 줄기 하나에서 일곱 이삭이 나와 토실토실 여물어 가는 것이 보였다. 그런데 뒤이어 돋아난 일곱 이삭은 샛바람에 말라 여물지 못하는 것이었다. 더욱이 그 마른 이삭이 토실토실하게 잘 여문 일곱 이삭을 삼켜 버리는 것이었다.

파라오는 아침부터 마음이 뒤숭숭하여 사람을 보내어 이집트의 마술사와 현자들을 다 불러들이고는 꿈 이야기를 들려주었다. 그러나 아무도 파라오의 꿈을 풀지 못했다. 그때 술잔을 드리는 시종장이 자기 잘못을 떠올리더니 왕에게 갇혀 있는 젊은 히브리 청년이 정확하게 해몽을 할 줄 안다는 이야기를 했다. 파라오는 곧 사람을 보내어 요셉을 불러오라고 영을 내렸다. 그들은 서둘러서 그를 구덩이에서 끌어내었다. 요셉이 면도하고 옷을 갈아입은 다음 파라오 앞에 나서자 파라오는 요셉에게 이렇게 말하는 것이었다. "내가 꿈을 하나 꾸었는데 아무도 풀 사람이 없다. 그러던 중에, 네가 꿈 이야기를 듣기만 하면 잘 풀어 낸다는 말을 내가 들었다." 요셉이 파라오에게 대답하였다. "저에게 무슨 그런 힘이 있겠습니까? 폐하께 복된 말씀을 일러 주실 이는 하느님뿐이십니다."

파라오는 요셉에게 이야기를 들려주기 시작하였다. "폐하의 꿈은 결국 같은 내용입니다." 하고 요셉이 파라오에게 말하였다. "앞으로 될 일을 하느님께서 폐하께 미리 알려 주신 것입니다. 잘생긴 암소 일곱 마리는 일곱 해를 말합니다. 잘 여문 이삭 일곱도 일곱 해를 말합니다. 마르고 볼품없는 일곱 암소나 샛바람에 말라 비틀어진 일곱 이삭도 일곱 해를 말합니다. 앞으로 올 일곱 해 동안 이집트 온 땅에는 대풍이 들겠습니다. 그러나 곧 뒤이어 흉년이 일곱 해 계속될 것입니다. 폐하께서 같은 꿈을 두 번이나 꾸신 것은 하느님께서 이런 일을 어김없이 하시기로 정하셨고 또 지체없이 그대로 하시리라는 것을 말해 주는 것입니다."

그러고는 파라오에게 현명한 사람을 뽑아 세워 이집트 온 땅을 다스리게 하고, 일곱 해 계속될 흉작을 대비하여 대풍이 든 일곱 해 동안 오분의 일씩을 받아들여야 한다고 충고하였다. 파라오는 그의 해몽이 옳다는 것을 알 수 있었다. 파라오는 요셉을 통치자로 임명하고, 그에게 옥새 반지를 끼워 주고는 고운 모시 옷을 입혀 준 다음 금 목걸이를 걸어 주었다. 요셉에게 사브낫바네아라는 새 이름을 지어 주고 온이라는 곳의 사제 보디베라의 딸 아세낫을 아내로 주었다.

「창세기」 41장 1~45절

하느님이 꿈을 통해
당신의 종들에게 말씀하시다

"너희는 내 말을 들어라. 너희 가운데서 예언자가 있다면 나는 그에게 환상으로 내 뜻을 알리고 꿈으로 말해 줄 것이다."

「민수기」 12장 6절

기드온이 다다라 보니, 마침 한 병사가 친구에게 꿈 이야기를 하고 있었다. "내가 꿈을 꾸었는데 보리떡 한 덩어리가 우리 미디안 진으로 굴러 들어오지 않겠는가? 그런데 그것이 우리 천막에 이르러 그것을 쳐서 뒤엎자 천막은 쓰러지고 말았네." 친구가 대꾸하였다. "그것은 다름 아닌 기드온의 칼이네. 하느님께서 미디안과 이 모든 진을 그의 손에 부치셨군."

「판관기」 7장 13~14절

이렇게 유다는 부하들에게 용기를 준 다음, 그들이 해야 할 일을 지시하고 그와 동시에 이방인들의 배신과 계약 위반을 지적하였다. 그리고 꿈에 본 신비롭고도 믿을 만한 계시의 영상을 설명해 주어 그들의 마음을 기쁘게 해 주었다.

그가 본 영상은 이런 것이었다. 대사제 오니아스가 나타나 두 팔을 쳐들고 유다인 전체를 위해 기도하고 있었다. 그는 선량한 사람으로서 외모가 단정하고 몸가짐이 온유하며 언변에 품위가 있고 어렸을 적부터 온갖 덕행을 쌓은 사람이었다. 그 다음에는 뛰어난 위엄을 지닌 백발노인이 나타났는데 놀랍고도 형언할 수 없는 위풍과 권위가 그를 감싸고 있었다. 오니아스는 이렇게 말하였다. "이분은 하느님의 예언자 예레미아이십니다. 이분은 우리 민족과 거룩한 도성을 위해 열심히 기도해 주시는 분이십니다." 예레미아는 그의 오른손을 내밀어 유다에게 황금 검을 주며 다음과 같이 말하였다. "하느님의 선물인 이 거룩한 검을 받으시오. 이 검을 가지고 적군을 쳐부수시오."

「마카베오하」 15장 6~16절

다니엘과 느부갓네살 왕의 꿈

조각상의 환상

느부갓네살 왕 제이년에, 그는 무슨 꿈을 꾸고 마음이 산란해져서 잠을 이룰 수가 없었다. 왕은 자기가 꾼 꿈을 알아내려고 마술사, 술객, 요술쟁이, 점성가들을 불러들여 해몽을 요구했으나 모두가 그 꿈을 모르니 설명할 수 없다고 대답했다. 왕은 그들에게 꿈을 알아내어 해몽하지 못한다면, 모두 능지처참하고 그들의 집을 쓰레기 더미로 만들 것이지만, 만일 꿈을 알아내어 해몽을 한다면 후한 상금을 내리고 큰 영광을 누리게 해 주겠노라고 선언했다. 그러나 해몽할 수 있는 사람이 없었고, 결국 왕은 바빌로니아의 모든 재사들을 죽이라고 명령했다.

명이 다니엘과 그의 친구들에게까지 이르자 다니엘은 약간의 말미를 청하였다. 다니엘은 집에 돌아가 동료들에게 하늘에 계시는 하느님께 비밀을 알려 달라고 간청하는 기도를 올리자고 했다. 그날 밤 다니엘은 마침내 환상을 보고 그 비밀을 알게 되었다. 느부갓네살 왕(왕은 다니엘을 벨트사살이라고 불렀다.) 앞에 나아가 이렇게 이야기했다.

"임금님께서 물으신 것은 어느 재사나 마술사나 술객이나 점쟁이도 밝혀 드릴 수 없는 비밀입니다. 하늘에는 어떤 비밀도 밝혀내실 수 있는 하느님이 계십니다. 그 하느님께서 훗날 임금님께 일어날 일을 알려 주신 것입니다. 임금님께서 보신 환상은 이런 것이었습니다. 매우 크고, 눈부시게 번쩍이는 것이 사람의 모양을 하고 임금님 앞에 우뚝 서 있었습니다. 머리는 순금이요, 가슴과 두 팔은 은이요, 배와 두 넓적다리는 놋쇠요, 정강이는 쇠요, 발은 쇠와 흙으로 되어 있었습니다. 임금님께서 그것을 보고 계시는데 아무도 손을 대지 않은 돌 하나가 난데없이 날아들어 쇠와 흙으로 된 그 발을 쳐서 부수어 버렸습니다. 그러자 쇠, 흙, 놋쇠, 은, 금이 한꺼번에 부서져 타작마당의 겨처럼 가루가 되어 바람에 날려 가고 자취도 남지 않았습니다. 그런데 그것을 친 돌은 산같이 큰 바위가 되어 온 세상을 채웠습니다. 꿈은 이러합니다만 이제 해몽해 드리겠습니다. 임금님께서는 왕이실 뿐 아니라 왕들을 거느린 황제이십니다. 하늘에 계시는 하느님께서는 임금님께 나라와 힘과 권세와 영광을 주셨습니다. 하느님께서는 사람과 들짐승과 공중의 새가 다 어디에 있든지 그것들을 임금님의 손에 맡겨 다스리게 하셨습니다. 금으로 된 머리는 바로 임금님이십니다. 임금님 다음에는 임금님의 나라보다 못한 다른 나라가 서겠습니다. 세 번째는 놋쇠로 된 나라가 온 천하를 다스리게 됩니다. 네 번째로 설 나라는 쇠처럼 단단할 것입니다. 쇠는 무엇이나 부숩니다. 그 나라는 쇠처럼 모든 나라를 부술 것입니다. 임금님께서 보신 대로 두 발과 발가락들이 옹기 흙과 쇠로 되어 있는 것은 나라가 둘로 갈라진다는 뜻입니다. 그 나라는 쇠처럼 단단하기는 하겠지만 임금님께서 보신 대로 쇠는 옹기 흙과 섞여 있습니다. 발과 발가락들이 쇠와 옹기 흙으로 되어 있는 것은 단단한 편도 있고 무른 편도 있다는 뜻입니다. 임금님께서 보신 대로 쇠가 옹기 흙과 섞인 것은 사람들이 인척 관계를 맺는다는 뜻입니다. 그러나 그들은 쇠가 옹기 흙과 엉기지 않듯 서로 결합하지 않을 것입니다. 이 왕들 시대에 하늘에 계신 하느님께서 한 나라를 세우실 터인데 그 나라는 영원히 망하지 아니하고, 다른 민족의 손에 넘어가지도 않을 것입니다. 그 나라는 길이 서 있게 될 것입니다. 아무도 손을 대지 않았는데, 돌 하나가 바위산에서 떨어져 나와 쇠와 옹기 흙과 은과 금으로 된 것을 부수는 것을 임금님께서는 보셨을 것입니다. 이것이 바로 위대하신 하느님께서 앞으로 무슨 일이 일어날 것인지를 임금님께 알려 주신 것입니다. 꿈은 분명 이런 것이었고, 그 풀이 또한 틀림이 없습니다."

그러자 느부갓네살 왕은 다니엘에게 절을 하고, 신들 가운데서 으뜸가는 신이자 비밀을 밝히시는, 만왕을 거느리시는 주를 인식하게 되었다.

「다니엘」 2장 1~47절

나무의 환상

나 느부갓네살은 궁궐에서 아무 걱정 없이 영화롭게 지내다가 하루는 잠자리에서 무서운 꿈을 꾸었다. 꿈에서 본 것이 마음에 걸려, 나는 영을 내려 바빌론에서 가장 뛰어난 재사들을 불러 모았지만 아무도 내 꿈을 해석하지 못했다. 나는 나의 신의 이름을 따라 벨트사살이라고 불렀던 다니엘을 앞으로 불러내, 내가 잠자리에 들었을 때 머릿속에 떠오른 광경을 그에게 설명했다.

굉장히 큰 나무가 하나 세상 복판에 서 있는데 너무나 우람하여 키가 하늘까지 닿았고 땅끝 어디에서나 바라보였다. 잎사귀들은 싱싱했고, 열매는 세상 사람이 다 먹고살 만큼 많이 열려 있었다. 하늘에서 거룩한 성자 한 분이 내려오더니 이렇게 외쳤다. "이 나무를 찍어라. 가지는 잘라 내고 잎은 흩뜨리고 과일은 따 버려라. 짐승들로 하여금 그 밑을 떠나게 하고 새들로 하여금 가지를 떠나게 하여라. 그러나 등걸과 뿌리만은 뽑지 마라. 쇠사슬, 놋쇠 사슬로 묶어 풀밭에 버려두어라. 하늘에서 내리는 이슬에 몸을 적시고, 짐승들과 어울려 풀이나 뜯게 버려두어라. 사람의 정신을 잃고 짐승처럼 생각하면서 일곱 해를 지내야 하리라. 이것은 감독원들의 결정으로 이루어진 포고이다. 거룩한 이들의 명령으로 내려진 판결이다. 인간 왕국을 다스리는 분은 지극히 높으신 하느님이라는 것을 살아 있는 자들에게 알리려는 것이다. 지극히 높으신 하느님께서는 겸손한 사람을 좋게 보시고 그런 사람을 높은 자리에 앉히시어 나라를 다스리게 하신다."

다니엘은 크게 놀라 난처한 기색을 보이다가 이렇게 이야기하였다. "임금님, 그런 꿈은 임금님의 원수들이 꾸었더라면 좋았을 뻔했습니다. 해몽도 임금님의 적에게나 해 주고 싶습니다. 임금님께서 보신 그 나무는 바로 임금님이십니다. 임금님께서는 그처럼 위대하시고 세력이 크십니다. 임금님의 세력은 하늘까지 뻗고 세상 끝까지 다스릴 만합니다. 그러나 임금님께서는 세상에서 쫓겨나 들짐승들과 같이 살게 되셨습니다. 소처럼 풀을 뜯고, 하늘에서 내리는 이슬에 몸을 적시며 일곱 해를 지내게 되셨습니다. 그러고 나서야 인간 왕국을 다스리는 분이 바로 지극히 높으신 하느님이심을, 그리고 높은 자리에 앉아 나라를 다스리게 하시는 분 역시 하느님이라는 것을 깨닫게 되실 것입니다. 나뭇등걸과 뿌리만은 그대로 두라고 한 것은, 임금님께서 하늘이 세상을 다스린다는 것을 깨닫게 되시면 이 나라를 다시 임금님께 돌려주신다는 뜻입니다. 임금님께서는 이제 소인이 드리는 의견을 기꺼이 받아들여 주십시오. 선을 베풀어 죄를 면하시고 빈민을 구제하셔서 허물을 벗으시기 바랍니다. 그리하면 길이 태평성대를 누리실 것입니다."

이 모든 것들이 다 느부갓네살 왕에게 들어맞았다.

「다니엘」 4장 1~25절

모르드개의 꿈

아하스에로스 대왕 제이년 니산월 초하룻날 베냐민 지파에 속하는 모르드개가 꿈을 꾸었는데, 그는 야이르의 아들이며 야이르는 시므이의 아들이며 시므이는 키스의 아들이었다. 모르드개는 수사에 사는 유다인으로서 왕궁에서 높은 지위를 가진 사람이었다. 그는 바빌로니아의 왕 느부갓네살이 유다의 왕 여고니야를 위시하여 예루살렘에서 잡아 온 많은 포로들 중의 한 사람이었다. 그가 꾼 꿈이란 다음과 같은 것이었다.

울부짖는 소리와 대소동, 뇌성과 지진으로 지상은 온통 뒤죽박죽이었다. 그때 두 마리 커다란 용이 다가서더니 금시라도 서로 싸울 기세를 보이며 크게 으르렁거렸다. 그 소리에 자극을 받아서 모든 민족들이 의로운 백성을 치려고 전쟁 준비를 하였다. 그날 온 땅은 고통과 번민과 불안과 대혼란으로 뒤덮였다. 의로운 백성은 자기들에게 닥쳐올 재앙을 눈앞에 보고 겁에 질려 최후의 한 사람까지 죽을 각오를 하고 하느님께 부르짖었다. 그때에 그 부르짖는 소리에서, 마치 작은 샘에서 물이 흘러나오듯이 큰 강이 생겨나 물이 넘쳐흘렀다. 그러자 태양이 뜨고 날이 밝아 오더니 그 비천한 백성들은 높여져 힘센 자들을 집어삼켰다. 모르드개는 꿈에서 깨어나, 자기가 꾼 꿈과 그 속에 나타난 하느님의 계획에 대하여 생각하며 온종일 그 뜻이 무엇인가를 알아내려고 무진 애를 썼다.

「에스델」 1장 1~11절

훗날 모르드개는 꿈이 하느님으로부터 온 것이라는 것을 알 수 있었다. 그 강은 에스델이었고, 두 마리 용은 모르드개와 하만이었다. 여기에서 나라들은 유다인들의 이름을 말살하기 위해 서로 결탁한 나라들을 의미하며, 나의 백성은 이스라엘인데 하느님께 부르짖어 구원을 받은 사람들이다.

「에스델」 10장 5~9절

아비멜렉의 꿈

아브라함은 그곳을 떠나 네겝 쪽으로 자리를 옮겨 가다가 그랄에 이르러 정착하여 살게 되었다. 그때 아브라함은 아내 사라를 누이라고 했다가 사라가 그랄 왕 아비멜렉에게 불려 들어가는 변을 당하였다.

그날 밤 하느님께서 아비멜렉의 꿈에 나타나시어 "네가 맞아들인 여인으로 하여 너는 죽으리라, 그 여인은 남편이 있는 몸이다." 하고 이르셨다. 아비멜렉은 아직 사라를 가까이 하지 않았으므로 이렇게 말하였다. "주여, 당신은 죄 없는 사람도 죽이십니까? 그들은 분명히 서로 오누이라고 했습니다. 저는 조금도 마음에 걸리는 일은 하지 않았습니다. 제 손은 깨끗합니다." "네가 마음에 걸릴 일을 하지 않은 줄은 나도 안다. 그러나 나에게 죄를 짓지 못하게 너를 지켜 준 이가 누군지 아느냐? 너로 하여금 그 여인을 건드리지 못하게 한 것은 바로 나다. 그러니 그 여인을 곧 남편에게 돌려보내라. 그녀의 남편은 예언자다. 그가 너를 위하여 기도해 주어야 네가 죽지 않으리라. 만일 그 여인을 돌려보내지 않으면 너는 물론 네 식구들도 다 죽으리라."

아비멜렉은 아침 일찍이 일어나 종을 다 불러 모으고 이 일을 그들에게 낱낱이 들려주었다. 이 말을 들은 사람들은 모두 두려움에 사로잡혔다. 아비멜렉은 아브라함에게 양 떼와 소 떼, 그리고 남종과 여종을 주면서 그의 아내 사라도 돌려주었다. 그러고 나서 아비멜렉은 말하였다. "보아라. 내 땅 어디든지 네 마음에 드는 곳에 가서 살아라."

「창세기」 20장 1~15절

야곱의 꿈

야곱은 브엘세바를 지나 하란으로 가던 길에 한곳에 이르러 밤을 지내게 되었다. 해는 이미 서산으로 넘어간 뒤였다. 그는 그곳에서 돌을 하나 주워 베개 삼고 그 자리에 누워 잠을 자다가 꿈을 꾸었다. 그는 하느님의 천사들이 땅에서 하늘까지 닿는 계단을 오르락내리락하는 것을 보고 있었는데 야훼께서 그의 옆에 나타나시더니 이렇게 말씀하시는 것이었다.

"나는 야훼, 네 할아버지 아브라함의 하느님이요, 네 아버지 이사악의 하느님이다. 나는 네가 지금 누워 있는 이 땅을 너와 네 후손에게 주리라. 네 후손은 땅의 티끌만큼 불어나서 동서남북으로 널리 퍼질 것이다. 땅에 사는 모든 종족이 너와 네 후손의 덕을 입을 것이다. 내가 너와 함께 있어 네가 어디로 가든지 너를 지켜 주다가 기어이 이리로 다시 데려오리라. 너에게 약속한 것을 다 이루어 줄 때까지 나는 네 곁을 떠나지 않으리라."

야곱은 잠에서 깨어나 "참말 야훼께서 여기 계셨는데도

내가 모르고 있었구나." 하며 두려움에 사로잡혀 외쳤다. "이 얼마나 두려운 곳인가. 여기가 바로 하느님의 집이요, 하늘의 문이로구나."

「창세기」 28장 10~17절

솔로몬의 꿈

솔로몬은 기브온의 산당에 번제물을 천 마리나 바친 적이 있다. 야훼께서 그날 밤 기브온에 와 있던 솔로몬의 꿈에 나타나셨다. "내가 너에게 무엇을 해 주면 좋겠느냐?" 하고 물으셨다. 솔로몬이 대답하였다. "나의 하느님 야훼여, 당신께서는 소인을 제 아버지 다윗을 이어 왕으로 삼으셨습니다만 저는 어린아이에 지나지 않으므로 어떻게 처신하여야 할지를 알지 못합니다. 그런데 소인은 수도 헤아릴 수 없이 많은 당신의 백성 가운데서 살고 있는 몸입니다. 그러하오니 소인에게 명석한 머리를 주시어 당신의 백성을 다스릴 수 있고 흑백을 잘 가려낼 수 있게 해 주십시오."

이러한 솔로몬의 청이 야훼의 마음에 들었다. "네가 장수나 부귀나 원수 갚는 것을 청하지 아니하고 이렇게 옳은 것을 가려내는 머리를 달라고 하니 자, 내가 네 말대로 해 주리라. 이제 너는 슬기롭고 명석하게 되었다. 너 같은 사람은 전에도 없었고 앞으로도 없으리라. 뿐만 아니라 네가 청하지 않은 것,

부귀와 명예도 주리라. 네 평생에 너와 비교될 만한 왕을 보지 못할 것이다. 네가 만일 네 아비 다윗이 내 길을 따라 살았듯이 내 길을 따라 살아 내 법도와 내 계명을 지킨다면 네 수명도 길게 해 주리라." 솔로몬이 깨어 보니 꿈이었다. 그는 예루살렘으로 돌아와 야훼의 계약궤 앞에 나아가 번제와 친교제를 드리고 또 모든 신하들에게 잔치를 베풀었다.

「열왕기상」 3장 4~15절

꿈의 공허함에 대하여

허욕은 지각없는 사람을 미혹케 하고 꿈은 어리석은 자에게 환상의 날개를 달게 한다. 꿈에다 마음을 쏟는 것은 그림자를 잡으려는 것이나 바람을 좇는 것과 같다. 꿈속에서 보는 허상과 거울에 비치는 영상은 그것이 그것이다. 더러운 곳에서 깨끗한 것이 나올 수 있겠으며 거짓에서 진실이 나올 수 있겠느냐? 점치고 신수 보고 해몽하는 것은 모두 헛된 일이며 임신한 여자의 공상과 같다. 그런 것들이 지극히 높으신 분께서 보내 주신 것이 아니라면, 거기에 마음을 쓰지 말아라.

「집회서」 34장 1~6절

절제에 대하여

하느님에게 무엇인가 바치겠다고 너무 성급한 생각을 하지 말고 조급하게 입을 열지도 마라. 하느님은 하늘에 계시고, 너는 땅에 있다. 걱정이 많으면 꿈자리가 사나워지고 말이 많으면 어리석은 소리가 나온다.

「전도서」 5장 1~2절

예언적인 환상

네 마리 짐승

바빌론 왕 벨사살 원년에 다니엘이 그의 침상에서 꿈을 꾸며 머릿속으로 환상을 받고 그 꿈을 기록하며 그 일의 대략을 진술하였다.

내가 밤에 환상을 보았는데 하늘의 네 바람이 큰 바다로 몰려 불더니 큰 짐승 넷이 바다에서 나왔는데 그 모양이 각각 달랐다. 첫째는 사자와 같은데 독수리의 날개가 달렸다. 그런데 내가 보는 중에 그 날개가 뽑혔고, 또 땅에서 들려서 사람처럼 두 발로 설 수 있는 능력과 사람의 마음을 받았다. 두 번째 짐승은 곰과 같은데, 그 입의 이빨 사이에는 세 갈빗대가 물렸는데 그것에게 말하는 자들이 있어 이르기를 "일어나서 많은 고기를 먹으라." 하였다. 세 번째 짐승은 표범을 닮았는데, 그 등에는 새의 날개 네 개가 달려 있고, 머리 또한 네 개가 있었으며 권세를 받았다. 네 번째 짐승은 무섭고, 놀라우며, 또 매우 강했다. 또 쇠로 된 큰 이가 있어서 먹고 부서뜨리고 그 나머지를 발로 짓밟았다. 이 짐승은 앞의 짐승들과 달랐으며, 뿔이 열 개나 있었다. 뿔들 사이에서 다른 작은 뿔이 나더니, 첫 번째 뿔 중의 셋이 뿌리까지 뽑혔으며 이 작은 뿔에는 사람의 눈 같은 눈들이 있고 또 입이 있어 큰 말을 하였다.

옛적부터 항상 계신 이와 심판

왕좌가 놓이고 옛적부터 항상 계신 이가 좌정하셨는데 그의 옷은 희기가 눈 같고, 그의 머리털은 깨끗한 양의 털 같고, 그의 보좌는 불꽃이요, 그의 바퀴는 타오르는 불이었다. 불이 강처럼 흘러 그의 앞에서 나오며 그를 섬기는 자는 수천에 이르고 그 앞에서 모여 선 자는 수만에 이르렀으며 심판을 베푸는데 책들이 펼쳐져 있었다. 그때에 내가 작은 뿔이 말하는 거만한 소리로 말미암아 네 번째 짐승을 주목하여 보고 있었다. 그런데 네 번째 짐승이 죽임을 당하고 그의 시체가 타오르는 불에 던져졌다. 남은 짐승들은 그들의 권세는 빼앗겼으나 생명만은 보존되어 정한 시기가 이르기를 기다리게 되었다.

사람의 아들

내가 또 밤 환상 중에 보니 사람의 아들 같은 이가 하늘 구름을 타고 와서 옛적부터 항상 계신 이에게 나아가 그 앞으로 인도되었다. 그에게 권세와 영광과 나라를 주고 모든 백성과 나라들과 다른 언어를 말하는 모든 자들이 그를 섬기게 하였으니, 그의 권세는 소멸되지 아니하는 영원한 권세요 그의 나라는 멸망하지 아니할 것이다.

나는 크게 근심하였다. 내 머릿속의 환상이 나를 번민하게 하였다. 내가 그 곁에 모여 선 사람들 중 한 사람에게 나아가서 이 모든 일의 진상을 묻자 그가 내게 말하여 그 일의 해석을 알려 주었다. "네 큰 짐승은 세상에 일어날 네 왕이다. 지극히 높으신 이의 성도들이 나라를 얻어, 그 누림이 영원하고 영원하고 영원할 것이다." 내가 네 번째 짐승에 관하여 확실히 알고자 하였다. 이 짐승의 말하는 거만한 뿔은 성자들과 더불어 싸워 그들을 이겼다. 마침내 옛적부터 항상 계신 이가 정의를 베풀어 성자들이 하늘을 차지할 수 있는 때가 이르렀다.

네 번째 나라

그분이 나에게 말하길 "네 번째 짐승은 곧 땅의 네 번째 나라인데 이는 다른 나라들과 달라서 온 천하를 삼키고 밟아 부서뜨릴 것이다. 열 뿔은 그 나라에서 일어날 열 왕이다. 그 후에 또 하나가 일어날 텐데, 그는 먼저 있던 자들과 다르고 또 세 왕을 복종시킬 것이다. 그가 장차 지극히 높으신 이를 말로 대적하며, 또 지극히 높으신 이의 성자를 괴롭게 할 것이다. 또 그는 때와 법을 고치고자 할 것이다. 성자들은 그의 손아귀에 쥐여 한 시절과 두 시절, 그리고 반 시절을 지낼 것이다. 그러나 심판이 시작되면 그는 권세를 빼앗기고 완전히 멸망할 것이다.

숫양과 씨염소

벨사살 왕 제삼년에 나는 엘람 지방의 수도이자 울래 강변에 위치한 수사에 있다가 환상을 하나 보았다. 강가에 두 뿔 가진 숫양이 있었는데 그 두 뿔이 다 길었으며 그중 한 뿔은 다른 뿔보다 길었는데, 그 긴 것이 나중에 난 것이었다. 그 숫양이 서쪽과 북쪽과 남쪽을 향하여 받으나 그것을 당할 짐승이 하나도 없었고 그 손에서 벗어날 자가 없었으므로 숫양은 원하는 대로 행하였다.

그런데 서쪽에서부터 온 씨염소가 발로 땅을 밟지 않고 돌아다녔다. 씨염소의 두 눈 사이에는 외뿔이 있었다. 씨염소는 숫양을 무너뜨리고 점점 더 강성해졌다. 그러나 마침내 그 외뿔이 꺾이고, 그 자리에 뿔 넷이 각각 하늘 사방을 향하여 자라났다. 그중 한 뿔에서 또 작은 뿔 하나가 나서 남쪽과 동쪽과 또 영화로운 땅을 향하여 심히 커졌다. 마침내 그것이 하늘 군대에 미칠 만큼 커져서, 별들을 땅에 떨어뜨리고 그것들을 짓밟았다. 또 스스로 높아져서 군대의 제일인자에 맞서며, 그에게 매일 바치는 제사를 없애 버렸고 그의 성소를 헐었다. 무자비하게 군대를 불러들여 매일 바치는 제사를 지내지 못하게 하였고 또 진리를 땅에 던지며 원하는 대로 행하였다.

여기에서 한 성자가 다른 이에게 물었다. "매일 드리는 제사와 모든 것을 쑥대밭으로 만든 배신에 대한 것과 성소를 짓밟는 일 등을 보여 준 이 환상이 도대체 언제까지 지속될 것인가?" 이에 이렇게 대답하였다. "이천삼백 주야까지 지속되리니 그때에서야 성소가 정결하게 될 것이다."

나 다니엘이 이 환상을 보면서 그 뜻을 몰라 애쓰고 있는데 문득 장사같이 보이는 이가 섰고 울래 강 너머에서 웬 사람이 말하는 소리가 들렸다. "가브리엘아, 이 환상을 이 사람에게 깨닫게 하라."

그러자 가브리엘이 내가 서 있는 곳으로 와서 나에게 이렇게 말하였다. "사람의 아들아, 깨달아 알거라! 이 환상은 시간의 종말에 대한 것이니라." 내가 얼굴을 땅에 대고 엎드리니 그가 나를 일으켜 세우고는 이렇게 말하였다. "진노를 의미하는 시간의 종말에 일어날 일을 네가 알게 할 것이다."

해몽

"네가 본 바 두 뿔 가진 숫양은 곧 메대와 페르시아의 왕들이요, 털이 많은 씨염소는 곧 그리스의 왕이다. 그의 두 눈 사이에 있는 큰 뿔은 곧 그가 첫째 왕이라는 것이다. 이 뿔이 꺾이고 그 대신에 네 뿔이 난즉 그 나라 가운데에서 네 나라가 일어나되 그의 권세만 못하리라는 것이다. 이 네 나라의 마지막 시기에 반역자들이 가득할 것이고, 이때 한 왕이 일어나리니 그 얼굴은 뻔뻔하며 속임수에 능할 것이다. 그 권세가 강할 것이나, 이는 자기 힘으로 말미암은 것이 아니다. 그는 장차 놀라운 파괴 행위를 자행할 것이고, 커다란 성공을 거둘 것이다. 강한 자들과 거룩한 성자들의 마을을 파괴할 것이다. 그는 자만심에 싸여 평화롭게 사는 많은 사람들을 죽이고, 스스로 우뚝 서서 임금 중의 임금을 대적할 것이다. 그러나 그는 그 누구의 손을 통하지 않고도 무너질 것이다. 아침과 오후에 대한 환상은 확실하다. 그러니 너는 그 환상을 잘 간직하라. 이는 많은 세월이 흐른 훗날의 일이다."

나는 그 환상으로 인해 힘들기도 하고 놀라기도 했지만, 아무도 그 의미를 깨닫지 못했다.

칠십 이레(칠십 주)

메대 족속 출신 아하스에로스의 아들 다리우스가 갈대아* 사람들의 왕으로 치켜세움을 받은 첫해에, 나는 책에서, 야훼

* (옮긴이 주) 바빌로니아 남부 지방.

께서 말씀으로 선지자 예레미야에게 알려 주신, 칠십 년이라는 연수의 의미를 깨달았다. 이는 예루살렘의 황폐함이 칠십 년 만에 그치리라 하신 것이다. 내가 금식하며 베옷을 입고 재를 덮어쓰고 주 하나님께 기도하며 간구하기를 결심하였다.

다니엘의 기도와 간구

주 하느님을 사랑하고 주의 계명을 지키는 자를 위하여 언약을 지키시는 주님, 우리는 이미 죄를 범하였고 패역하며 악을 행하였고 반역하여 주의 법도와 규례에서 벗어났사옵니다. 우리가 또 주의 종 선지자들이 주의 이름으로 우리의 왕들과 우리의 고관과 조상들과 온 국민에게 말씀한 것을 듣지 아니하였나이다. 주여, 정의(공의)는 주께로 돌아가고 수치는 우리, 즉 유다 사람들과 예루살렘에 사는 사람들과 이스라엘이 가까운 곳에 있는 자들이나 먼 곳에 있는 자들 모두에게 있습니다. 주여, 수치가 우리에게 돌아오고, 우리의 왕들과 우리의 고관과 그리고 조상들에게 돌아온 것은 우리가 주께 죄를 범했고, 패역하였기 때문입니다. 저주와 모세의 율법에 기록된 맹세가 우리들에게 닥쳤습니다. 야훼께서는 언제나 의로우십니다. 주 하느님, 당신은 우리를 이집트 땅에서 인도하여 내셨습니다. 주여, 간절히 바라옵건대 당신의 분노를 주의 성 예루살렘에서 떠나게 하옵소서. 주의 얼굴빛을 주의 황폐한 성소에 비추시옵소서. 우리의 황폐한 상황을 굽어 살피시옵소서. 주여, 자비를 베푸소서.

가브리엘이 환상을 설명하다

저녁 제사를 드릴 즈음에 가브리엘이 나에게 나타나 이렇게 이야기하였다. "네 백성과 네 거룩한 성을 위하여 칠십 주라는 기한으로 정하였다. 이는 허물을 벗고, 죄를 마치며, 죄악이 용서되어, 영원한 의가 드러나며, 환상과 예언이 응하며 또 지극히 거룩한 이가 기름 부음을 받기 위함이다. 그러므로 예루살렘을 중건하라는 영이 날 때부터 기름 부음을 받은 자, 즉 왕이 일어나기까지 일곱 이레가 지날 것이다. 그리고 다시 예순두 이레 만에 이 고뇌와 번민의 시기에 성이 중건되어 광장과 거리가 세워질 것이다. 그런 다음 기름 부음을 받은 자는 아무 죄 없이 죽임을 당할 것이다. 장차 한 왕의 백성이 와서 그 성읍과 성소를 무너뜨리고, 마침내 그의 마지막은 홍수에 휩쓸림 같을 것이며, 또 최후의 전쟁으로 황폐해질 것이다. 그가 장차 많은 사람들과 더불어 한 이레 동안의 언약을 굳게 맺고, 그가 그 이레의 절반에 제사와 예물을 금지할 것이며, 또 포악하여 가증한 것이 날개를 의지하여 설 것이며, 또 이미 정한 종말까지 진노가 황폐하게 하는 자에게 쏟아지리라 하였느니라."

「다니엘」 7~9장

성서 주석가들은 네 마리의 짐승은 느부갓네살 왕이 꿈에 본 조각상을 각각 네 방향에서 본 것에 해당한다고 주장한다. 네 번째 짐승은 시리아이고, 신을 저주하는 뿔은 유대인들을 엄청나게 박해했던 안티오코스 4세라는 것이다. 열 명의 왕은 알렉산더 대왕, 셀레우코스 1세 니카토르, 안티오코스 소테르, 안티오코스 2세 테오스, 셀레우코스 3세, 세라우누스, 안티오코스 3세 대왕, 셀레우코스 4세 필로파토르, 헬리오도로스, 데메트리오스 1세 소테르이고, 사라진 사람들은 셀레우코스 4세(헬리오도로스에 의해 암살당함.), 헬리오도로스와 데메트리오스 1세이다. 옛적부터 항상 계신 이는 동방 제국을 다스리시는 하느님을 의미한다. 사람의 아들과 가장 유사한 인물로는 메시아를 들 수 있다. 「마태오의 복음서」 26장 64절에서 예수 그리스도가 대사제 앞에서 한 말을 떠올려 보라. 그다음은 알렉산더의 페르시아와의 전쟁과 제국의 형성과 분할, 그리고 마지막으로 빌립보의 아들의 죽음을 암시한다. '칠십 이레'라는 다니엘의 예언은 칠십 년이라는 예레미아의 예언에 기초하고 있다. 이는 '해가 칠십 이레만큼 지나는 것'을 의미한다.

동시에 꾼 꿈

다마스쿠스에 아나니아라는 제자가 살고 있었는데 주께서 신비로운 영상 가운데 나타나 말씀하셨다. "어서 일어나 유다의 집으로 가서 기도를 드리고 있는 다르소 사람 사울을 찾아라." 아나니아가 대답하였다. "주님, 그 사람에 대해서는 여러 사람에게 들은 바가 있습니다. 그는 예루살렘에 사는 주님의 성도들에게 많은 해를 끼쳤다고 합니다. 더구나 그는 대사제에게서 주님을 믿는 사람들을 잡아갈 권한을 받아 가지고 여기 와 있습니다." 주님이 말씀하셨다. "그래도 가야 한다. 그 사람은 내가 뽑은 인재로서 내 이름을 이방인과 제왕들과 이스라엘 백성들에게 널리 전파할 사람이다. 나는 그가 내 이름 때문에 얼마나 많은 고난을 받아야 할지 그에게 보여 주겠다."

그 순간 사울은 아나니아라 불리우는 사람이 오리라는 것과, 그가 자신의 시력을 회복시켜 주기 위해 자기 눈에 손을 얹으리라는 것을 환영을 통해 보았다. 아나니아는 곧 그 집을 찾아가 사울에게 손을 얹고 이렇게 말하였다. "사울 형제, 나는 주님의 심부름으로 왔습니다. 그분은 당신이 여기 오는 길에 나타나셨던 예수님이십니다. 그분이 나를 보내시며 당신의 눈을 뜨게 하고 성령을 가득히 받게 하라고 분부하셨습니다." 사울은 시력을 회복하였고, 세례를 받았다.

「사도행전」 9장 10~18절

요셉의 꿈에 나타난 주님의 천사

예수의 어머니 마리아는 요셉과 약혼을 하고 같이 살기 전에 잉태한 것이 드러났다. 그 잉태는 성령으로 말미암은 것이었다. 마리아의 남편 요셉은 법대로 사는 사람이었고, 또 마리아의 일을 세상에 드러낼 생각도 없었으므로 남모르게 파혼하기로 마음먹었다. 요셉이 이런 생각을 하고 있을 무렵에 주의 천사가 꿈에 나타나서 "다윗의 자손 요셉아, 두려워하지 말고 마리아를 아내로 맞아들이어라. 그의 태중에 있는 아기는 성령으로 말미암은 것이다. 마리아가 아들을 낳을 터이니 그 이름을 예수라 하여라. 예수는 자기 백성을 죄에서 구원할 것이다." 하고 일러 주었다. 이 모든 일로써 주께서 예언자를 시켜 "동정녀가 잉태하여 아들을 낳으리니 그 이름을 임마누엘이라 하리라." 하신 말씀이 그대로 이루어졌다. 임마누엘은 '하느님께서 우리와 함께 계시다'라는 뜻이다. 잠에서 깨어난 요셉은 주의 천사가 일러 준 대로 마리아를 아내로 맞아들였다. 그러나 아들을 낳을 때까지 동침하지 않고 지내다가 마리아가 아들을 낳자 그 아기를 예수라고 불렀다.

박사들이 물러간 뒤에 주의 천사가 요셉의 꿈에 나타나서 "헤로데가 아기를 찾아 죽이려 하니 어서 일어나 아기와 아기 어머니를 데리고 이집트로 피신하여 내가 알려 줄 때까지 거기에 있어라." 하고 일러 주었다. 요셉은 일어나 그 밤으로 아기와 아기 어머니를 데리고 이집트로 갔다.

헤로데가 죽은 뒤에 주의 천사가 이집트에 있는 요셉의 꿈에 나타나서 "아기의 목숨을 노리던 자들이 이미 죽었으니 아기와 아기 어머니를 데리고 이스라엘 땅으로 돌아가라." 하고 일러 주었다. 요셉은 일어나서 아기와 아기 어머니를 데리고 이스라엘 땅으로 돌아왔다.

「마태오의 복음서」

1장 18절~2장 21절

케시 이야기

아버지가 돌아가신 후 어머니와 살던 케시는 대단히 훌륭한 사냥꾼이었다. 그는 날마다 사냥을 하여 어머니의 식탁을 풍성하게 채우고 신들에게도 넉넉한 제물을 바쳤다. 그러나 일곱 명의 자매 중 가장 나이가 어린 신탈리메니에게 사랑을 느낀 다음부터는 사냥도 잊은 채 아무 일도 하지 않았다. 그렇게 사랑에만 빠져 지낸 탓에 그는 어머니로부터 호되게 꾸지람을 들었다. 가장 훌륭한 사냥꾼이 사냥을 당하는 신세가 된 것이다. 케시는 투창을 집어 들고, 사냥개를 불러 집을 나섰다. 그러나 신을 잊고 지낸 탓에 신들에게도 잊힌 존재가 되었다.

짐승들이 다 숨어 버리는 바람에 그는 석 달 동안 아무 수확도 거두지 못하고 떠돌았다. 기진맥진한 케시가 나무 발치에 누워 깜빡 잠이 들자 그곳에 살던 숲의 요물이 케시를 잡아먹으려 했다. 그러나 그곳은 죽은 자들의 정령이 사는 곳이기도 했다. 케시의 죽은 아버지는 한 가지 꾀를 냈다. "놈*! 도대체 왜 그를 죽이려고 하나? 그에게서 망토만 빼앗아 버리면 벌벌 떨며 떠나지 않겠어?" 놈들은 땅을 기어 다니며 좀도둑질이나 하는 도깨비들이었다. 그런데 마침 귓가에서 속삭이며 등을 때리는 바람 덕분에 케시는 잠에서 깨어났다. 그는 아래쪽으로 길게 뻗은 비탈길을 타고 계곡 한복판에서 외롭게 깜박이는 한 줄기 빛을 향해 나아갔다.

케시는 일곱 가지 꿈을 꾸었다. 거대한 문 앞에서 문을 열어 보려고 했지만 소용없었다. 집 안에서는 하녀들이 일을 하고 있었는데 어마어마하게 큰 새가 한 마리 나타나더니 그중 한 사람을 낚아채 가는 것이었다. 광활한 초원에서는 사람들 한 무리가 평화롭게 거닐었는데 갑자기 번개가 치며 한 줄기 섬광이 그들에게 떨어졌다. 그러자 갑자기 풍경이 돌변하면서, 케시의 조상들이 모닥불 주변에 모여 열심히 불을 살리는 모습이 보였다. 케시는 자기 손뿐 아니라 발 역시도 여인의 목걸이같이 생긴 사슬에 묶여 있다는 사실을 알아차렸다. 그런데도 사냥 나갈 준비를 마쳤는데, 문 한쪽에는 용이 있었고 다른 한쪽에는 무섭게 생긴 하르피아가 있었다.

케시가 어머니에게 이 일을 이야기하자 어머니는 그에게 용기를 주었다.("갈대는 비가 오고 바람이 불면 고개를 숙이지만 금세 허리를 꼿꼿하게 편다."면서.) 그리고 그에게 마법과 사고로부터 몸을 지켜 주는 파란색 양모로 실 꾸러미를 만들어 건네주었다.

케시는 산을 향해 출발했다.

신들이 여전히 화를 풀지 않았기 때문에 사냥할 만한 짐승

* (옮긴이 주) 숲의 요물인 꼬마 도깨비.

은 눈에 띄지 않았다. 케시는 지칠 때까지 이곳저곳을 돌아다닌 끝에 우연히 용과 하르피아가 지키는 거대한 문 앞에 다다랐다. 그러나 아무리 노력해도 문은 열리지 않았고, 대답하는 사람 또한 나타나지 않았다. 할 수 없이 사람이 오기만을 기다리다가 그는 그만 잠이 들었다. 잠에서 깨어나 보니 이미 날은 어두웠는데 멀리서 불빛 하나가 깜박이며 다가왔다. 불빛은 점점 커지더니 결국 앞이 보이지 않을 정도가 되었다. 상대는 엄청나게 키가 큰 사람으로 온몸에서 빛을 발하고 있었으며, 케시에게 이 문은 석양의 문이며 이 문을 지나면 죽은 자들의 세계가 나온다고 이야기했다. 이 문을 통과한 인간은 절대로 다시 돌아올 수 없다는 것이었다. "그런데 당신은 어떻게 그 문을 통과하나요?" "나는 태양이기 때문이지." 신은 이렇게 대답하고 들어갔다.

문 안쪽에서는 죽은 자들의 영혼이 태양신의 저녁 방문을 환영하기 위해 늘어서 있었다. 그곳에는 신탈리메니의 아버지 우디프샤리도 있었다. 장인의 목소리를 들은 케시는 죽은 자들을 방문한 첫 번째 인간이 될 수도 있다는 사실에 무척 기뻐했다. 그는 태양신에게 문 안으로 들어갈 수 있게 해 달라고 간청했다.

"좋아. 문을 통과한 다음 어두운 길에서 내 뒤를 따르라. 그러나 너는 절대로 산 자들의 세계로 돌아가지 못할 것이다. 도망가지 못하게 너의 손과 발을 묶을 것이니. 모든 것을 보고 나면 너는 죽음을 맞을 것이다."

케시는 자신이 길고 좁은 터널 앞에 서 있다는 것을 깨달았다. 태양신은 한 점으로 보일 정도로 멀찌감치 앞서 나아갔다. 우디프샤리는 케시의 발과 손을 묶은 다음 얼른 가물거리는 빛을 따라가라고 했다. 케시는 불을 지피고 있는 죽은 자들의 영혼을 보았다. 그들은 신이 땅으로 던질 빛을 벼리는 대장장이였다. 주변에서 수없이 많은 새들이 날아오르는 것이 느껴졌다. 우디프샤리가 설명했다 "이 새들은 죽은 자들의 영혼을 지하 세계로 운반한다네." 케시는 꿈에서 보았던 거대한 새를 떠올렸다. 마침내 새벽의 문에 도착한 케시는 죽어야 했으나 열심히 용서를 빌었다. 태양신은 케시가 이른 새벽에 일어나 사냥을 하여 열심히 신들에게 제물을 바쳤던 일을 떠올리고는 이렇게 판결했다. "알았다. 너의 아내와 그녀의 여섯 자매와 함께 하늘로 올라가 그곳에서 영원히 빛나는 별이 되어라."

맑은 날 밤이면 넓게 펼쳐진 하늘 초원에 손은 묶이고 발에는 여인의 목걸이 같은 긴 사슬을 매단 궁수자리가 보인다. 궁수와 함께 별 여섯 개가 반짝인다.

기원전 2000년경,

히타이트족의 이야기

이 이야기의 전반부는 쐐기 문자로 기록된 히타이트족의 비문에, 후반부는 19세기 말 이집트에서 발견된 원시 설형 문자의 번역문 파편에 보존되어 있다. 시어도어 H. 가스터가 이를 번역, 정리한 다음 주석까지 남겼다.(『세상에서 가장 오래된 이야기』, 1952.) 이 이야기는 본질적으로 죽음, 그리고 죽은 자들의 세계와 연결되어 있다. 필멸의 인간에게는 열리지 않다가 죽음을 향해 나아갈 때만 열리는 문에 대해 기록한 것이다.(베르길리우스의 『아이네이스』 6권 127장에 나오는 하데스와 같은 맥락의 이야기이다.) 새가 인간을 죽은 자들의 세계로 운반하고, 죽은 자들의 영혼이 불을 지피고, 용과 하르피아가 문을 지킨다.(이는 길가메시와 베르길리우스의 『아이네이스』 6권 258~289장에서 다시 반복된다.) 우디프샤리와의 만남(오디세우스와 어머니, 아이네이스와 안키세스, 그리고 단테와 베아트리체의 만남), 그리고 우디프샤리의 안내(시빌이 아이네이스를, 베르길리우스가 단테를), 케시는 오리온이자 궁수이자, 하늘에 사슬로 묶인 채 비둘기로 변한 일곱 자매를 쫓아다니는 사람이다. 그리고 꼬마 도깨비 '놈'에 대해 언급한 가장 오래된 기록이다.

제우스에서 비롯된 꿈들

아흐레 동안 신들의 화살은 더욱 격렬해졌다. 열흘째 되던 날 아킬레스는 사람들을 아고라로 불러 모았다. "아트레우스의 후손이여![*] 이 시점에서 우리가 물러서야 한다고 생각하오. 설령 죽음에서 벗어난다 하더라도 또다시 떠돌아야 할 것이오. 하지만 벗어나지 못한다면 전쟁과 페스트가 그리스 사람들을 전멸시킬 것입니다. 그 전에 사제들과 예언자들을 불러 꿈을 해석해 달라고 해 봅시다. 태양신 아폴론이 도대체 왜 이렇게 화가 났는지 우리에게 알려 달라고 합시다. 이 꿈은 제우스에게서 나온 것입니다."

『일리아드』 1권

* (옮긴이 주) 아가멤논을 지칭한다.

두 개의 문

1

생각이 깊은 페넬로페는 이렇게 말했다. "이방인이여! 해독할 수 없는 꿈도 있는 법입니다. 모호한 언어로 된 꿈도 있어, 인간에게 전해진 모든 것이 다 이루어지지는 않는 법입니다. 어슴푸레한 꿈에는 두 개의 문이 있지요. 하나는 뿔로 된 문이고 또 하나는 상아로 된 문입니다. 반질반질 윤이 나는 상아 문으로 들어오는 꿈은 아무 의미도 없는 말을 전함으로써 우리를 속일 것입니다. 잘 연마된 뿔로 된 문으로 나오는 꿈은 그 꿈을 보는 인간들에게, 반드시 밝혀내야 할 사물들에 대해 알려 줄 것입니다."

『오디세이』 19권

2

꿈의 문은 쌍둥이 문이다. 하나는 뿔로 된 문으로, 순수하고 진실된 영혼들에게 쉽게 길을 내줄 것이다. 나머지 하나는 멋지게 세공되어 번쩍이는 하얀 상아의 문인데, 망자의 영혼들은 이곳을 통해 거짓된 꿈을 지상으로 내려보낸다.

『아이네이스』 6권

페넬로페의 꿈

페넬로페가 오디세우스에게 이야기했다.(이십 년이 넘도록 집을 비운 끝에 이타카에 돌아온 이 사람이 누구인지도 모르고.)

"잘 들어 보세요. 내 꿈 이야기입니다. 물에 적신 밀을 먹는 거위 스무 마리가 집에 있었습니다. 내가 즐거운 마음으로 거위들을 바라보는데 갑자기 날카로운 부리를 가진 독수리가 산에서 날아와 거위들의 목을 부러뜨려 모두 죽였습니다. 나는 꿈속에서 눈물 콧물을 흘리며 울부짖었습니다. 이 일로 내가 너무도 가슴 아파하자, 긴 머리카락을 가진 아름다운 그리스 여인들이 내 주변으로 몰려들었습니다. 그런데 독수리가 한 바퀴 크게 원을 그리며 선회하더니 추녀 끝에 내려앉아 인간의 목소리로 이런 이야기를 들려주었고, 덕분에 나는 평온을 되찾을 수 있었습니다.

'유명한 이카리우스의 딸이여, 용기를 내라! 이건 꿈이 아니라 반드시 현실로 드러날 진실을 담은 환상이다. 거위들은 청혼자들이다. 그리고 비록 독수리의 형상으로 나타나긴 했지만, 나는 바로 당신의 남편이다. 나는 이미 이곳에 도착했고 곧 뻔뻔한 자들에게 죽음을 안겨 줄 것이다.'"

『오디세이』 19권

3월 15일

카이사르의 운명이 전혀 예상치 못하게 닥친 것은 아니었다. 오히려 그것은 생각 이상으로 용의주도하게 다가왔다. 믿기 어려운 징후와 불가사의한 일들이 먼저 일어났다. 하늘을 물들인 광채와 불, 사방으로 달려 나가는 밤하늘을 가득 채운 환상, 외롭게 광장을 나는 새들도 이처럼 엄청난 사건의 징조로 보기에는 좀 부족할 수 있다. 철학자이자 지리학자인 에스트라본은 엄청나게 많은 불의 인간이 허공을 달리는 것을 보았다고 한다. 그리고 군인들의 소유였던 노예의 손에서 불길이 치솟았는데, 이를 본 사람들의 눈에는 그 불길에 노예가 다 타 버릴 것만 같았다고 한다. 그런데 불이 꺼지고 살펴보니 그 노예는 조금도 상처를 입지 않은 게 아닌가! 카이사르가 제사를 지내려는데 제물의 심장이 사라지는 사건도 발생했다. 이는 정말 불길한 징조였다. 왜냐하면 어떤 동물도 심장 없이는 살 수 없기 때문이다. 예언자가 로마인들이 이두스의 날이라고 부르는 3월 15일에 카이사르에게 커다란 위험이 닥칠 거라고 경고하는 소리를 많은 사람들이 들었다.

3월 15일이 왔다. 카이사르는 원로원에 가면서 예언자를 비웃어 줄 요량으로 이렇게 말했다. "벌써 이두스의 날이 되었소." 그러자 예언자는 한숨을 내쉬며 이렇게 대답했다. "그렇습니다. 그러나 아직 15일이 다 지나가지 않았습니다." 며칠 전 마르쿠스 레피두스가 카이사르를 비롯한 여러 사람들과 식사를 했다. 그는 늘 하던 대로 편지를 쓰다가 갑자기 과연 어떤 죽음이 가장 멋진 죽음일까 하는 질문을 던졌다. 그러자 카이사르가 얼른 앞에 나서서 "예기치 않은 죽음이지."라고 대답했다.

그가 집으로 돌아와 아내 곁에 누웠는데 갑자기 방문과 창문이 모두 열리더니 소리와 빛이 정신을 어지럽게 했다. 달빛이 밝았기 때문에 그는 칼푸르니아가 곤히 잠들어 있는 것을 똑똑히 볼 수 있었다. 그녀는 꿈을 꾸면서 불길한 예언을 늘어놓더니 알아들을 수 없는 말을 되뇌이며 흐느꼈다. 카이사르의 아내는 첨탑이 집으로 밀고 들어오는 모습을 너무나 또렷하게 보았다. 리비우스의 말에 따르면 원로원이 카이사르의 권세를 인정하기 위해 세워 주었던 것인데 꿈속에서 무너지는 것을 보고 너무 슬퍼 울었던 것이다. 날이 밝자 그녀는 카이사르에게 생각이 있으면 원로원에 가지 말고 다른 날로 미루라고 청했다. 카이사르는 아내의 꿈을 대수롭지 않게 여겼지만, 신관이 내놓은 점괘와 또 다른 여러 가지 징조들은 연기하는 것이 좋겠다고 나왔다.

플루타르코스, 『영웅전』,

「율리우스 카이사르 쓰러지다」 63장

카프리 섬에서 카이사르가 루시우스 마밀리우스 투리누스에게 쓴 서한 형식의 일기

(10월 27일에서 28일로 넘어가는 밤)

1013. (카툴루스의 죽음에 대하여.) 큰 고통에 빠진 친구이자 시인인 카툴루스의 머리맡에서 밤을 새고 있다. 그는 잠깐씩 잠이 들기도 하는데, 나는 언제나처럼 지나친 상념에 빠지지 않기 위해 펜을 들고 있다.

그는 방금 눈을 뜨고 아틀라스의 여섯 딸의 이름을 말하더니 나에게 일곱 번째 딸의 이름을 물었다.

지금은 다시 잠이 들었다.

예전에도 우리는 대화를 나누며 시간을 보낸 적이 있었다. 죽어 가는 사람의 머리맡에서 밤을 샌 게 이번이 처음은 아니다. 고통을 받는 사람들에겐 자신에 대해서 정확하게 이야기해 줄 필요가 있다. 명민한 정신을 가진 사람들에게 그들이 버리는 세상을 찬양하는 것은 상당히 의미 있는 일이다. 경멸해 마땅한 세상을 버리는 것은 별로 의미가 없기 때문이다. 죽어 가는 사람들은 대개 상당히 힘겨웠던 자신들의 노력이 별다른 가치를 인정받지 못할까 봐 두려워한다. 개인적으로는 이를 찬양할 만한 동기가 없지 않다.

이 세상에서 저세상으로 넘어가는 최후의 순간에 나는 오래 묵은 빚을 갚았다. 야전에 있을 때 수차례 계속되는 꿈을 꾸었다. 꿈속에서 나는 한밤중에 즉흥 연설을 하면서 막사 앞을 왔다 갔다 했다. 많은 남녀 중에서도 젊은이를 선발하여 불러들이는 상상을 했다. 그들은 소포클레스의 불멸의 시가 던져 준 삶의 환희를, 그리고 사춘기에서부터 나이를 먹을 때까지 군인으로서, 행정가로서, 아버지로서, 아들로서, 사랑하는 사람으로서 부침을 통해 배운 모든 것을 밝혀 주기를 원했던 사람들이다. 나는 죽기 전에 내 가슴속에 담긴 감사의 마음과 찬양의 마음을 (가득 차자마자) 비워 내고 싶다.

오, 그렇다! 소포클레스는 진정한 남자였다. 그의 작품은 진정한 의미에서 인간의 것으로, 오래된 의문에 대한 답을 담아 내고 있다. 신들은 그를 후원하지 않았지만 그를 돕는 것 또한 거절하지 않았다. 예전에는 이와 똑같지 않았다. 신들이 뭔가에 가려 숨겨져 있지 않았다면, 그는 신들을 찾아내려고 그렇게 힘들여 투쟁하지도 않았을 것이다.

나는 많은 여행을 했다. 그러나 높이 솟은 알프스 산 한가운데서도, 멀리 그 발치에서도 산을 제대로 보지 못했다. 확실한 길과 함께하지 못했던 것이다. 그러나 소포클레스는 마치 알프스가 그곳에 있었던 것처럼 삶을 살아간 것만으로도 충분했다.

손턴 와일더, 『3월 15일』(1945)

근친상간

카이사르는 루비콘 강을 건너 로마로 진군하기 전에 자신의 어머니와 동침하는 꿈을 꾸었다고 한다. 잘 알려진 바와 같이, 카이사르를 칼로 찔러 그의 목숨을 끊는 데 참여했던 원로들도 신들이 이미 계획했던 것을 막아 내진 못했다. 로마는 아모(로물루스의 아들이자 아프로디테의 자손)를 잉태했고, 그 결과 이 작은 싹은 놀랍게도 거대한 로마 제국으로 성장했다.

로데리쿠스 바르티우스,

『숫자인 사람들과 그렇지 않은 사람들』

(1964)

스키피오의 꿈

키케로의 저작 중 종교적인 측면에서 최고의 성취로, 좀 더 정확하게 말하자면 종교 철학적인 면에서 최고의 글로 꼽히는 것은「스키피오의 꿈」이다. 이는 키케로의『국가론』4권에 실려 있는데, 스키피오 아이밀리아누스의 입을 통해 그의 아버지인 스키피오 아프리카누스가 등장하는 꿈에 대해 이야기하고 있다.

그의 아버지는 아들인 스키피오를 높은 곳으로 데려가 카르타고를 보여 주며 이 년 안으로 그가 카르타고를 무찌르고 승리를 쟁취할 것이라 예언했다.(그리고 훗날 누만시아를 정복하리라는 것도 예언했다). 아들이 승리를 거두고 신전으로 돌아오리라는 예언과 완전히 전복된 도시를 목격하게 되리라는 예언도 덧붙였다. 또한 이를 위해서는 영혼과 지혜와 절제의 빛이 필요할 것이라는 말도 잊지 않았다.

스키피오 아프리카누스는 아들인 스키피오 아이밀리아누스에게 용기를 주기 위해 조국을 위해 봉사하고 자비와 정의를 베푼 영혼들의 운명을 보여 주었다. 이 영혼들은 전지전능한 신이 주재하는 은하수에서 유유자적하고 있었다. 아홉 개의 둥근 천체로 나뉜 신비롭고 경이로운 그 세계는 장엄하게 조화를 이루고 있었다. 절대 권능을 가진 신은 나머지 천체와 별들을 묶어 고정해 둔 가장 바깥쪽 천체에 살고 있었다. 이 천체 아래에 하늘과는 반대 방향으로 돌아가는 일곱 개의 천체가 있었다. 그 아래쪽 원주에서는 달이 하늘을 돌고 있었다. 달 아래에는 '달 아래 세계'가 있었는데, 그곳에는 인간의 영혼을 제외한 필멸의 존재만이 살고 있었다. 인간의 영혼은 마지막 아홉 번째 천체이자 다른 천체의 중심에 자리 잡은 채 미동도 하지 않는 지구에 살고 있었다. 자비와 정의를 구하기 위해서는 위쪽으로, 즉 달 위쪽에 있는 천체이자 유한한 생명을 가진 존재가 아닌 것들만 사는 곳으로 가야 했다. 영혼은 각 천체들의 가장 높은 곳에 연결되어 있었는데, 지상에서의 부귀영화가 덧없음을 깨달았을 때에만 마치 자신의 조국으로 돌아가듯 그곳으로 갈 수 있었다. 다시 말해, 필멸의 육신에 갇혀 있다는 것이, 영혼 자체도 필멸한다는 것을 의미하지 않는다는 것을 깨달았을 때에만 돌아가는 것이 가능했다. 불멸의 영혼은 필멸의 육신을 조종한다. 마치 하느님이 이 세상을 어떤 의미에서건 죽음으로 몰고 가듯이 말이다.

영혼이 가장 고귀한 일을 할 수 있도록 끊임없이 단련해야 한다. 이 모든 것 중에서 가장 고귀한 것은 조국의 구원을 향해 나아가는 것이다. 이러한 위대한 임무를 완수한 영혼은 천체로 올라가는 보상을 받을 것이며, 반면에 감각적인 쾌락에 빠져 산 사람의 영혼은 대지와 같은 높이에 영원히 머물면서 하늘로 올라가지 못한 채 수 세기에 걸쳐 고통을 받을 것이다.

이런 생각들의 기원에 대해서는 오랫동안 여러 논의가 있었다. 몇몇 작가들은 포세이도니우스가 그 기원이라고 주장하지만, 다른 사람들은 이런 주장에 대해 부정적이었다. 키케로가 가지고 있던 생각의 큰 틀은(도시(로마)에 대한 봉사라는 시민적인 동기를 제외하면) 당대에 새롭게 길을 열었던 다양한 사상들에 상응했다. 그리고 천체의 움직임을 신성시하는 종교들과도 일정 부분 접점이 있으며, 한편으로는 영혼의 불멸성과 단순성에 대한 플라톤적인 개념들을 정교하게 다듬고자 하는 사상과도 연결되어 있다. 마지막으로는 위대하고 조화로운 존재로서의 우주라는 시각과, 다시 말해 덕을 쌓은 영혼들이 시민으로 살아가는 사원으로서의 우주라는 시각과도 연결시켜 생각할 수 있다. 이와 유사한 생각들은 훗날 많은 작가들에게 영향을 미쳤고 그중 가장 두드러진 것이 바로 마크로비우스이다.

꿈이 말하는 다양한 주제 중의 하나가 바로 우주의 광활함과 비교되는 개인적 삶의 무의미함이다. 이 주제는 『아이네이스』 4권에서 더욱 발전되었다.(아이네이스의 안키세스에 대한 계시.) 그리고 스토아학파의 몇몇 저작에도 나타난다.(예를 들면 세네카의 『마음의 안정에 대하여』 21장 1절.)

호세 페라테르 모라, 『철학 사전』(1958)

꿈은 어디에서 오며 그 결과는 어떠한가

밤이 되어 외부의 불이 떠나가 버리면, 내부의 불 역시 그와 단절되고 맙니다. 그러면 눈으로부터 떠나 다른 것 위에 떨어지면서 그 자체가 변형되어 꺼져 버리지요. 이 경우에는 언제나 그를 둘러싸고 있는 공기와 공통적인 본성을 가지는 것을 포기하게 되어, 보는 것을 잠시 멈추고 잠으로 나아가게 됩니다.

이 같은 시각을 보호하기 위해 신들이 고안한 장치가 바로 눈꺼풀입니다. 눈꺼풀을 감으면 내부에 있는 불의 힘이 억눌려, 우리 내부의 운동들이 진정되고 가라앉습니다. 이런 식으로 운동들이 진정되면 잠이 찾아옵니다. 평온을 완벽하게 되찾으면 우리에게는 꿈이 거의 없는 잠이 쏟아집니다. 반대로 우리가 감지할 만한 운동이 지속되면 운동의 본성과 어떤 곳에 위치하느냐에 따라, 다양한 본성에 따라 생성된 내외부의 상들과 유사한 이미지들이 강하게 만들어지기도 하고 약하게 만들어지기도 합니다.

잠에서 깨어난 뒤에도 우리는 기억력에 의해 이러한 상들을 계속 간직하게 됩니다.

플라톤, 『티마이오스』 45장

카프리 섬에서 카이사르가 루시우스 마밀리우스 투리누스에게 쓴 서한 형식의 일기

(다음에 나오는 주들은 1~2월 중에 쓰인 것으로 보인다.)

1020. 그들은 언젠가 나에게 농담처럼 모든 것이 텅 비어 있는 듯한 공포를 느껴 본 적이 있는지 물었다. 너에게는 긍정적으로 대답한 적이 있는데, 그 후로도 몇 차례 반복적으로 그런 공포를 꿈에서 만났다.

우연찮게 누워 있던 몸이 불편했던 탓인지, 아니면 속이 더부룩해서였는지, 그와는 다른 이유에서 속이 불편했던 탓인지는 잘 모르겠다. 확실한 것은 내 정신을 휘어잡고 있던 공포가 현실이었다는 것이다. 죽음의 이미지도 해골의 찡그린 얼굴도 아니었고(언젠가는 그런 것 같다고 믿기도 했다.), 오히려 모든 사물의 마지막 순간이 감지되는 그런 상태였다. 부재나 침묵으로 다가오는 것이 아니라 완벽하게 가면을 벗은 악의 모습이었다. 모든 쾌락을 비웃는, 그리고 모든 노력을 시들게 하고 목마르게 하는 조롱과 협박이었다. 이 악몽은 내 질병이 악화되면서 밀려온 환영이 만든 역의 반응이었다. 몸이 안 좋아지면서 오히려 명징한 우주의 조화를 깨달을 수 있을 것 같았다. 엄청난 환희와 끝없는 믿음이 밀려왔다. 모든 살아 있는 사람들과 죽은 사람들에게 축복의 손길이 미치지 않는 곳은 없다고 소리치고 싶었다.

(텍스트는 그리스어로 계속된다.)

기관들이 어떤 기분에서 움직이는가에 따라 상태는 두 가지로 나뉜다. 그러나 두 상태 모두에서 '나는 앞으로 그것에 대해 더 잘 알게 될 것'이라는 의식이 분명해진다. 만일 기억이 그것들에 대해 두렵고 분명한 증거를 수없이 들이댄다면, 어떻게 그것을 하잘것없는 환상으로 여겨 거부하겠는가? 다른 것을 부정하지 않고서는 어느 한 가지도 부정할 수 없다. 단순히 마을을 평화롭게 하는 사람으로서, 각 개인에게 진실의 졸아든 부분을 상기시키고 싶지는 않다.

손턴 와일더, 『3월 15일』(1945)

잘못된 해몽

와이나 카팍은 역병에 대해 두려움을 느낀 나머지 스스로 문을 잠그고 들어앉았다. 칩거하는 동안 꿈을 꾸었는데, 꿈에 난쟁이 셋이 나타나 이렇게 말했다. "잉카의 황제여, 너를 찾으러 왔다." 역병이 와이나 카팍에게 다가오고 있었던 것이다. 그러자 그는 파차카막의 신관에게 건강을 회복하려면 무엇을 어떻게 해야 하는지 해석해 달라고 부탁했다. 신관은 태양 앞으로 나오면 곧 병이 나을 것이라고 알려 주었다. 그러나 이 말을 믿은 황제가 태양 앞에 몸을 드러낸 순간, 황제는 죽고 말았다.

베르나베 코보, 『신세계 역사』

소소한 꿈

5세기 로마의 작가로 '사투르누스 축제'에 대해 글을 남겼던 암브로시우스 테오도시우스 마크로비우스는 키케로의 『국가론』에 나오는 「스키피오의 꿈」이라는 글에 매우 유명한 주석을 달았다. 키케로의 『국가론』은 기원전 1세기 전반부, 로마를 지배하던 국가 시스템의 바람직한 방향을 제시하며 플라톤적이고 피타고라스적인 우주의 기원에 대해 쓴 책이다. 마크로비우스는 이 책에서 보통의 꿈이나 일상적인 삶의 메아리 — 사랑, 식사, 친구, 적, 옷 입는 것, 돈 — 라고 할 수 있는 일들을 담아 내는 꿈에 대해 경고를 보냈다. 위대한 꿈에는 혼을 불어넣는 성스러운 숨결이 담기는데, 일상적인 꿈에는 그러한 숨결이 부족하므로 해석할 가치가 없다고 경계한 것이다.

13세기에 대알베르토 성인으로 알려진 알베르트 폰 볼슈타트(?~1280)는 스콜라 철학에 기초하여 그리스 철학과 기독교 교리를 조화시키고자 한 인물로, 파리에서는 토마스 아퀴나스를 제자로 거두었다. 그는 『영혼론』을 통해 소소한 꿈들의 허망함과 성스러운 숨결에 의해 혼이 부여된 꿈들의 소중함에 대해 마크로비우스와 같은 의견을 피력했다. 알베르토 성인은 위대한 여행가였다. 그는 광물, 분자의 속성, 동물, 그리고 기상 현상의 기본적인 특성 등에 대해 관심을 가졌으며, '연금술에 대한 연구'를 통해 마법의 향으로 주변을 채우기도 했다. 훗날 라티스보나* 주교가 되었으나 여행을 계속하기 위해 그 자리를 사임했다. 그러나 최고의 대가가 되고자 했던 꿈은 이루지 못했다. 당대에 자신이 가장 총애했던 제자가(지식이란 측면에서는 아니지만) 그를 추월했던 것이다. 그는 아퀴나스의 사후 다시 파리로 돌아와 자신의 이론을 한층 발전시켰다.

로데리쿠스 바르티우스,
『숫자인 사람들과 그렇지 않은 사람들』
(1964)

* (옮긴이 주) 현재는 레겐스부르크.

증거

어떤 사람이 꿈에서 천국에 들어갔다가, 천국에 있다는 증거로 꽃 한 송이를 받았다고 하자. 그런데 꿈에서 깨어나 보니 손에 꽃을 들고 있다면…… 이건 뭘까?

S. T. 콜리지

일상의 꿈

어둠이 드리워진 나일 강
물을 옷 삼은
가무잡잡한 아름다운 여인들
기차를 비웃고 있네

도망자들

주세페 웅가레티, 「첫 번째 것들」(1919)

꿈의 본성에 대하여

잠이 달콤한 수면으로 사지를 묶고
온몸이 깊은 휴식 속에 누웠을 때에도
우리는 깨어 있는 듯이
그리고 여전히 사지를 사용하고 있는 듯이 보인다.
우리는 한밤중 어둠 속에서도
태양과 한낮의 빛을 지각한다고 믿는다.
닫혀 있는 좁은 공간에 있으면서도
계절을, 바다를, 산을, 강을 옮겨 다닌다고,
그리고 거대한 평원을 가로지른다고 믿는다.
밤의 총체적인 침묵 속에 빠져 있을 때에도
마치 소리를 듣고 있는 것처럼,
침묵 속에서도 대답하는 것처럼 보인다.

어떤 형식에서건 우리는 놀라운
이와 유사한 현상들을,

그러니까 감각에 대한 믿음을 파괴하는
현상들을 많이 볼 수 있다.
그러나 모두 부질없는 짓이다.
이들 대부분은, 감각 기관들이 보지 못한 것을
본 것처럼 상상하면서
우리 스스로 감각들의 관계에 덧칠하는
영혼의 판단으로부터 기인하기 때문이다.
정신이 우리를 자꾸 연결시키고 싶어 하는
불확실한 추측으로부터 명백한 관계의 차이를
만들어 내는 일이야말로
드물고 뛰어난 일이다.
(……)

간명하게 너희에게 말하리라.
어떤 사물이 영혼에 활력 있는 움직임을 주는지,
그리고 이데아들이 어디에서 영혼으로 오는지를.
사물의 많은 영상들이 여러 가지 형태로
천지 사방을 떠돌아다닌다는 것을 말하노라.*
이들은 너무 섬세하여,
허공에서 서로 마주치면
거미줄이나 금박처럼 쉽게 결합한다.

* 루크레티우스는 육체로부터 떨어져 나온 영상들을 땔감으로부터 나오는 연기, 불이 토해 내는 증기, 여름날 매미들이 벗어던지는 허물 등과 비교하고 있다. 그리고 커튼을 통과한 형형색색의 빛, 냄새, 우리가 거울에서 볼 수 있는 영상과도 비교하고 있다. 이러한 영상들은 엄청난 속도로 움직여 믿을 수 없는 공간을 한순간에 가로질러 달려간다.(알도 미엘리의 주석.)

이는 사물의 모든 조직이나 기관 속으로
파고들어
그 내부에서 실체에 영혼의 아주 섬세한 움직임을 부여하고
기능이 발휘되도록 하여,
우리가 사물을 바라볼 수 있게 해 주는
영상보다도 훨씬 더 섬세하기 때문이다.
이런 식으로 우리는 대지가 자신의 몸속에
그 뼈를 껴안고 있는
켄타우로스와 스킬라, 그리고 케르베로스와
죽은 자들의 유령을 볼 수 있다.
그래서 대기 속에는 다양한 영상들이 가득하다.
몇몇 영상은 공기 속에서 저절로 만들어지고
또 다른 것들은 다양한 육체로부터 떨어져 나오고,
이 두 가지가 다시 결합하여 또 다른 영상들을 만든다.
켄타우로스의 영상은 분명
살아 있는 켄타우로스로부터 만들어진 것이 아니다.
그 어떤 본성도
그와 유사한 동물을 만들어 내지 않았다.
오히려 그는 말과 인간의 상이,
이미 앞에서 말한 것과 같이,
그들의 섬세하고 부드러운 조직이 순간순간
결합을 용이하게 만들기 때문에
우연히 만나 만들어진 것이다.
극도의 가벼움으로
영혼이 첫 번째 자극에 영향을 미칠 때,

이처럼 상이한 것들이 조화를 이루어 이런 영상을 만들어 낸다.
왜냐하면 정신 그 자체가 굉장히 섬세하고
극한의 민첩함을 가지고 있기 때문이다.

이 모든 것들이 똑같은 구조를 전유하기 때문에
눈으로 보는 대상과 영혼으로 보는 대상이
똑같은 모습으로 나타난다는 것이
바로 내가 앞에서 한 이야기의
좋은 증거가 될 것이다.
내가 우리 눈을 자극하는
영상들의 도움을 받아 사자를 본다는 사실을 가르쳤으니,
이와 마찬가지로 사자의 또 다른 영상들이
영혼도 움직인다는 것과
눈으로 보는 것과 똑같이 영혼 또한 영상들을 똑똑히 볼 수 있다는 점을 추론할 수 있을 것이다.
잠이 신체 각 기관에 손을 뻗을 때에도
영혼은 이처럼 깨어 있을 수밖에 없다.
한낮에 세상을 가득 채우던 영상들이
영혼에 가까이 다가가기 때문이다.
결국 황량함을,
즉 죽음과 대지가 지배하고 있는 사람을
보는 것처럼 느끼게 한다.
본성이 이 같은 환상을 야기하는 것이다.
왜냐하면 모든 감각이 깊은 잠 속에 빠져 있어

진실된 것들이 거짓된 것들을
막아 내지 못하기 때문이다.
그리고 기억조차 기력을 잃고 잠이 들어
투쟁을 할 수 없기 때문이다.
그러기에 영혼을 생명이 있는 것으로 보았다 하더라도
그것은 이미 죽음과 망각의 전리품이 되어 있을 수 있다.

그러나 영상들의 움직임은
그리고 법칙에 따라
팔과 사지를 움직이는 것은
그리 놀라운 일이 아니다.
잠을 자는 동안에도
외적인 형상들은 반드시 움직여야 하기 때문이다.
첫 번째 것이 사라지고
또 다른 것이 뒤를 이어 나타난다 해도,
똑같은 영상이
순식간에 자세를 바꾼 것처럼 보이기 때문이다.

이 문제에 관하여
만일 우리가 여러 가지 것을 깊게 파고들기 원한다면
밝혀야 할 의문과 의심은 여전히 많다.
가장 먼저 제기될 의문은
영혼이 원할 때 사물의 이데아들을
순식간에 떠올릴 수 있는가 하는 문제이다.
영상들이 우리의 의지를,
즉 바다를, 땅을, 그리고 하늘을

사람들의 모임을, 성대한 행렬을, 연회를
전투와 그 밖의 것들을 원하는가를
지켜보고 있단 말인가?
같은 공간에 있는 수많은 사람들의 영혼이
서로 다른 것들을 생각하고 있을 때에는
본성도 어떤 신호 하나에 모든 상을
만들어 내고 간직할 수는 없는 것 아닐까?

우리가 꿈속에서 영상들이 박자에 맞춰
춤을 추며 나아가는 것을 본다면,
혹은 팔을 교차하여 부드럽게 움직이고,
가볍게 걸어가는 발에 맞춰 이를 반복한다면,
뭐라고 말할 것인가?
밤에도 즐길 수 있을 만큼
어떤 기술과 규칙을 익힌 것일까?
우리가 이러한 움직임을 자각하는 어떤 순간에,
그러니까 목소리가 던져지는 바로 그 순간에,
이성만이 구별할 수 있는 수많은 순간들이 지나가기 때문이라고
나는 진정으로 믿는다.
바로 이것이 어떤 시점, 어떤 장소에서건
수많은 영상들이 즉시 나타날 수 있는 이유이다.
그만큼 수도 많고 민첩하니까!
그리고 그것들의 조직은 너무 가늘어
영혼도 자기 안으로 완전하게 끌어들이지 못하면
그것들을 또렷하게 볼 수 없다.

영혼이 진지하게 그들을 받아들일
준비가 되어 있지 않으면
모든 것은 순식간에 사라져 버린다.
진실되게 바라보는 것을
보겠다는 기대를 안고 있을 때에만
이를 성취할 수 있다.

눈에 잘 보이지 않는 어떤 것을
보고자 할 때엔
깊이 묵상하고 준비해야 한다는 것을
너희는 깨닫지 못하는가?
어떤 육신이 영혼의 시각에
노출되어 있다고 하더라도
만일 영혼이 집중하지 않는다면
수십 킬로미터는 떨어져 있는 것처럼
느낄 수밖에 없다는 것을 깨닫지 못하는가?
영혼은 자기가 몰두하는 영상 외에는
다른 모든 영상을 잃어버릴 수밖에 없다는 것을
보고서 감탄할 필요가 있을까?

아마 영혼이 영상들의 크기를 잘못 파악하여
우리에게 실수를 하게 만들고
우리를 속이는 일이 발생할 수도 있다.
또한 상의 상이 뒤바뀌어
여성의 상이
순간적으로 남성의 상으로 변해

우리의 손에 닿을 만큼 가깝게 나타나는 경우도 있다.
또 연속해서 안색과 나이가 판이하게 다르게
나타날 수도 있다.
바로 이런 것이 망각과 꿈에서 비롯되는 것이다.

루크레티우스,

『사물의 본성에 대하여』 4장

꿈이란 무엇인가

인간의 본성에 하느님이 명하신 바가 무엇이든 상관없이, 꿈은 잠을 자며 휴식을 취하는 그 시간에 나타나 밤을 새워 일한다. — 인간의 본성에 대해 의견을 내놓았던 사람들에 따르면, 인간은 바로 그 잠을 통해 사지(四肢)의 진정한 휴식을 누린다. — 생명의 영혼은 감각 기관을 움직여 육체가 깨어 있을 때 사용했던 생명과 연결된 각 부분을 다시 작동시킨다. 그러므로 깨어 있는 동안 무엇을 먹었고 무엇을 마셨는지에 따라, 혹은 걸어 다니며 무엇을 하고 무엇을 돌보았는지에 따라 많은 것들을, 즉 자연 속의 것들과 이성의 것들, 그리고 여타의 엉뚱한 것들을 꿈꾸게 된다. 인간의 육신을 구성하는 네 가지 요소들이 부풀거나 축소됨에 따라 다른 꿈을 꾸게 된다. 여러 가지 손볼 것들과 바라는 것들이 꿈에서 스스로 자라나는 것이다.

그러나 꿈에서는 분명하게 보였던 것들도 잠에서 깨어나면 아무것도 남지 않게 된다. 그러므로 이 같은 부실한 토대에 신념을 세우면, 그 신념은 확실하지도 건강하지도, 그리고 오랫동안 지속되지도 않을 것임을 곧 깨닫게 될 것이다.

현왕 알폰소,

『칠부 사전(Setenario)』 16조

악몽

고대의 왕을 꿈꾸었다.
쇠로 만든 왕관, 죽어 버린 눈길.
이제 더 이상 이런 얼굴은 없다. 단단한 칼만이
충직한 개처럼 그를 받들 것이다.

나는 그가 노섬브리아 출신인지, 노르웨이 출신인지 알지 못한다.
아는 것은 다만 북부 지방 출신이라는 것뿐.
무성한 붉은 털이 그의 온 가슴을 뒤덮었고
그 맹목의 시선은 나에게 단 한 번도 눈길을 주지 않았다.

거울같이 잔잔한 어떤 바다,
어떤 배에서, 모험을 떠난
거만한 잿빛 사내가 갑자기 나타날까?

나에게 지난 과거와 고통을 강요할 사내.
낮이 밤으로 지쳐 들어갈 때 나를 일으켜 세워
나를 꿈꾸고, 나를 심판하리라는 것을 알고 있다. 그는 아직 떠나지 않았다.

호르헤 루이스 보르헤스

꿈에 대하여

졸음이 편안하게 뻗은 사지 위를 짓누르는데,
마음은 그 무게에서 벗어나 놀고 있을 때.

페트로니우스

꿈에 대해 글을 썼던 많은 작가들은 꿈을 이 세상 다른 곳에서 이미 일어난 일이나 앞으로 일어날 일의 계시로만 생각하려는 경향이 있다.

그러나 우리는 꿈을 다른 각도에서 살펴보고자 한다. 꿈은 우리에게 영혼의 탁월함에 대해, 그리고 영혼의 탁월한 독립성에 대해 몇 가지 생각을 던져 준다.

첫째, 우리의 꿈은 영혼의 위대한 독립성을 보여 주는 훌륭한 증거이다. 잠조차도 이를 쓰러뜨리거나 평정할 수 없다. 하루 종일 일을 한 탓에 피곤에 지쳐 있을 때, 인간 전체에서 능동적으로 활동하는 이 부분은 피곤함도 잊고 계속해서 뭔가를 운반한다. 모든 감각 기관들이 합리적인 휴식과 이를 통한 적절한 회복을 원하고, 육체가 상호 결합되어 있는 영적인 실체와 더 이상 함께하기 어려워지면, 영혼은 다양한 능력을 심화시켜 동반자인 육체가 다시 함께할 수 있을 때까지 활동을 계속한다. 이러한 방법을 통해 꿈은 영혼의 긴장을 완화하고 해소하는 것처럼 보인다. 영혼은 기계와 스포츠, 그리고 휴식에서 벗어나, 모든 짐을 잠 속에 내던지는 것이다.

두 번째, 꿈은 정신적 능력의 고유한 속성인 민첩함과 완벽함을 보여 준다. 무겁고 굼뜬 동료인 육체와 함께 움직일 때는 영혼도 자신의 활동을 지체하게 된다. 그러나 꿈속에서는 정말 놀라울 정도로 활기 있게 수다를 떤다. 느릿한 말투는 쓸데없는 헛소리를 유발하거나, 거의 알려지지 않았거나 조금밖엔 알려지지 않은 언어를 사용하여 빠른 이야기를 유도한다. 삽화들은 기쁨 속에, 심한 졸음은 예리한 답변과 해학의 순간에 넘쳐난다. 정신이 가장 힘들어하는 행위는 창조이다. 그러나 꿈에서는 우리가 깨어 있을 때는 경험할 수 없었던 수준으로, 아주 편안하고 부지런히 움직인다. 예를 들어, 우리 모두는 한 번쯤 책이나 일기나 편지를 읽는 꿈을 꾼 적이 있다. 꿈이 만들어 낸 것들이 너무나 생생하여 글을 좀 더 부드럽게 윤문하기 위한 그들의 제안을 정형화하기 위해 정신은 노력을 기울이며 앞으로 나아간다.

『렐리히오 메디치(Religio Medici)』*의 한 구절을 끼워 넣

* 토마스 브라운(1605~1682)이 저술한 『의사의 종교』를 가리킨다.(1643년에 오류가 심각한 해적판이 출판되었다.) 1635년에 쓰인 이 책은 일련의 개인적인 주석을, 그러니까 영적이고 종교적이며, 위대하면서도 깊이 있는 생각들

고 싶다. 이 작품의 작가는 잠에서 깨어났을 때 꿈과 생각 속에서 자신이 스스로를 의식하고 있었다는 것을 깨달았다. "우리는 현실보다 꿈속에서 더 살아 있는 듯이 느낀다. 육체의 휴식은 영혼의 깨어남을 도와주는 것 같다. 감각의 연결 고리가 존재하지만, 이성의 자유로움과 철야(徹夜)에 대한 개념으로부터의 자유는 꿈의 환상과 일치하지 않는다……. 꿈에서는 어떤 비극이든 구성할 수 있다. 행동을 밀어붙이고, 동작을 이해하고, 나의 창조 행위를 약간은 비웃기도 한다. 기억이 이성과 마찬가지로 충실할 때, 이는 더욱 풍성한 열매를 맺는다. 그러나 꿈속에서는 진심 어린 기도는 할 수 있을지언정 공부는 할 수 없을 것이다. 우리의 촘촘한 기억들은 매우 엉성한 지지대 위에서 관념적인 이해나 판단을 한다. 그래서 이야기 전모를 잊거나, 깨어 있는 영혼에게 이미 일어난 일에 대한 혼란스럽고 지엽적인 이야기만을 들려주게 된다……. 출발점에선 인간은 말을 하면서 자기 자신에 대해 과도하게 인식하는 것을 볼 수 있다. 영혼은 육체의 속박으로부터 자유를 느끼고, 이에 상응하는 자기 자신에 대해 사유하기 시작한다. 예컨대 자신의 영원한 불멸에 대해 아주 거만한 자세로 토론하는 것이다."

셋째, 우리가 잠을 자고 있을 때 열정은 정신에 매우 강한 영향을 미친다. 기쁨과 슬픔은 그 어떤 순간보다 쾌락과 고통

과 엄청나게 많은 주제들을 다루고 있다. 출판도 되기 전에 필사본이 나돌았으며, 영어와 라틴어, 프랑스어, 플랑드르어, 그리고 독일어로 번역되어 엄청난 성공을 거두었다. 존슨 박사와 램, 콜리지, 칼라일, 브라우닝 등으로부터 높은 평가를 받았다.

을 생생하게 만든다. 이미 언급한 위대한 작가가 알려 준 바와 같이 진실된 기도의 순간에도 마찬가지이다. 육체가 깊은 휴식을 취하는 동안 영혼은 고양된다. 각자의 체격에 따라 방식은 다르겠지만 인간의 온전한 경험은 제각기 보고를 해 올 것이다.

내가 여기서 강조하고 싶은 것은 자신의 고유한 동반자를 생산할 수 있는 영혼이 얼마나 신성한 힘을 가졌는가 하는 것이다. 영혼은 자신이 창조한 수많은 존재들과 대화를 나눈다. 그리고 자신의 상상력이 만들어 낸 수많은 장면으로 이동해 간다. 상상력은 자신만의 극장이자 배우이자 관객이다. 플루타르코스가 헤라클레이토스에게 맡긴 그 점을 내가 이해할 수 있었던 것은, 온전히 깨어 있을 때 인간은 보통의 평범한 세상을 살아가지만, 잠을 잘 때(꿈을 꿀 때)만큼은 자신만의 세상을 살아간다는 생각 덕분이었다. 깨어 있으면 자연의 세계와 대화를 나누지만, 잠들어 있을 때는 자신만의 특별한 세계와 대화를 하는 것이다……. 꿈에 나타난 계시의 힘에 대한 테르툴리아누스의 소견을 잊어서는 안 된다. 성스러운 문자를 신봉하는 사람이라면 누구도 그것을 부정할 수 없다. 고대와 근대의 작가들은, 그러니까 기독교적인 작가든 그렇지 않은 작가든 그들은 수없이 많은 사례들을 우리에게 제시하고 있다. 이러한 어두운 징조들, 밤의 환영들이 어떤 고동치는 힘, 혹은 절대적인 존재와의 대화로부터 나온다면, 혹은 종속된 영혼의 개입으로부터 떨어진다면, 많은 것들이 저마다 현명한 정신에 의해 정성스럽게 만들어질 것이다. 그러나 그의 존재는 대답하기 어렵다. 미신이나 흥분으로 인한 모든 의심과는 거리가 먼 작가들에 의해 강조될 것이다.

나는 영혼이 육체와 완전히 유리되어 있다고는 믿지 않는다. 그러나 영혼은 지나치게 물질에 빠져 있지도 않으며, 밤을 새워야만 하는 육체와 복잡하게 얽혀 있지도 않다고 믿는다. 육체와의 결합은 영혼에, 그러니까 자신 안에서 골몰하는 영혼과 솟구칠 수 있는 능력을 회복한 영혼에 좀 더 많은 여유를 주기 위해 필요한 것만을 풀어 놓는다.

조지프 에디슨, 《관객》 487호,

런던, 1712년 9월 18일

유서 깊은 능력

이 세상 모든 기억에서 가장 가치 있는 것은
꿈을 불러내는 유서 깊은 능력이다.

안토니오 마차도

캐드먼

미학적인 즐거움을 주었다는 사실 외에도, 캐드먼은 오래도록 명성을 누릴 자격이 있는 인물이다. 『베어올프의 공훈』은 작자 미상의 작품이지만, 이와 반대로 캐드먼은 이름이 남아 있는 앵글로색슨족의, 다시 말해 잉글랜드의 첫 번째 시인이다. 「출애굽기」와 「사도행전」에는 기독교적인 인물이 등장하지만 그 안에 담긴 정서는 이교도적이다. 캐드먼은 기독교 정신을 보여 준 색슨족의 첫 번째 시인이다. 이런 이유에서 우리는 잉글랜드인의 『교회사』 4권 「경건한 베다」에 언급되는 것처럼 캐드먼의 흥미로운 이야기를 덧붙여야만 한다.

"여성 수도원장(스트린셜크 수도원의 성 힐다)이 명을 내리던 수도원에 성스러운 재능, 다시 말해 자비와 신앙심이 충만한 노래를 짓는 재능으로 뭇사람들의 존경을 받는 수사가 있었다. 그는 성경에 언급된 모든 인간의 교훈을 부드러우면서도 열정적인 시어로 표현했다. 영국에서 성가(聖歌)를 지을 때면 많은 사람들이 그를 모방했다. 그는 인간에게서 성가 짓는 법을 배운 적이 없었다. 그의 재능은 성스러운 하느님으로부터 직접 내려온 것이었으며, 따라서 가식이 넘치는 쓸모없는 노래 같은 건 짓지 않았다. 사실 그는 나이가 지긋할 때까지 평범한 삶을 살았으며, 시에 대해 아는 것이 아무것도 없었다. 그는 축제에 자주 참여했는데, 이 축제에서는 즐거움을 키우기 위해 모든 사람이 하프를 켜며 노래를 불렀다. 그러나 캐드먼은 하프가 자기에게 올 때마다 부끄러운 마음이 들어 몰래 집으로 돌아가곤 했다.

한번은 말들을 돌보라는 명령을 받고 축제가 열리던 집을 떠나 마구간으로 갔다. 그곳에서 언뜻 잠이 들었는데 꿈에서 한 사람이 나타나 그에게 명령을 내렸다. '캐드먼, 나에게 뭐든 좋으니 노래를 좀 해 다오!' 캐드먼은 이렇게 대답했다. '저는 노래를 할 줄 모릅니다. 축제 장소를 떠나 이렇게 잠을 자고 있는 것도 그 때문입니다.' 그러자 그에게 말을 건넨 사람이 다시 명했다. '너는 노래를 할 수 있을 것이다.' 캐드먼이 다시 대답했다. '제가 무엇을 노래할 수 있을까요?' 돌아온 대답은 이러했다. '만물의 근원에 대해 나에게 노래하라.' 명령을 받은 캐드먼은 한 번도 들은 적이 없는 시와 단어를 사용하여 노래를 불렀다. '지금 하늘 왕국의 수호자를, 창조주의 권능을, 그리고 그분의 마음속에 깃든 충고를, 하느님 아버지의 영광스러운 작품을 찬양하자. 영원한 주님이신 그분은 모든 신비로움을 창조하셨다. 맨 먼저 땅에 사는 자식들을 위해 지붕과 같은 하늘을 만드셨다. 그런 다음 전지전능한 분은 인간들이 디딜 수 있는 곳을 주기 위해 땅을 만드셨다.' 잠에서 깨어난 그는 꿈에서 했던 노래를 마음속에 담아 두었다. 그리고 거기에 하느님에게 합당한 똑같은 스타일의 많은 다른 단어들을 더했다."

베다는 수도원장이 수사들에게 캐드먼의 새로운 능력을 시험하라고 일렀다고 언급하고 있다. 그리고 하느님이 시를 짓는 능력을 부여했다는 것을 깨닫고 난 후에는 그에게 수도원에 들어와 살라고 간절히 청했다. 그는 "세상의 창조, 인간의 시원, 전 이스라엘의 역사, 이집트에서의 탈출, 약속된 땅으로의 진입, 그리스도의 출현, 수난, 부활, 그리고 하늘로의 승천, 성령의 도래, 사도들의 가르침 등을 노래했다. 또한 마지막 심판의 공포, 지옥에 대한 두려움, 하늘나라의 지복 등에 대해서도 노래했다." 역사가들은 캐드먼이 몇 년 후에 닥칠 자신의 죽을 시간을 예언하고는 잠을 자면서 죽음을 기다렸다고 덧붙였다. 하느님께서 직접 하느님의 천사가 그에게 노래하는 법을 가르친 것이다. 우리는 그가 다시 천사와 만나게 되기를 빌고 있다.

호르헤 루이스 보르헤스

구별하는 것이 맞다

왜 너의 내적인 명령을 꿈과 비교하려 드느냐? 너는 혹시 사실무근한 환희와 두려움의 근원이, 정확하게 꿈들이 그러한 것처럼, 부조리하면서도 일관되지 않고 필연적이면서도 반복될 수 없는 것이라고는, 그리고 전체적으로는 소통될 수 없지만 너무나 소통되길 간절히 바라는 것이라고는 생각하지 않느냐?

프란츠 카프카,『팔절판 네 번째 노트』

병든 기사의 마지막 방문

모두들 그를 검은 기사라고 부른다. 하지만 아무도 그의 진짜 이름은 모른다. 전혀 예기치 않은 순간에 사라진 이후, 그에 대해 남은 것이라고는 미소에 대한 기억과 바티칸에서 납으로 봉인하는 일을 맡았던 세바스티아노 루치아니가 그린 초상화뿐이었다. 세바스티아노는 장갑을 낀 쪽 손을 잠든 사람처럼 자연스럽게 내려뜨린 채 가죽 재킷을 입은 그의 모습을 그림으로 옮겼다. 그를 가장 좋아했던 사람들 중에서(몇 명 안 되는 그 사람들 중에 나도 포함된다.) 몇 사람은 그의 투명하면서도 창백한 누런 피부, 여성처럼 가볍게 옮기던 걸음걸이, 그리고 늘 흐릿하여 기력이 없어 보이던 눈빛 등을 기억했다.

사실 그는 공포의 씨앗을 뿌리는 사람이었다. 존재만으로도 가장 단순한 사물에까지 환상의 색채를 입힐 수 있었다. 어떤 대상이든 그의 손이 가볍게 닿기만 하면, 그 사물은 마치 꿈의 세계에 들어간 것처럼 보였다……. 아무도 그에게 무엇을 잘못했는지, 그리고 왜 다른 사람의 보살핌을 받지 않는지 묻지 않았다. 언제나 멈추지 않고 낮이나 밤이나 그는 계속해서 걸었다. 아무도 그의 집이 어디인지, 부모와 형제가 누구인지 알지 못했다. 그는 어느 날 갑자기 도시에 모습을 드러냈다가, 몇 년 후 홀연히 사라져 버렸다.

하늘이 밝게 빛나기 시작하던 그 전날 밤, 그가 방으로 나를 깨우러 왔다. 그의 장갑 낀 손이 내 이마를 건드리는 걸 느낌과 동시에 나는 미소가 어린 그의 얼굴을 보았다. 그의 미소는 기억 속의 모습과 똑같았고, 그의 시선은 언제나 그랬듯이 뭔가 대상을 잃어버린 것처럼 보였다. 불안과 열망, 그리고 오로라를 함께 간직한 채 장막에 싸인 밤이 지나가고 있음을 깨달았다. 손은 떨고 있었고, 온몸은 열병을 앓고 있는 듯했다.

병이 심해져 그 어느 때보다 견디기 힘드냐고 그에게 물어보았다.

"다른 사람들처럼 당신도 내가 병에 걸렸다고 믿는 겁니까? 왜 나 자체가 병이라고는 말하지 않는 거죠? 나에게 속한 것은 아무것도 없습니다. 그러나 나는 누군가에게 속해 있고, 내가 속해 있는 누군가가 분명 있습니다."

그의 이상한 담론에 익숙해진 내 귀에는 아무 소리도 들리지 않았다. 그는 내 침대로 다가와 다시 한 번 이마를 장갑으로 건드렸다.

"그 어떤 열의 흔적도 없는 것으로 보아 당신은 완벽하게 건강할 뿐만 아니라 차분함까지 유지하고 있다고 말씀드릴 수 있군요. 당신은 놀랄지도 모르겠습니다만. 나는 당신에게 내가 누구인지 말할 수 있습니다. 아니, 그것을 반복할 수 없을지도 모릅니다."

그는 소파에 웅크리고 앉아 큰 소리로 말을 이었다.

"나는 인간에 의해 만들어진 것으로, 뼈와 살로 만들어진 진짜 인간이 아닙니다. 나는 꿈의 환영에 불과합니다. 나와 관련된 셰익스피어의 이미지는 문자로 이루어지긴 했지만 슬프게도 정확합니다. 나는 꿈을 만든 것들과 똑같은 재료로 만들어졌습니다. 나를 꿈꾸는 사람이 있으면 나도 존재합니다. 잠을 자면서 꿈을 꾸는 사람이 있으면 그 사람은 내가 살아서 활동하고 움직이는 것을 볼 수 있을 겁니다. 그리고 이 순간 내가 모든 것을 말하기를 꿈꿀 겁니다. 나를 꿈꾸는 순간, 나는 존재하기 시작합니다. 나는 그들의 기나긴 저녁나절 판타지의 손님입니다. 그 판타지들은 너무 강력해서 깨어 있는 사람들도 나를 볼 수 있을 정도입니다. 그러나 철야의 세계는 나의 것이 아닙니다. 나의 진정한 삶은 잠자는 창조주인 영혼 안을 흘러갑니다. 수수께끼나 상징에 도움을 청하지 않습니다. 내가 말하는 것은 진실입니다. 나를 가장 괴롭게 하는 것은 꿈을 표현하는 배우가 되는 것이 아닙니다. 인간의 삶은 꿈의 그림자에 불과하다고 말한 시인이 있습니다. 현실은 환상일 따름이라는 이야기를 넌지시 비친 철학자도 있지요. 그러나 나를 꿈꾸는 사람은 누구일까요? 나를 떠오르게 하는 그 사람은 누구일까요? 그리고 잠에서 깨어나자마자 나를 지워 버리는 그 사람은 누구이겠습니까? 잠자는 나의 주인을 얼마나 많이 생각했는지! 나를 구성하는 물질을 발견하는 그 순간부터 질문은 나를 흔들어 댑니다. 당신도 그 문제가 나에게 얼마나 중요한지 이해할 것입니다. 꿈나라의 등장인물들은 충분한 자유를 향유하고 있습니다. 나의 자유의지를 가지고 있지요. 처음엔 꿈을 깬다는 생각, 다시 말해 무로 돌아간다는 생각에 놀라기도 했습니다. 나는 충분히 덕이 있는 삶을 살았습니다. 저질스러운 볼거리에 지칠 때까지, 예전에는 그렇게나 두려워했던 것을, 그러니까 잠에서 깨는 것을 열망하게 될 때까지 말입니다. 나는 죄 짓기를 멈추지 않을 것입니다. 그러나 내 꿈을 꾼 사람은 다른 사람에게 두려움을 안겨 준 것에 대해 무서워하지 않을까요? 무시무시한 환영들을 즐길 수 있을까요? 아니면 환영들을 무시하지 않을까요? 이 단조로운 픽션에서 나는 몽상가들에게 '나는 꿈이다.'라고 이야기합니다. 꿈꾸는 것을 꿈꾸길 원합니다. 꿈을 꾸고 있다는 것을 의식하는 순간 잠에서 깨어나는 사람들은 없을까요? 언제, 언제 잠에서 깨어날까요?"

병든 기사는 왼손의 장갑을 벗었다가 다시 꼈다. 나는 그가 순간순간 뭔가 끔찍한 것을 기대하고 있는지 알 수 없었다.

"당신은 내가 거짓말을 하고 있다고 믿습니까? 나는 왜 사라질 수 없는 걸까요? 나를 위로해 주세요. 이 지겨운 유령에게도 자비를 베푸세요……."

그러나 나는 아무 말도 할 수 없었다. 그는 나에게 손을 내밀었고, 예전보다 키가 더 크게 느껴졌다. 그의 피부는 맑고 투명했다. 낮은 목소리로 뭔가를 이야기하더니 그는 내 방에서 나갔다. 그리고 그때부터는 단 한 사람만이 그를 볼 수 있었다.

조반니 파피니, 『일상의 비극』(1906)

공자가 자신의 죽음을 꿈꾸다

일흔세 살 되던 여름(기원전 479년), 마침내 공자의 몸이 쇠약해졌다. 그는 자신이 꾸었던 꿈의 의미를 명확하게 이해했고, 이 사실을 마지막 제자였던 자공에게 알렸다. 서둘러 달려온 자공에게 공자는 몇 마디 작별 인사를 했다.

"내가 두 기둥 사이에 앉아 제주(祭酒)를 받는 꿈을 꾸었다. 여전히 대궐을 지배하고 있는 하나라의 풍속은 죽은 자를 동쪽 계단에 올려놓는다. 그런데 주나라의 풍습은 서쪽 계단에 올려놓는다. 하지만 은나라에서는 죽은 자를 기둥 사이에 모셨고, 이곳에서는 손님과 주인이 따로 없다. 나는 은나라의 후손으로, 곧 죽을 게 분명하다. 이젠 더 이상 나를 받들고자 하는 군주가 없으니 그리되는 것이 좋겠다."

며칠 뒤 공자가 세상을 떴다. 노나라의 애공 16년이자, 주나라 경왕 41년의 일이다.

에우스타키오 와일드, 『베이징의 가을』

(1902)

암사슴

오늘 아침 꿈에서 본 하얀 사슴은 어디에서 왔을까?
푸른 영국의 그 어떤 궁벽한 시골에서?
페르시아의 어떤 금속판에서, 어떤 신비의 땅에서?
우리의 어제가 닫아 놓은 수많은 밤과 낮에서?

일 초나 흘렀을까? 푸른 초원을 가로지르는 것을 보았다.
꿈꾸는 듯한 오후의 황금빛 속으로 사라지는 것도 보았다.
날아갈 듯한 존재. 한 줌 기억으로
한 줌 망각으로 만들어진 존재. 한쪽 모습만을 보여 주고 달아난 사슴

이 기기묘묘한 세상을 지배하는 신들은
나에게 너를 꿈꾸게만 하고 너의 주인 자리는 허락하지 않았다.
아마 머나먼 미래의 한 구비 길에서였으리라.

꿈에 나타났던 하얀 사슴, 너를 꼭 다시 만나리.
나 역시 오래 시간 변치 않는 빛나는 꿈이니.
초원과 백색을 꿈꾸는 꿈 이상의 시간.

호르헤 루이스 보르헤스

이런 일은 비일비재해

아들은 나의 죽음에 슬피 울었고, 나는 관에 비스듬히 기댄 채 그를 지켜보았다. 이것은 사실이 아니라고, 다른 사람의 일이라고, 아마 너무나 닮은 사람일 거라고 달려가 이야기해 주고 싶었다. 그러나 악어 때문에 그럴 수가 없었다. 악어가 바로 앞 깊게 파인 도랑에서, 나를 집어 삼킬 준비를 완벽하게 갖춘 채 떡 버티고 있었다. 나는 있는 힘껏 소리를 질렀다. 함께 밤을 새우던 문상객들은 아들에게 이 사실을 알려 주기는 커녕 꾸짖는 듯한 표정으로 나를 바라보았다. 괜스레 악어를 화나게 하여 혹시라도 자기들이 공격당하지 않을까 걱정하는 눈치였다. 유일하게 클라이드만이 내가 움직이는 것을 보지 못했고 내 소리도 듣지 못했다.

장의사가 상자를 들고 들어오는데 바이올린 연주자 같다는 생각이 들었다. 그러나 그는 용접용 취관을 꺼냈다. 그것이 확실하다면 모든 것이 끝나고 말 거라는 생각이 들었다. 나는 산 채로 매장당할 것이고 더 이상 어떤 설명도 할 수 없을 것이다. 이웃들은 잠시 그를 떼어 놓으려고 했다. 너무 가슴 아픈 순간이었다. 그러나 그는 상자를 움켜쥐고 발 옆의 뚜껑을 용접하기 시작했다. 내가 할 수 있는 것은 더 이상 없었다. 죽을 것이 분명했지만 나는 눈을 꼭 감은 채 도랑 쪽으로 달리기 시작했다. 그다음에 일어난 일로는 턱을 한 대 얻어맞은 기억밖에는 나지 않는다. 가죽 모자 같은 것이 한쪽에 닿는 게 느껴졌다. 어쩌면 내 치아에 뭔가가 스친 것인지도 몰랐다. 용접의 불길이 느껴지자 나는 눈을 떴고 모든 것을 알 수 있었다. 클라이드가 옳았다. 나는 죽어 있었다. 똑같은 방, 똑같은 사람들. 나의 가엾은 아들 역시 그곳에 서 있었다. 용접의 불꽃은 내 장딴지 높이에서 거친 숨소리를 내고 있었다. 일하는 사람이 덮개 중 아직 용접되지 않은 부분을 조금 들어 올렸다. 그러고는 손수건을 꺼내더니 내 상처의 피를 닦았다. "이런 일은 비일비재해. 아마 용접 때문일 거야."

호르헤 알베르토 페란도,

『나무 울타리』(1975)

이의 제기는 없다

하느님께서는 미리 알리지 않고 벌하시는 법이 없다.

오리게네스*

* (옮긴이 주) 기독교 신학자. 알렉산드리아파를 대표하는 기독교의 교부다. 매우 독창적인 신학 체계를 세웠기 때문에 이단과 논쟁했고 교회와도 자주 마찰을 빚었다.

조국에 대한 꿈

밤을 지새우며 환상과, 환상의 일상적이면서도 대표적인 가능성에 대해 더 이상 신경 쓰지 않자, 환상이 만들어 낸 이런저런 것들이 저절로 내 꿈에 나타나 건들거리기 시작했다. 너무나 당연한 결과지만 환상은 다양한 색채의 넋두리로 무장하고 있었다.

이에 대해 조예가 깊었지만 조금은 실성기가 있었던 선생이 나에게 미리 예언했던 것처럼, 나는 꿈속에서 내가 태어난 도시를 볼 수 있었다. 마을은 형태뿐 아니라 모든 것이 놀랍도록 변해 있었다. 그러나 처음에는 그곳에 들어갈 수 없었다. 어떻게 겨우 마을에 들어선 순간에는 정반대 느낌과 함께 눈을 뜨고 말았다.

다시 잠을 청해 꿈을 꾸었다. 장밋빛이 어린 강 주변의 구불구불한 길을 따라 나는 아버지의 집으로 갔다. 강변에서는 농부 한 사람이 노새 두 마리가 끄는 황금빛 쟁기를 이용하여 밭을 갈고 있었다. 도랑에는 농부가 허공에 뿌린 곡식 알갱이

들이 널려 있었고, 마치 황금빛 비가 내리듯이 나에게도 쏟아졌다.

고트프리트 켈러, 『녹색의 하인리히』

(1855)

탑에 머무르던 시골 귀족이 꿈을 꾸다

1

그 전설(목이 잘린 유령이 손에 목을 든 채 조용히 탑으로 가는 가로수 길을 따라 겨울밤을 떠돌고 있다는 전설)을 끔찍하게 싫어했던 곤살로는 발코니에서 벗어나는 순간 중요한 신문 기사로 눈길을 돌렸다.

"비데이리냐, 잠자리에 들 시간이야! 3시가 넘었잖아. 이런! 티토와 고베이아가 여기 탑에서 일요일에 식사를 하네. 기타와 좀 음침하지 않은 노래를……."

그는 시가를 던지며 고풍스러운 거실 유리창을 닫았다. 방은 약간은 슬픈 듯한 표정을 짓고 있는 라미레스 가(家) 조상들의 빛바랜 초상화들로 뒤덮여 있었다. 그는 어릴 적부터 이 초상화들을 할아버지들의 가면이라고 불렀다. 달빛에 물든 들녘의 고요함 속에서 아직도 할아버지들의 위대한 공적이 운율에 맞춰 들려오는 것 같았다.

아! 그 위대한 전투에서
훌륭한 임금이었던 돈 세바스티안 공이
라미레스 가의 막내에게,
멋진 혈통을 이어받은 자손에게…….

탑에 머무르던 귀족은 빠르게 성호를 그은 다음 금세 잠이 들었다. 축 늘어진, 그렇지만 뭔가 무시무시한 기운이 감도는 밤이 침실을 뒤덮었다. 안드레스 카바예로와 환 고베이아가 그물 모양의 미늘 옷을 받쳐 입고 불에 구워진 물고기 세 마리를 탄 채로 벽에서 불쑥 솟아 나왔다. 그들은 음험하게 한쪽 눈을 찡긋거리며 천천히 그의 배를 향해 달려들었다. 그리고 결국 비명을 지르게 만들더니 마호가니 침대 위에서 뒤엉켜 뒹굴었다. 잠시 후, 비야 클라라의 넓은 포도(鋪道)에는 오래전에 죽은 라미레스가 무서운 모습으로 나타났다. 갑옷 안에서 뼈가 삐걱이는 소리가 들렸다. 알폰소 2세 왕은 늑대처럼 날카로운 이를 갈며 라스 나바스 데 톨로사* 쪽으로 그를 끌고 갔다. 그는 로사와 그라시타, 그리고 티토를 부르며 발을 땅에 박고 몸부림쳤다. 그러나 가고에 위치한 선술집에서 전쟁터인 시에라 모레나까지 가져갔던 번쩍이는 깃발과 무기로 휘감은 알폰소 왕은, 강철로 만든 갑옷 위에 낀 장갑으로 옆구리를 강하게 찌르며 압박해 들어왔다. 곧바로 사촌이자 칼라트라바의 기사단장이었던 고메스 라미레스가 검은 말 위에서 몸을 숙여 사라센 지지자들의 야유와 함께 그의 마지막 털을 뽑아 버렸다. 그러자 네 왕의 목마를 타고 나타난 로우레도 숙

* (옮긴이 주) 국토 재탈환 전쟁의 격전지.

모의 한숨 소리가 들렸다……. 마침내 새벽녘 햇살이 격자창을 밝게 비추고 제비들이 처마에서 지저귀자, 평온함을 잃어 수척해진 귀족은 시트를 젖히고 바닥으로 내려서서 나무 창문과 유리창을 열었다. 그러고는 탑이 내준 평화를 가슴 깊이 받아들였다. 얼마나 목이 말랐던지 입술을 달싹이는 것조차 힘들 정도였다. 유명한 구연산 음료가 떠올라 잠옷을 입은 채 식당으로 달려갔다. 그는 숨을 헐떡이며 비카 벨랴 물잔에 구연산 두 스푼을 넣은 다음 단숨에 들이켰다.

"아! 정말 시원해. 환상적이야!"

그는 숨도 쉬지 않고 한달음에 다시 침대로 돌아왔다. 그리고 곧 깊은 잠에 빠져들었다. 그는 아프리카 초원의 우거진 풀밭 위를, 속살거리는 코코아나무 아래를, 황금빛 돌멩이 사이에서 살며시 고개를 쳐들고 빛을 발산하는 꽃들의 짙은 향기 사이를 맴돌았다. 정오가 되자 베니토는 그 완벽한 축복 속에서도 '의사 선생님의 지체'로 인해 불안감을 느꼈다.

"베니토, 나는 정말 잔인한 밤을 보냈어. 악몽에, 테러에, 말다툼에, 그리고 해골까지……. 계란 프라이에 초리소를 곁들인 요리도 정말 끔찍했어……. 거기에 오이까지 있었지. 오이야말로 특히 끔찍했어. 티토가 기르던 동물도 출현했고……. 새벽녘에 구연산 음료를 먹었는데, 그건 맛이 꽤 괜찮았어……. 기가 막혔지. 무슨 일이든 할 수 있을 것 같은 기분이 들었으니까. 녹차 한 잔을, 아주 진한 녹차 한 잔을 도서관으로 가져갔지……. 토스트도 함께."

2

곤살로의 생각은 마구 뻗어 나가 도냐 아나와, 밸브와 축 늘어진 채 누워서 신문을 읽곤 하던 욕조에까지 미쳤다. 마침내, 이런 제기랄! ……그토록 정숙하고 상큼한 향기가 나던, 눈부신 여인 아나는 아내가 되자 자신의 아버지가 잔인한 정육점 주인이었다는 부끄러운 과거를 밝혔다. 잠시 후 그를 몸서리치게 했던 비카 산타에서의 그 목소리가 들려왔다…….
그러나 한편으로는 친근함이 느껴지는, 굵으면서도 뭔가를 긁는 듯한 벨 소리가 다정한 느낌과 함께 가늘고 부드럽게 흘러나오고 있다는 사실을 멘도사는 확신할 수 있었다……. 어쩌면 일상적인 삶이 계속되던 지난 두어 달 동안 정말 듣기 싫은 소리에도 잘 적응이 되었던 건지 모른다. 아냐! 옹고집이라는 얼룩은 잔인한 아버지가 지녔던 바로 그 얼룩이었다. 그러나 아담까지 이어지는 수많은 할아버지 중에 잔인한 할아버지 한 명쯤 없는 사람도 있을까? 훌륭한 귀족이자 왕가의 혈통까지 섞인 그 역시 과거를 휘젓다 보면 언젠가는 분명 잔인했던 라미레스 가의 조상과 마주칠 수 있을 것이다. 라미레스 가 사람들은 이 교구를 세웠던 일 세대에서부터 뛰어난 역할을 했지만 삼십여 세대의 할아버지를 건너오면서 어두운 시간을 통해 거품처럼 사라져 갔다. 그곳에는 나이프와 도마, 그리고 고기를 다루던 칼과 피와 땀으로 얼룩진 팔이 있었다.

생각은 다시 탑과 그다음으로 이어졌다. 매미의 노래를 들으며 여송연을 다 피웠을 즈음, 그는 이미 방에 딸린 발코니에 나와 있었다. 비스듬히 누워 있던 그의 눈이 저절로 감기기 시작했다. 그는 걸음걸이가 뒤를 향하는 듯한, 예컨대 가문의 어두운 과거를 향하는 듯한 느낌을 받았다. 역사 속 아침에 잔인한 짓을 했던 사람을 찾고 있었다……. 이미 서고트 제국의 경계를 넘어서고 있었다. 그곳엔 그의 털북숭이 조상 레세스빈

토가 손에 왕홀을 쥐고 나라를 다스리고 있었다. 숨을 헐떡이며 도시를 옮겨 다녔고, 무지하게 덩치가 큰 사람들이 살았던 숲도 가로질렀다. 이번엔 건달 라미레스들과 마주쳤다. 그들은 죽은 네발짐승들과 장작 패는 도끼들을 나르며 투덜거리고 있었다. 또 다른 라미레스들이 연기가 피어오르는 짐승들의 거처에서 뛰쳐나왔다. 지나가는 손자에게 웃음을 보여 주기 위해 녹색 빛이 도는 날카로운 이를 갈았다. 잠시 후, 처연한 정적에 싸인 황무지 사이의 안개 낀 늪지에 도착했다. 늪가에는 괴물처럼 보이는 털북숭이 사내가 갈대밭 사이에 웅크리고 앉아 돌도끼를 내리쳐 인간의 살 조각을 자르고 있었다. 그 역시 라미레스 가의 사람이었다. 잿빛 하늘에 검은 매 한 마리가 날아올랐다. 곤살로는 늪지의 안개 속에서 제국과 시대를 향해 악을 쓰며, 크라케데의 성모 마리아를 향해 성호를 그은 다음 아름답고 상큼한 도냐 아나를 향해서도 신호를 보냈다. "나도 잔인한 할아버지를 찾았어."

3

산펠리페 학교에 다닐 때부터 계속해서 모욕을 받았던 곤살로는 쓰라린 기억을 되새김질하곤 했다. 그 모든 가혹함은 새들의 비행과 마찬가지로 소박하지만 확실한 인간의 의도에서 비롯되었다. 그리고 언제나 고통과 수치 그리고 불행으로 끝을 맺었다. 세상을 향해 들어갈 즈음, 탑처럼 차분한 친근감을 주던 친구를 찾았다. 그는 어렵지 않게 그라시타의 마음을 사로잡은 다음 그녀를 강간하고는 차 버렸다. 그다음엔 정치인으로서 살고 싶은 욕망을 강하게 느꼈다. 그러나 우연한 사건으로 인해 그는 욕망을 포기하고, 바로 그 남자의 영향, 즉 강력한 권위 아래로 숨어들었다. 그런 다음 새로운 교우 관계를 맺었다. 다시 시작된 우정, 다시 열린 큰하의 문들. 누이의 강한 자존심을 뽐내는 친구. 누이는 별다른 저항 없이 첫 번째 텐트 그늘 아래에서 과거의 난봉꾼에게 다시 몸을 맡겼다. 당시 그는 미모에 재산까지 겸비한 여인과의 결혼을 꿈꾸고 있었는데, 비야 클라라의 친구가 다가와 은밀하게 속삭였다. "곤살리토, 네가 선택한 여인은 애인이 수천 명도 넘는 창녀야." 그녀와 고귀하고 위대한 사랑을 나누진 않았지만 그녀의 아름다운 두 팔 사이에 불확실한 자신의 운명을 맡기고 싶었는데, 견딜 수 없는 모욕감이 그를 압박해 들어왔다.

무덤처럼 넓은 침상에 몸을 던졌다. 처연한 운명을 차분하게 받아들이고 푹신한 베개에 얼굴을 묻었다. 자부심이 가득 찬 비데이리냐의 시구가 떠올랐다.

포르투갈의 자랑이자 영광인
라미레스의 오래된 가문

쇠락한 영광! 빛바랜 명예! 산타 이레네의 바늘구멍에 처박힌 이 마지막 곤살로와 비데이리냐가 찬미한 그 위대한 조상들 사이에는 어떤 차이가 있는 걸까! 그들 모두는(역사와 전설이 거짓말을 하지 않았다면) 엄청난 울림이 있는 승리자의 삶을 살았다. 아니다! 그들로부터는 어떤 전통도, 어떤 용기도 물려받지 못했다. 그의 아버지는 두려움을 모르는 멋진 라미레스 가문의 일원이었다. 리오사 순례에서 벌어졌던 그 유명한 소동에서 세 자루의 카빈 소총 앞으로 파라솔 하나만을 가지고 나아갔다. 그러나 그는 단점만 갖고 태어난 인간이었다.

피할 수 없는 나약한 육체 때문에 위협이나 위험, 그리고 삶의 그늘 앞에 서기만 하면 언제나 뒤로 물러서서 도망치기 바빴다……. 그는 카스코에게서도 도망쳤다. 길거리와 매장에서 아무런 이유도 없이 허세와 조롱을 위해 그를 모욕했던 갈색 다리의 망나니로부터도 도망쳐야 했다.

그리고 그의 영혼은…… 너무 연약해서인지 마치 광풍 앞의 마른 나뭇잎처럼 영향도 쉽게 받곤 했다. 사촌인 마리아가 어느 날 오후 그의 예민한 눈을 감동시켰다. 부채 뒤에 얼굴을 감추고 그에게 도냐 아나에게 관심을 가져 보라고 충고했다. 그는 기대에 가득 차서 도냐 아나의 돈과 아름다움 위에 행운과 환희의 허영심이 가득 찬 탑을 세웠다. 선택? 그 불행한 선택? 누가 그를 그녀에게 밀어붙였지? 그 카바예로와 그를 따르던 망나니들과 예의에서 벗어난 화해를 하라고 밀어붙인 사람은 누구였지? 바로 고베이아였다! 길거리에 떠도는 쓸데없는 이야기를 듣고! 그런데 무엇을? 바로 자기 탑 안에서까지 베니토에 의해 조종을 받은 것이라면! 그에게 우월한 지위를 바탕으로 기호와 산책, 다이어트, 의견, 넥타이까지 일일이 간섭했다. 그런 남자, 다시 말해 엄청나게 많은 지식을 가진 남자이긴 했지만 사실 그는 무기력한 인간 그 자체였다. 세상은 그에게 다양하면서도 모순적인 형태를 계속해서 주입했다.

옷 속으로 기어 들어가 사지만 내놓았다. 꼭 감은 눈꺼풀을 통해 오래된 얼굴이 느껴졌다. 선조들의 흉한 흉터 자국과 덥수룩한 수염을 가진 얼굴들은 모두 다 화려한 옷을 갖춰 입고 전투의 굉음 속에서 웃고 있었다. 명령과 승리의 오만한 표정이 흘러넘치는 얼굴이었다. 침대 시트의 가장자리에 앉아 곤살로는 옛날 라미레스 가의 사람들을 인식할 수 있었다. 녹슨 쇠 미늘 갑옷을 입은 튼실한 육체가 떠올랐다. 무쇠로 된 갑옷, 끝이 날카로운 고트족 특유의 곤봉, 그리고 파티를 위한 장식용 단검.

산재한 무덤에서 기어 나온 그의 할아버지들은 부활한 위대한 가문의 모임에 참석하기 위해 속세의 그들 집에 아홉 번이나 출현했다……. 하얀 천에 붉은 십자가를 그렸던 기사, 해외에서 활동한 라미레스 가의 일원이었던 구티에레 라미레스는 예루살렘 공격에 참여했었다. 늙은 에가스 라미레스는 돈 페르난도 왕과 간부(姦婦) 레오노르를 태양의 순수함으로 받들기를 거부했었다. 알후바로타의 찬란한 아침에 카스티야의 깃발을 찬미하고 흔들었던 이가 음유 시인이었던 디에고 라미레스가 아니면 누구였단 말인가! 파요 라미레스는 프랑스 왕이었던 생 루이를 구하기 위해 무장을 했고, 루이 라미레스는 포르투갈의 바다에서 기함의 뱃머리에서부터 도망치는 영국 배들을 보며 웃음을 터뜨렸다. 파블로 라미레스는 알카세르의 운명적인 들녘에서 철모도 없이 망가진 갑옷을 입은 채 왕의 깃발을 들던 시종이었다. 감동을 안겨 준 할아버지들의 따뜻하면서도 강한 모습이 겹쳐진 어린아이의 얼굴이 그를 향했다…….

곤살로는 자신의 선조들이 모두 그를 사랑하는 것을 느꼈다. 그가 약해졌을 때 그를 구하러 오리라는 것도 느꼈다. 오우리케에서 전투를 할 때 그에게 칼과 도끼가 다가옴을 느꼈다. 아르시야의 문을 부순 도끼였다. "아! 할아버지. 할아버지들의 영혼이 없다면 나에게 물려준 이 무기들이 무슨 소용이겠어요?"

곤살로는 머리를 산발한 채 일찍 잠에서 깨어났다. 아침을 향해 창문을 열었다. 베니토는 의사 선생님이 기분 나쁜 밤을 보냈는지 알고 싶어 했다…….

"최악이었어!"

에사 데 케이로스, 『명문 라미레스 가』

(1900)

예의

나는 위험에서 겨우 벗어난 사슴이, 실망한 모습을 한 사냥꾼에게 미안한 표정을 짓는 꿈을 꾸었다.

네메르 이븐 엘 바루드

꿈은 살아 있다

이것은 아드로게에서 있었던 대화의 일부이다. 대여섯 살 쯤 되는 조카 미겔이 땅바닥에 앉아 고양이와 놀고 있었다. 여느 아침과 마찬가지로 그에게 일상적인 질문을 던졌다.

"어젯밤 무슨 꿈을 꾸었니?"

"숲 속에서 길을 잃고 헤매다가 겨우 통나무집을 찾는 꿈을 꾸었어요. 그런데 갑자기 문이 열리더니 삼촌이 나오지 뭐예요." 그러고는 불현듯 생각났다는 듯이 한마디 덧붙였다. "삼촌, 그 집에서 뭐 하고 계셨어요?"

프란시스코 아세베도,

『사서에 대한 기억』(1955)

울리카

그는 검(그람)을 집어 들더니 칼집에서 뽑아 자기들 두 사람 사이에 놓았다.

볼숭가 사가,* 27

지금부터 내가 들려주는 이야기는 사실을 바탕으로 하고 있다. 아니, 같은 말이지만, 최소한 내 개인적인 기억만큼은 사실이 분명하다. 그 일들은 바로 얼마 전에 일어났다. 그러나 나는 문학적인 관행이 매 순간의 특징을 끼워 넣고 중요한 사항들을 강조한다는 것을 잘 안다. 나는 요크 시에서 울리카(나는 그녀의 성도 몰랐고, 아마 앞으로도 알지 못할 것이다.)와 만났던 일에 대해 이야기하려고 한다. 그녀와의 역사는 하룻밤과 하루 낮에 걸쳐 이루어졌다.

* (옮긴이 주) Völsunga Sage. 영웅담에 가까운 아이슬란드의 신화.

그녀를 처음 만난 곳이 '다섯 자매들' 건물 옆이라는 것까지는 어렵지 않게 이야기할 수 있다. 크롬웰의 성상 파괴주의자들까지도 존경을 표했던 순결한 스테인드글라스가 전체 이미지를 만들어 내는 건물이었다. 그러나 실제로 그녀를 처음 알게 된 곳은 성벽 반대쪽에 있던 작은 여관 '노던 인'의 라운지였다. 라운지에는 사람이 몇 명 없었는데, 마침 그녀가 등을 돌린 채 서 있었다. 누군가 그녀에게 술을 한 잔 건넸지만 그녀는 거절했다.

"나는 페미니스트예요. 남자들 하는 짓을 따라 하고 싶지는 않아요. 나는 남자들이 즐기는 담배나 술은 좋아하지 않아요."

그녀는 재치 있게 받아넘기고 싶었을 것이다. 내가 보기엔 그녀가 이 말을 처음 한 것은 아닌 듯했다. 훗날 나는 이것이 그녀의 성격은 아니라는 걸 알게 되었다. 그러나 말이 언제나 그 사람과 일치하는 건 아니다.

그녀는 박물관에 좀 늦게 도착했는데, 노르웨이 사람이라고 하자 들어가게 해 주었다고 한다.

그 자리에 있던 한 사람이 한마디 했다.

"요크에 노르웨이 사람이 온 게 처음은 아닐 텐데요."

"물론이죠. 원래 영국은 우리 것이었는데 안타깝게도 잃어버렸으니까요. 누구나 뭔가를 가질 수 있는 것처럼 잃어버릴 수도 있는 거잖아요." 그녀가 대답했다.

내가 그녀를 처음 바라본 것은 바로 그 순간이었다. 윌리엄 블레이크는 자신의 시에서 온화한 은의 이미지와 격정적인 금의 이미지를 가진 여인에 대해 이야기한 적이 있다. 그러나 울리카에게선 금의 이미지와 부드러움이 동시에 느껴졌다. 그녀는 회색 눈에 예리해 보이는 인상이었으며 키가 크고 몸이 호리호리했다. 나는 그녀의 얼굴보다는 잔잔하면서도 신비로운 분위기에 더 깊은 인상을 받았다. 그녀는 쉽게 미소를 지었지만 그 미소는 오히려 그녀에게 거리감을 느끼게 했다. 검은색 옷을 입고 있었는데, 이는 색깔이 있는 옷으로라도 활기를 잃고 처진 분위기를 띄우는 걸 좋아하는 북쪽 지방 사람으로선 좀처럼 드문 일이었다. 그녀는 깔끔하고 정확한 영어를 구사했으며 r 발음을 조금 세게 굴리는 편이었다. 그렇다고 내가 그녀를 뚫어지게 관찰한 것은 아니었다. 이런 것들은 조금씩 순차적으로 알게 된 사실이었다.

우리는 인사를 나누었다. 나는 그녀에게 보고타에 있는 안데스 대학에 재직 중인 교수라고 말했다. 내가 콜롬비아 사람임을 밝힌 셈이다.

그녀는 진지한 얼굴로 나에게 물었다.

"콜롬비아 사람으로 사는 것은 어떤 건가요?"

"나도 잘 모르겠는데요. 신념에 따라 행동하는 것 아닐까요."

"노르웨이 사람으로 사는 것과 마찬가지겠지요." 그녀도 내 말에 동의했다.

그날 저녁 그녀가 했던 말 중에 기억나는 것은 이것뿐이었다. 다음 날 아침 일찍 식당으로 내려갔다. 유리창을 통해 눈이 내린 것을 알 수 있었다. 들판의 모습이 아침 속으로 사라지고 없었다. 우리 외에는 아무도 없었다. 울리카가 나를 자기 식탁으로 부르더니 자기는 혼자 산책하는 것을 좋아한다고 말했다.

나는 쇼펜하우어의 농담을 떠올리며 대꾸했다.

"나 역시 마찬가지입니다. 그러니 우리 둘은 함께 산책하러 나갈 수 있겠군요."

우리는 아무도 지나가지 않은 눈을 밟으며 여관으로부터 멀어졌다. 들녘엔 인적 하나 없었다. 나는 하구 쪽으로 몇 마일 떨어진 곳에 있는 토르게이트에 가 보자고 제안했다. 이미 내가 울리카에게 사랑을 느끼고 있다는 사실을 깨달았다. 그녀 외에는 그 어떤 여인도 내 곁에 있는 것을 원치 않았다.

갑자기 멀리서 늑대 울음소리가 들려왔다. 나는 늑대가 우는 소리를 한 번도 들어 본 적이 없었지만 늑대 울음이라는 것을 확신할 수 있었다. 울리카는 전혀 동요하지 않았다.

잠시 후 뭔가 생각난 듯 그녀가 큰 소리로 말했다.

"어제 요크 대성당에서 보았던 몇 개의 작은 칼들은 오슬로의 박물관에 진열된 거대한 선박들보다 훨씬 감동적이었어요."

우리는 각자 갈 길이 달랐다. 그날 오후 울리카는 여행을 계속하기 위해 런던으로 갈 생각이었고, 나는 에든버러로 갈 예정이었다.

"드 퀸시가 런던의 군중 속으로 사라진 안나를 찾아 나섰던 그 거리를, 그러니까 옥스퍼드 거리를 뒤쫓아 가 볼 생각이에요."

"드 퀸시는 더 이상 안나를 찾지 않을 거예요. 그렇지만 나는 오랫동안 그녀를 찾아 헤매고 있죠."

"어쩌면 그녀를 이미 찾았을지도 몰라요." 그녀가 나지막이 중얼거렸다.

나는 그 순간 전혀 예기치 않은 행동이 허용될 것 같은 생각에, 그녀의 입술과 눈에 키스를 했다. 그녀는 부드럽지만 단호한 태도로 나를 밀쳐 내며 이야기했다.

"토르게이트의 여관에선 당신의 여자가 될 수 있을지도 몰라요. 하지만 그 전엔 내 몸에 손대지 마세요. 그렇게 하는 것이 좋겠어요."

나이가 지긋한 독신자에게 미래를 약속하는 사랑은 전혀 기대하지 못한 선물 같은 것이다. 이 같은 기적은 조건을 내걸 자격이 충분하다. 포파얀에서 보낸 젊은 시절과 텍사스에서 만난 여자아이가 생각났다. 그녀 역시 울리카만큼이나 해맑고 날씬했지만 나는 그녀의 사랑을 받아 주지 않았다.

나는 그녀에게 나를 사랑하는지 묻는 실수는 범하지 않았다. 내가 그녀에게 첫 번째 남자도, 그렇다고 마지막 남자도 아니리라는 사실을 잘 알았다. 나에게는 마지막 모험일 수도 있지만, 아름다우면서 맺고 끊는 것이 확실한 입센의 신봉자에게는 수없이 많은 모험 중의 하나에 불과할 것이다.

우리는 손을 잡고 계속 걸었다.

"모든 것이 꿈만 같군요. 한 번도 이런 꿈을 꾸어 본 적이 없는데." 내가 입을 열었다.

"마술사가 돼지우리에서 자게 할 때까지 한 번도 꿈을 꾸지 못했던 왕처럼 말이죠."

잠시 후 그녀가 한마디 덧붙였다.

"잘 들어 보세요. 새가 노래를 하려고 해요."

곧이어 우리는 새의 노래를 들을 수 있었다.

"이 지구상에 사는 사람들은, 즉 언젠가 죽을 사람들은 미래를 볼 수 있다고 믿어요."

"나도 곧 죽을 거예요."

나는 깜짝 놀라 그녀를 바라보았다.

"숲을 가로질러 갑시다. 그럼 토르게이트에 좀 더 빨리 닿을 겁니다."

"숲은 위험해요." 그녀가 대답했다.

우리는 계속해서 들녘을 따라 걸었다.

"이 순간이 영원으로 이어졌으면 좋겠군요." 나는 낮은 목소리로 속삭였다.

"인간에겐 '영원'이라는 단어가 허용되지 않아요." 울리카는 단호하게 못을 박았다. 그러나 곧 너무 심했다는 생각이 들었는지, 정확히 듣지 못한 내 이름을 다시 말해 달라고 했다.

"하비에르 오타롤라입니다."

그녀는 내 이름을 따라 하려고 했지만 잘하지 못했다. 나 역시 그녀의 진짜 이름인 울리케를 제대로 발음할 수 없었다.

"당신을 시구르드*라고 부르겠어요." 그녀가 부드러운 미소를 지으며 말했다.

"내가 시구르드라면 당신은 브륀힐드**가 어울리겠네요."

그녀는 걸음을 늦추었다.

"사가를 아세요?" 나는 그녀에게 물었다.

"물론이죠. 독일인들이 훗날 니벨룽겐의 노래로 망쳐 놓은 비극적인 이야기잖아요."

"브륀힐드, 당신은 마치 침대에 누워 있는 우리 둘 사이에 칼이라도 놓여 있길 바라는 사람처럼 걷는군요."

* (옮긴이 주) 북유럽 신화에 나오는 영웅의 이름.

** (옮긴이 주) 오딘의 시녀로 지구르트와 비극적인 사랑에 빠져 지구르트를 죽음으로 내몰고 스스로 목숨을 끊은 여인.

갑자기 우리 앞에 여관이 나타났다. 그 여관 역시 우리가 묵고 있던 또 다른 여관과 마찬가지로 '노던 인'이었지만 나는 별로 놀라지 않았다.

계단 위쪽에서 울리카가 나에게 소리쳤다.

"늑대 소리를 들었다고요? 영국엔 이미 늑대가 남아 있지 않아요. 빨리 올라와요!"

꼭대기 층으로 올라간 나는 벽지가 윌리엄 모리스풍으로 발라진 것을, 말하자면 과일과 새 그림이 어우러진 아주 붉은 색으로 발라진 것을 보았다. 울리카가 먼저 들어갔다. 어두운 방은 지붕 바로 아래인 탓에 양쪽이 낮았다. 기대했던 침대가 희미한 거울에 되비치고 있었고, 윤이 나는 마호가니 가구는 성서에 나오는 거울을 떠올리게 했다. 울리카는 벌써 옷을 다 벗고 있었다. 그녀는 내 진짜 이름으로 나를 불렀다. 하비에르. 나는 눈이 더 오고 있음을 알았다. 거울도 가구도 없었고, 우리 사이엔 칼도 없었다. 시간은 모래처럼 흘렀고, 사랑은 어둠 속에서 수백 년을 흐르고 있었다. 나는 처음이자 마지막으로 울리카의 이미지를 소유할 수 있었다.

호르헤 루이스 보르헤스

「밤의 가스파르」의 환상에 대한 세 번째 책

밤 그리고 그의 권위

1. 고딕식 감방

저녁이 되자 내 방은 악마로 가득 찼다.

『교회의 신부들』

"오! 대지는 향유 세례를 받은 성배(聖杯)요, 달과 별들은 대지의 암술과 수술이로구나." 저녁 하늘에 대고 나는 속으로 중얼거렸다.

나는 잠에 취한 눈으로 창문을 닫았다. 유리창에 비친 노란 달무리에 십자가의 검은빛이 아로새겨졌다.

용과 악마의 시간인 자정에 나의 등잔불 기름에 취해 있던 이가 꼬마 도깨비, 놈이 아니라면 누구이겠는가!

아버지의 보호를 받으며 태어나자마자 죽은 아이를 단조로운 멜로디로 가볍게 어르는 이가 유모가 아니라면 누구이겠는가!

이마와 팔꿈치, 그리고 무릎으로 부르는 사람이 나무 감옥에 감금된 용병들의 해골이 아니라면 무엇이겠는가!

그러나 내 목을 물어뜯고, 피로 얼룩진 내 상처에 뜸을 뜨는, 그리고 상처에 아궁이 불에 붉게 달군 쇠로 된 손가락을 상처에 집어넣어 후비는 것이 난쟁이 스카르보가 아니라면 누구이겠는가!

2. 스카르보

> 오, 나의 하느님, 아마포 수의를 입고 소나무 관의 마른 자리에 누워 있는 죽음의 순간에, 나를 굽어 살피사 수사의 기도를 들어주소서.
>
> **마리스칼 씨의 연도**(連禱)

그날 밤 스카르보가 내 귀에 대고 속삭였다. "너는 용서를 받고 죽을 수도 있고 용서를 받지 못하고 죽을 수도 있다. 거미가 짠 천을 수의로 받을 것이다. 그리고 나는 거미가 너에게 수의를 입히는 것을 지켜볼 것이다."

나는 너무 울어서 붉게 충혈된 눈으로 그에게 대답했다. "오! 최소한 연못의 숨결이 나를 뉘여 어르던 백양나무 잎을 수의로 줘!" 그에게 대답했다.

"안 돼!" 난쟁이는 빈정대는 말투로 대답했다. "너는 느지막한 오후, 석양의 햇살에 눈먼 모기들을 사냥하기 위해 나와 기어 다니는 딱정벌레들의 양식이 될 거야."

"그럼, 너는 코끼리의 코를 가진 타란툴라가 나를 빨아먹기 원하는 거냐?" 나는 계속 훌쩍이면서 그에게 다시 물었다.

"좋아. 마음 놓아. 너는 뱀 가죽으로 만든 기다란 황금빛 띠를 수의로 갖게 될 거야. 그걸로 미라처럼 둘둘 말아 주지.

너는 성 베니그노의 음침한 납골당 벽에 세워져서 림보에 있는 아이들이 어떤 식으로 우는지 구미에 따라 들을 수 있을 거야."

3. 광인

> 동전 한 닢으로 하자. 아니,
> 네가 원한다면 황금 양으로 하자.
>
> **왕의 도서관에 있는 수고**(手稿)

달은 상아로 만든 얼레빗으로 자신의 머리칼을 빗고 있었다. 얼레빗은 꿈틀거리는 빛줄기로 언덕과 초원, 그리고 숲을 은빛으로 물들였다.

엄청난 보물을 소유한 난쟁이 놈, 스카르보는 나의 지붕에 숨어 동정을 살피고 있었다. 그는 팔랑개비가 돌아가는 소리에 맞춰 튀어오르는 두카도 금화와 플로린 은화를, 그러니까 가짜 돈을 길거리에 뿌리고 있었다.

밤이 오면 황량한 도시를 방황하는 광인은 세상을 어떻게 즐길까? 눈 하나는 달에, 또 다른 눈은 아! 튀어나와 버렸구나!

"저주받을 달!" 광인은 투덜거렸다. "악마의 쇳조각들을 모을 거야. 그런 다음 햇볕으로 몸을 데우기 위해 첨탑을 하나 살 거야."

그러나 그것은 달이었다. 아직도 몸을 감추고 있는 것은 달이었다. 스카르보는 동굴에서 철제 빔을 두들겨 가짜 두카도 금화와 플로린 은화를 만들었다.

그사이에 밤길을 나섰다가 길을 잃은 달팽이는 번쩍이는 나의 채색 창에서 길을 헤맸다.

4. 난쟁이

> "네가 말을 탄다고?"
>
> "왜 안 돼? 나는 린리스고에 있는 스코틀랜드 영주의 농장에서 말을 타고 달려 본 적이 있어."
>
> **스코틀랜드의 발라드**

달빛에서 솟아났는지 이슬 방울에서 솟아났는지 모르겠지만, 커튼의 그림자 사이에 숨어 있던 나비를 내가 있던 자리에서 잡을 수 있었다.

사로잡힌 날개를 빼내려고 내 손가락 사이에서 숨을 헐떡이는 가녀린 나비는, 나에게 몸값으로 향기를 지불했다.

갑자기 조그만 떠돌이 짐승이 날아올랐다. 내 옷자락엔 인간의 얼굴을 한 기괴한 유충이 남아 있었다.

"너의 영혼은 어디 있니? 어떤 말에 올라야 하니?"

"하루 일과에 지쳐 발을 저는 저 온순한 작은 말, 내 영혼은 이제 꿈의 황금빛 침대에서 쉴 거야."

나의 영혼은 깜짝 놀라 도망쳤다. 황혼 녘 거미가 친 창백한 천 조각 사이를 통과하여 고딕식 검은 종탑이 만들어 낸 물결 장식의 검은 지평선 위로.

그러나 울며 도망치는 말에 매달린 난쟁이는 눈송이처럼 하얀 갈기에 실패처럼 감겨 있었다.

5. 달빛이 새어 드는 구멍

잠에서 깨어나라! 잠자는 인간들이여,
그리고 죽은 자들을 위해 기도하라!

「밤에 애원하는 사람의 절규」

오! 시간이 종탑에서 떠는 밤에, 황금빛 은화처럼 늘어진 달의 코를 바라보는 것은 얼마나 달콤한지!

내 창 아래에서 문둥병 환자 두 사람이 서로 불평을 하고 있었다. 개 한 마리가 작은 광장에서 짖어 댔고, 귀뚜라미는 아궁이에서 낮은 목소리로 뭔가를 예언했다.

나의 귓가에 깊은 침묵이 찾아오기까지는 그리 오랜 시간이 걸리지 않았다. 문둥이들은 잠깐 동안 자크마르가 아내를 두들겨 패는 것을 지켜보다가 자기들의 지저분한 잠자리로 돌아갔다.

성벽에 박혀 비에 녹슨 날카로운 것들로 인해 오그라든 밤이 펼친 긴 창 사이를 개가 전속력으로 달려갔다.

귀뚜라미는 난로에 쌓인 재 사이에서 마지막 한 점 불빛이 최후의 불꽃으로 사그라지자 곧 잠이 들었다.

터무니없는 열정이다. — 달이 찡그린 얼굴로 나에게 교수형당한 사람처럼 혀를 내밀고 있는 듯 보였다.

화가인 루이 불랑제에게

6. 종 아래에서 원을 그리며 부르는 노래

거의 정방형에 가까운 넓은 집이었지만,
폐허로 둘러싸여 있었다.
그렇지만 여전히 시계가 달려 있던 주 탑은
동네 전체를 굽어보고 있었다.

페니모어 쿠퍼

열두 명의 마법사는 생장의 거대한 종탑 아래에서 둥글게 원을 그리며 춤을 추었다. 그들은 한 사람씩 돌아가며 태풍을 불렀다. 나는 침대에 깊숙이 몸을 묻고 놀란 가슴으로 어둠을 가로지르는 열두 개의 목소리를 세고 있었다.

얼마 지나지 않아 달이 서둘러 구름 뒤에 숨었다. 번개와 모진 바람이 뒤섞인 비가 내 창문을 세차게 두들겼다. 바람개비는 숲에 둥지를 틀고 소나기를 견뎌 내는 학처럼 꺽꺽거리며 울음소리를 냈다.

벽에 걸려 있던 내 류트*의 첫 번째 음이 울렸다. 검은머리

* (옮긴이 주) 만돌린과 비슷하게 생긴 현악기.

방울새는 새장 속에서 날개를 털었다. 호기심 가득한 영혼이 내 책상 속에서 잠들어 있던 『로망 드 라 로즈』의 책장을 뒤로 넘겼다.

갑자기 생장의 종탑 꼭대기에서 섬광이 번쩍였고, 치명적인 상처를 입은 주술사들이 흩어져 떨어졌다. 그리고 멀리 검은 종탑에서 그들의 마법의 책이, 횃불처럼 타오르는 책이 보였다.

섬뜩한 광채가 연옥과 지옥의 붉은 화염으로 고딕식 교회의 벽을 물들였다. 그리고 생장의 거대한 건물 그림자는 교회에 이웃한 집까지 길게 이어졌다.

바람개비는 녹이 슬었다. 달은 잿빛 진주구름을 가로질렀다. 비는 이제 지붕 추녀에서 한 방울씩만 떨어졌다. 산들바람은 잘못 닫힌 내 방 창문을 조심스레 살짝 열고 거센 바람에 떨어진 꽃들을 베개 위에 던져 놓았다.

7. 꿈

> 그것과 몇 가지 꿈을 더 꾸었다.
>
> 그러나 꿈의 언어를 완전히 이해할 수는 없었다.
>
> **『팡타그뤼엘』 3권**

밤이었다. 처음엔 — 마치 본 것처럼 이야기한다. — 달도 거부했던 벽과, 수도원이 자리 잡고 있었다. 구불구불한 길이 가로지르는 숲도 있었고, 망토와 모자들로 가득했던 디종의 사형 집행지였던 마리몽트도 그 자리에 있었다.

잠시 후, — 마치 본 것처럼 이야기한다. — 감옥의 음울한 흐느낌과 원한에 찬 애도, 그리고 나뭇잎마저 떨게 했던 잔인한 웃음소리가 메아리처럼 답하던 죽음을 알리는 종소리가 울렸다. 죄수들과 함께 사형장에 함께 나아갔던 검은 사형 입회인들의 기도 소리가 들려왔다.

마지막으로 — 이런 식으로 꿈은 끝을 맺었고, 이런 식으로 이야기한다. — 사제 한 사람이 임종의 재 속에서 숨을 거둔다. 한 소녀가 하늘 끝 나뭇가지에 매달린 채 발버둥 치고 있다. 그리고 산발한 날라리가 나를 바퀴살에 묶어 놓았다.

죽은 수도원장인 돔 아구스틴은 성 프란시스코 수도회의 관습에 따라 뜨거운 사형이라는 명예를 얻을 것이다. 그리고 자기 연인의 손에 살해당했던 마르게리트는 네 개의 초 사이에서 순수로 짠 백색 수의를 입을 것이다.

그러나 날라리의 몽둥이는 나를 한 대 때리자마자 마치 유리로 만든 듯 부러지고 말았고, 죄수를 따라갔던 사형 입회인들의 횃불은 거센 비바람에 꺼져 버렸다. 모여 있던 사람들은 흘러넘친 개울처럼 빠르게 흩어졌다. 그리고 나는 잠에서 깨자마자 다른 꿈을 뒤쫓는다.

8. 증조할아버지

> 그 방의 모든 것들은 전혀 꾸며지지 않은 상태로 똑같은 모습을 보여 주고 있었다. 모든 것은 완벽하게 찢겨 있었고, 먼지 구덩이 속엔 거미가 집을 짓고 있었다.
>
> **월트 스콧, 『우드스톡』**

바람에 흔들리는 고딕식 실내 장식에서 존경할 만한 사람들이 서로 인사를 나누었다. 그 순간 나의 증조할아버지가 방에 들어오셨다. — 나의 증조할아버지는 여든을 눈앞에 두고 돌아가셨다.

그곳, 바로 그곳에, 다름 아닌 기도대 바로 앞에 증조할아버지가 무릎을 꿇으셨다. 수염으로, 끈으로 표시해 펴 놓았던 노란 기도서를 쓸어내렸다.

증조할아버지는 밤새 낮은 소리로 기도를 드렸다. 단 한순간도 보라색 비단 망토 아래의 십자로 교차시킨 팔을 풀지 않으셨다. 단 한 번도 할아버지 침상에, 덮개가 있던 먼지투성이 침상에 비스듬히 기대 있던 후손인 나를 곁눈질로도 바라보지 않으셨다.

불현듯 증조할아버지의 눈이 책을 읽는 순간에도 텅 비어 있는 듯한 느낌이 들었다. 할아버지의 입술은 꼼짝도 하지 않았다. 나는 분명 할아버지가 기도 올리는 소리를 들었는데 말이다. 할아버지의 손가락에는 여전히 보석이 번쩍이고 있었지만 살은 하나도 없는 것 같았다.

눈을 뜨고 있는 건지, 잠을 자고 있는 건지 스스로에게 물어보았다. 달의 창백함인지, 아니면 루시퍼의 창백함인지도. 그리고 자정인지 새벽인지도 말이다.

9. 님프 온디나

나는 들었다고 믿는다.
나의 꿈이 매혹시킨 공허한 조화의 목소리를,
허공 가까이에서 들려온 속살대는 소리를,

구슬프고 연약한 소리가 만드는 끊어질 듯 이어지는
노래를.

CH. 브루그노, 『두 요정』

"들어 봐! 내 말 좀 들어 봐! 나야!" 님프 온디나는 물방울 떨어지는 소리에 맞춰 감상적인 달빛이 비치는 마름모꼴 창문을 낭랑한 목소리로 두드리며 노래를 했다. 그곳, 파도 무늬 옷을 입은 발코니에서 아름다운 별이 수놓인 밤하늘과 잠든 호수를 감상하고 있던 성주의 귀부인을 바라보았다.

"물결은 물살을 따라 헤엄치는 님프이다. 물살은 나의 궁전을 향해 구불구불 이어지는 오솔길이다. 나의 궁전은 호수 한복판에서, 삼각형 불길 속에서, 땅과 허공을 떠다니는 것으로 만들어졌다."

"들어 보라! 들어 보라! 나의 아버지는 구슬프게 울며 푸른 오리나무 가지로 물을 두드린다. 내 자매들은 거품으로 만들어진 손으로 상큼한 풀과 글라디올러스와 수련이 가득한 섬을 어루만진다. 축축 처진 나뭇가지로 낚시를 즐기는 버드나무를 보고 즐거워한다."

노래가 끝나자 님프는 자신의 남편이 되겠다는 징표로 내 손가락에 자기 반지를 껴 달라고 청했다. 그리고 함께 호수의 왕위에 오르기 위해 자기 궁전으로 가자고 했다.

숙명의 여인을 사랑하고 있다는 내 말에 님프는 슬픔과 원망에 젖어 눈물을 뿌렸다. 한바탕 처절한 웃음을 웃더니 나의 하늘색 유리창을 따라 하얗게 미끄러지는 한 줄기 비가 되어 사라졌다.

10. 불도마뱀

> 축성을 받은 장작 한 묶음을 난로에 던져 넣자,
> 장작은 탁탁 튀는 소리를 내며 활활 타올랐다.
>
> **Ch. 노디에, 『중절모』**

"귀뚜라미 친구야, 너는 죽었기 때문에 나의 휘파람 소리도 듣지 못하고 불의 광채도 보지 못하는 거니?"

불도마뱀의 말이 너무 사랑스러웠지만 귀뚜라미는 아무 말도 하지 않았다. 왜냐하면 마법에 걸려 잠을 자고 있었기 때문이다. 오히려 변덕스럽게 화를 냈다.

"오! 매일 밤 그랬듯이 나를 위하여 노래를 해 주렴. 세 개의 붓꽃을 문장(紋章)으로 삼은 방패의 역할을 하는 강철판 뒤, 재와 숯 검댕으로 가득한 너의 은신처에서 노래를 불러 주렴……."

그러나 귀뚜라미는 아무 대답도 하지 않았다. 침울해진 불도마뱀은 그의 목소리를 듣기 위해 목을 길게 빼고 기다리고만 있었다. 불꽃이 장밋빛, 하늘색, 노란색, 하얀색, 보라색 등 색색으로 시시각각 변하며 소리에 귀를 기울였다.

"내 친구가 죽었다! 내 친구가 죽었어! 나도 죽고 싶어!"

포도나무처럼 가늘고 긴 가지들은 너무나 슬퍼졌다. 화염은 이글거리는 불꽃 위를 기며 톱니바퀴에 작별 인사를 했다. 불도마뱀은 결국 굶어 죽었다.

11. 마법사들의 야회(夜會)

이 시간 계곡에서는 무슨 일이 벌어지고 있을까?

H. 데 라토쉬, 『오리나무들의 왕』

여기야! 그리고 산속 나뭇가지 아래 잔뜩 웅크리고 있는 고양이의, 인광이 번득이는 눈동자들만 겨우 보이는 무성한 덩굴 속에서 이미 야회가 벌어지고 있어.

기암절벽 사이로 찾아온 밤이었다. 영롱한 이슬과 빛을 내는 굼벵이의 불꽃으로 장식한 삼단 같은 머리칼을 빨아들이는 바위들 사이에서.

거품을 내며 솔방울 사이로 떨어지는 급류와 함께 잿빛 수증기가 되어 성 한가운데를 떠다니고 있었다.

수없이 많은 마법사들이 모여들었다. 오솔길을 따라 느리게 걷던 늙은 나무꾼은 나무 한 짐을 어깨에 진 덕분에 듣기는 했지만 볼 수는 없었다.

여기에서 저기로, 이 언덕에서 저 언덕으로, 수천의 함성이 흩어져 갔다. 어수선한, 음산한, 공포를 부르는 소리들! 흠, 흠! 쉬, 쉬! 쿠쿠, 쿠쿠!

그곳에 교수대가 있다! 그곳 그늘진 곳에 누군가 모습을 드러내는 것이 보였다. 물기에 젖은 수풀 사이로 영광의 손이 만든 황금빛 번개 아래에서 뭔가를 찾던 유대인이 있었다.

알로이시우스 베르트랑,

「밤의 가스파르」(1842)

준비하면서

꿈을 꾸는 과정에서 그는 앞으로 닥칠 삶을 미리 훈련한다.

니체

나와 또 다른 나 사이에
이렇게 엄청난 차이가 있다니!

400년경 모니카와 히포 주교의 아들이었던 아우렐리우스 아우구스티누스는 훗날 『참회록』을 쓴 성 아구스티누스로 널리 이름을 날렸다. 윤리적이고 철학적인 개념과 기독교의 교리에 몰두해 밤을 지새던 그는 자신의 꿈속으로 불현듯 찾아온 찌그러진 모습들과 엄청나게 폭력적인 장면에 놀라지 않을 수 없었다. “나 때문은 아닐 텐데, 내 안에서 이런 일이 일어나고 있어. 나와 또 다른 나 사이에 이렇게 엄청난 차이가 있다니!” 그리고 주교는 꿈의 내용에 대해 책임을 면하게 해 주신 하느님께 감사 기도를 드렸다. 사실, 성인은 자신의 책임이 아니라는 것을 알고서야 비로소 마음이 차분하게 가라앉는 것을 느꼈다.

로데리쿠스 바르티우스,
『숫자인 것들과 그렇지 않은 것들』
(1964)

영혼을 살찌우기 위해 하느님께서 사용하신 길

그러나 치기 어린 꿈들이, 그러니까 거의 잊힌 꿈들이 빛과 선을 되찾아 확실한 모습으로 나타났던 아테네에서의 첫날을 누가 상세하게 묘사할 수 있단 말인가!

우리는 수많은 신들과 여행객들 사이를 쏘다녔다. 땀을 흘리고 포도주를 마셨다. 우리는 곧 약간의 흥분을 느꼈고, 광기에 싸이는 듯한 느낌과 노래를 부르고 싶은 욕망에 휩싸였다. 한편으로는 입을 다물고 침묵 속으로 빠져들고 싶기도 했다. 눈들은 불필요한 것들을 가려 버리고, 영원으로 이어질 것만 같은 것들만 엄청나게 보여 주었다. 소박한 블라우스를 걸친 소녀만 마주쳐도 축제와 신탁을 책임 진 여사처럼 느꼈을 것이다.

나는 에레크테이온 신전과 수없이 늘어선 여인상 기둥 곁을 눈길도 주지 않고 지나갔다. 오래된 여자 친구들을 향해 무언의 인사를 건넸을 뿐이다. 파르테논 신전에서 익티노스의 지혜가 나에게 두 가지를 알려 주었다. 신전이 더없이 완벽하다는 것과, 파르테논 신전의 조망이 매우 훌륭하다는 것이었다. 아크로폴리스에서 보는 바다는 얼마나 장엄했던지! 그 오래된 에게 해를 서둘러 항해했던 검은 돛배는 모두 어디로 나아갔을까? 내가 먹었던 이 세상에서 가장 맛있는 토마토는 미처 기대하지 못한 선물이었다.

저녁이 되자 나는 한두 시간 정도 호텔 테라스에 머무르면서 조명을 받은 파르테논 신전을 바라보았다.(바로 그 순간까지 나는 신전의 석물이 투박한 노란색이라는 것을 알지 못했다. 그동안 얼마나 많은 것들을 모르고 지나쳤을까? 나는 여행의 영향을 받은 비전들을 기다리며 애써 잠을 청했다. 그러나 잠이 오지 않았다. 나는 영혼을 살찌우기 위해 신이 사용한 길을 꿈꾸었다.)

아크릴의 수로를 따라(아크릴로 만든 컵이나 관은 한 번도 본 적이 없다.) 빛의 부드러운 미립자들이 내 가슴을 향해 아주 싼 값에 부드럽고 지속적으로 다가왔다. 내가 보기엔 하느님의 은혜를 나누어 주는 달콤하면서도 부수적인 심장 시스템 같았다. 동시에(하느님은 보이지 않았지만, 그곳에 계시는 게 확실했다.) 언어의 불꽃 튀는 숨결이 나에게 공간과 침묵의 탁월한 소식을 전해 왔다. 수많은 사람들의 목소리가 잦아들었다. 그리고 반투명에 둘러싸인 엄청난 속죄의 미립자들이 내 안에 머물렀다. 밤을 새면서는 결코 찾을 수 없었던 평화의 미립자들이었다.

아침 식사를 하면서 아내에게 이야기했다. 그러나 그녀는(종교적인 박해가 행해지던 시대의 순교자였는지도 모르겠다.) 가만히 웃기만 했다.

우리는 그에게 무엇을 해야 할까! 하느님은 결코 존재 그 자체일 수밖에 없을 것이다. 제아무리 지나치다 해도 나는 지금 이 순간의 존재보다 보잘것없는 존재가 될 수밖에 없었다. 그래서 우리가 오늘날 여기에 존재하는 것이다.

가스톤 파디야,

『떼어 낼 수 있는 것에 대한 기억』(1974)

재상의 꿈

폐하께서 제게 쓰신 글에 용기를 얻어 1863년 봄에 제가 꾼 꿈을 말씀드리고자 합니다.

그 시기에는 정치적 상황의 심각함이 절정에 달해, 실질적인 탈출구가 보이지 않았습니다. 그날 밤 그런 꿈을 꾼 것도 아마 그 때문이었을 겁니다. 저는 꿈에서(다음 날 아침 아내와 다른 사람들에게도 그 꿈에 대해 이야기했습니다.) 말을 타고 산속의 좁다란 오솔길을 나아가고 있었습니다. 오른쪽은 낭떠러지였고, 왼쪽은 수직에 가까운 직벽이었습니다. 오솔길은 갈수록 좁아지더니 결국 말조차 더 이상 앞으로 나아가려 하지 않을 정도에 이르렀습니다. 게다가 공간이 너무 협소하여 말을 돌릴 수도 내릴 수도 없었습니다. 곤란한 지경에 처한 저는 하느님의 이름을 부르며 왼손에 쥐고 있던 채찍으로 수직에 가까운 반반한 바위를 세게 내리쳤습니다. 채찍은 엄청난 길이로 늘어나더니 바위가 무너져 내리고 제 눈앞에는 넓은 대로가 나타났습니다. 길 안쪽에는 보헤미아 지방과 비슷하게 생긴 아름다운 계곡과 숲이 펼쳐졌습니다. 그런데 그 길을 따라 프러시아군이 깃발을 펄럭이며 나아가는 것이었습니다.

그 장면을 목격하자마자 저는 이 일을 어떻게 폐하께 전할까 고민했고, 바로 그 순간 저는 더없이 즐거운 기분으로 잠에서 깼습니다. 덕분에 마음을 단단하게 고쳐먹을 수 있었고, 그 꿈은 곧 현실로 이루어졌습니다.

비스마르크가 빌헬름 1세에게,

1881년 12월 1일

알론소 키하노가 꿈을 꾸다

그는 불확실한 신월도(新月刀)와
황량한 벌판으로 채워진 꿈에서 깨어났다.
그는 손으로 수염을 쓰다듬으며
다친 건지, 아니면 죽은 건지 스스로에게 물어보았다.

달빛 아래에서 악행을 맹세했던
주술사들이 그를 쫓아오지 않을까?
아무것도 없었다. 추위와,
말년이 안겨 준 고통뿐이었다.

쇠락한 귀족은 세르반테스의 꿈이었고,
돈키호테는 쇠락한 귀족의 꿈이었다.
이중의 꿈은 그들 두 사람과 뭔가를 혼란스럽게 만들었다.

아주 오래전에 지나갔던 것이 지금 다시 지나가고 있다.

키하노 영감은 잠을 자며 꿈을 꾸고 있다. 또 하나의 전투,
레판토 바다와 여기저기에서 날아오는 총알을.

호르헤 루이스 보르헤스

대통령의 죽음

십여 일 전, 나는 아주 늦은 시간이 되어서야 잠자리에 들었다. 매우 중요한 서류가 도착하기를 애타게 기다리던 중이었다……. 잠이 들자마자 금세 꿈을 꾸기 시작했는데, 죽음으로 인해 온몸이 굳어지는 것 같았다. 숨이 넘어갈 듯한 흐느낌 소리도 들려왔다. 많은 사람들이 모여 함께 울고 있는 것 같았다. 꿈에서 나는 침대에서 일어나 계단을 내려갔다.

바로 그 흐느낌 소리 때문에 침묵이 깨졌다. 그러나 슬픔에 잠긴 유족은 보이지 않았고, 나는 이 방 저 방을 기웃거렸지만 아무도 보이지 않았다. 여기저기를 돌아다니는 동안 한숨만 절로 새어 나왔다.

방마다 환하게 불이 켜 있었고, 방 안에 있던 물건들이 친숙하게 느껴졌다. 그러나 가슴이 무너져 내릴 듯이 슬픈 흐느낌을 쏟아 내던 사람들은 어디에도 보이지 않았다.

나는 너무나 혼란스러웠고 왠지 머리가 곤두서는 기분이 들었다. 이 모든 것은 도대체 무엇을 의미하는 걸까? 너무 혼란스러우면서도 신비한 이 상황의 원인이 무엇인지 찾아 나서기로 했다. ‘동편 집무실’로 가 보았다. 그 순간 나는 모든 것을 혼란 속으로 밀어 넣은 깜짝 놀랄 만한 사실과 마주했다. 휘황찬란한 관 안에 수의를 잘 차려입은 시신이 누워 있는 것을 본 것이다. 경비병들의 삼엄한 경비 속에 많은 사람들이 슬픈 표정으로, 죽어 누워 있는 이를 바라보고 있었는데, 그의 얼굴 위엔 하얀 천이 덮여 있었다.

어떤 사람들은 너무나 상심하여 하염없이 눈물만 흘리고 있었다.

“백악관에서 누가 죽었나?” 경비병에게 물어보았다.

“대통령 각하가 돌아가셨습니다. 암살당하셨지요.” 나에게 대답했다.

콜롬비아 구(區)의 경찰서장이었던 워드 힐 레이몬이 주를 달았다. 에이브러햄 링컨이 백악관에서 친구들에게 며칠 전 꿈 이야기를 했을 때, 그러니까 1865년 4월 14일 존 윌키스 부스에 의해 워싱턴의 포드 극장에서 귀에 흉탄을 맞고 암살당하기 며칠 전 꿈 이야기를 했을 때, 서장 역시 그 자리에 있었다고 한다.

착한 점원

신앙심이 두터웠던 안토니오가 금식 기도를 하던 중에 꿈이 찾아왔다. 하늘로부터 목소리가 내려왔는데, 그의 가치가 아직은 무두장이였던 알렉산드리아의 호세에 비할 바가 못 된다는 내용이었다. 길을 떠나기로 마음먹은 안토니오는 결국 무두장이를 만나 우직함이 묻어나는 그의 존경할 만한 모습에 놀라지 않을 수 없었다.

그런데 무두장이는 엉뚱하게도 이런 이야기를 털어놓았다. "나는 선한 일을 한 기억이 없습니다. 쓸모없는 사람이지요. 날마다 이 넓은 도시에 햇살이 비치는 것을 보며, 죄로 인해 지옥에 떨어져 마땅한 나만 빼고, 이 도시에 사는 사람들 모두가 어른부터 아이들까지 각자의 선행으로 천국에 들 거라 생각했습니다. 매번 더 강해지기만 하는 언짢은 생각에 언제나 슬픈 생각을 안고 잠자리에 들었지요."

안토니오가 이에 대해 평했다. "자네는 집 안에서 착한 점원처럼 여유롭게 일을 하면서도 하느님의 나라를 얻었는데,

나는 사려 깊지 못한 사람처럼 혼자 있는 시간만을 고집한 탓에 자네가 이룬 높이에 도달하지 못했구려." 안토니오는 이 모든 생각을 가슴에 안고 다시 사막으로 돌아갔다.

그의 첫 번째 꿈에 다시 하느님의 목소리가 들려왔다. "고민하지 마라. 너는 내 가까운 곳에 있다. 그러나 그 누구도 자신의 운명이나 타인의 운명에 대해 확신할 수 없음을 결코 잊지 마라."

『속세를 떠나 숨어 사는 동방 교회 신부들의 삶』

풍월보감(風月寶鑑)

가서의 병은 일 년 만에 더욱 위중해졌다. 희봉 부인의 범접하기 어려운 이미지 덕에 속절없이 시간만 흘렀고 악몽과 불면의 밤은 끝없이 이어졌다.

어느 날 오후 한 도사가 길거리에서 시주를 청하며 마음의 병을 치료할 수 있다고 이야기하자, 가서는 그를 데려오게 했다. 도사는 이렇게 말했다. "약으로는 당신의 병을 치료할 수 없습니다. 내 처방만 따른다면 이것이 당신을 건강하게 해 줄 것입니다." 그렇게 말하면서 도사는 모퉁이에서 양면이 모두 번쩍이는 거울을 꺼냈다. 거울에는 '풍월보감'이라는 글자가 새겨져 있었다. 도사는 몇 마디 당부의 말을 남겼다. "이 거울은 태허환경(太虛幻境)*으로부터 온 것으로 사악한 욕망으로부터 오는 병을 치유하는 능력이 있습니다. 그러나 뒷면만을 보아야 합니다. 내일 다시 거울을 찾으러 와서 병이 나은

* (옮긴이 주) 세상을 관장한다고 생각하는 신선계.

것을 경하드리겠습니다." 그러고는 적선한 돈을 받으려 들지 않았다.

가서는 도사가 시킨 대로 거울의 뒷면을 바라보다가 깜짝 놀라 집어던졌다. 거울에는 그의 해골이 비치고 있었다. 그는 도사에게 저주를 퍼부으며 반대쪽을 바라보았다. 그러자 거울 한복판에 아름다운 옷을 차려입은 희봉의 모습이 그를 향해 손짓하는 게 아닌가! 마음을 빼앗긴 가서는 거울 속으로 뛰어들어 정을 통하고 나왔고, 희봉 역시 그를 따라 밖으로 나왔다.

가서가 잠에서 깨어났을 때, 거울은 뒤집어져 있었다. 그러자 다시 그의 해골 모습이 비쳤다. 거울의 거짓된 면이 비추는 환락에 온통 마음을 빼앗긴 가서는 한 번 더 그녀를 만나고 싶은 생각을 떨칠 수 없었다. 희봉이 그를 향해 손짓했고, 그는 다시 거울 속으로 들어가 사랑을 나누었다. 이런 일은 몇 차례 더 반복되었다. 결국 두 사람이 나타나 거울 밖으로 나오려는 그를 잡아 쇠사슬로 얽어맸다. "당신들을 따라가겠소. 그렇지만 거울만은 가지고 가게 해 주시오." 그는 이렇게 중얼거렸다. 이것이 그가 마지막으로 남긴 말이었다. 그는 얼룩진 시트 위에서 죽은 채로 발견되었다.

조설근, 『홍루몽』(1754)

멜라니아의 꿈

나는 말이 끄는 마차를 타고 눈길 속을 나아가고 있었다. 분명히 나는 그렇게 믿었다. 빛은 이미 가느다란 점이 되어 꺼져 가는 것 같았다. 지구가 궤도에서 솟아오르는 바람에 우리는 점점 태양으로부터 멀어지고 있었다. 내 목숨이 다하고 있다는 생각이 들었다. 잠에서 깨어났을 때 몸은 비록 꽁꽁 얼어 있었지만 나는 작으나마 위안거리를 찾을 수 있었다. 어떤 자비로운 사람이 내 시신을 잘 돌봐 주고 있었던 것이다.

가스톤 파디야,

『떼어 낼 수 있는 것에 대한 기억』(1974)

최후의 심판에 대한 꿈 혹은 해골에 대한 꿈

인디아스 자문회의 의장이신 레모스 백작님께

각하의 영도 덕분에 이 같은 진실이 적나라하게 드러나게 되었습니다. 몸을 꾸미려는 사람이 아니라, 진실의 무게를 받아들이려는 사람들이 찾아 나선 진실이 말입니다. 이 시점 우리는 너무나 위대한 존재와 함께 여기 왔으며, 그와 함께 기원했습니다. 진실 속에서만 일신의 안전을 기대하십시오. 각하, 우리 나이에 걸맞은 명예를 위해 사시기 빕니다.

돈 프란시스코 고메스 데 케베도 비예가스

연설

여러분, 호메로스는 꿈은 주피터의 소관*이라고 말했습니다. 말하자면 꿈을 내보내는 일을 주관하는 이는 주피터라는 것입니다. 또 이렇게 믿기도 했다고 합니다.** 예컨대 아주 중요하면서도 경건한 일을 다루고 있을 때나, 왕이나 위대한 영주들이 꿈을 꾸었을 경우 분명히 말입니다. 박식하기 이루 말할 바가 없어 너무나 존경스러운 프로페르티우스로부터 가져온 시구는 이렇게 말하고 있습니다.

> 가까이 있는 경건한 문에서 나온 꿈들을 거부하지 말고,
> 그 경건한 꿈들이 얼마나 중요한 것인지 살펴보라.***

이는 내가 지난 며칠 동안 하늘로부터 내려온 꿈을 하나 꾸었기에 일부러 드리는 말씀입니다. 신앙심이 깊었던 히폴리투스의 책, 『세상의 종말』과 『그리스도의 두 번째 강림』으로 눈을 가린 채 잠이 들었을 때입니다. 그래서인지 최후의 심판과 관련된 꿈을 꾸었습니다.

시인의 집에서 심판이 있을 수도 있다는 것을(그것이 아무리 꿈에서의 일이라도) 믿는다는 것이 어쨌든 어려운 문제이긴 합니다. 하지만 클라우디아노가 『황홀』의 2권 서문에서 모든 동물은 낮에 다루었던 일들을 밤에 꿈으로 꾼다는 말을 하면서 밝힌 근거를 토대로 나 또한 믿어 주십시오. 페트로니우스

* 『일리아드』 1권 62장.
** 『오디세이』 19권 562장부터, 그리고 『아이네이스』 6권 894장부터.
*** 『애가(哀歌)』 4권 7장.

아르비테로는 이렇게 말했습니다.

사냥개는 토끼 뒤를 쫓으며 짖어 대는 꿈을 꾸었다.*

그리고 심판관들에 대해서도 이야기했습니다.

두려움이 가득한 가슴을 안고 재판석을 바라보았다.**

옛날에 이런 일이 있었습니다. 한 젊은 청년이 바람 따라 떠돌며 자기 가슴 깊은 곳에서 울려 나오는 생명의 소리를 나팔로 알렸습니다. 아름다운 얼굴까지 일그러뜨리며 힘껏 불었지요. 소리는 대리석상에게서는 복종을, 망자(亡者)들에게서는 귀를 찾았습니다. 그러자 땅이 움직이기 시작했고, 모든 뼈들에게 잃어버린 뼛조각을 찾아 돌아다녀도 된다는 허락이 떨어졌습니다. 시간이 흐르자(비록 아주 짧은 시간이었지만), 나는 군인이었던 사람들과 지휘관이었던 사람들이, 내가 듣기에는 전쟁을 시작하는 신호처럼 들리는, 분노의 소리를 지르며 묘지에서 벌떡 일어나는 것을 보았습니다. 탐욕스러운 자들은 누가 빼앗으러 올까 봐 번민과 고뇌에 차 있었고, 허영과 겉모습에만 관심이 있던 사람들은 까칠한 소리에 맞춰 야간 무도회나 사냥 준비를 서둘렀습니다.

나는 이 모든 것들을 사람들의 표정을 통해 알 수 있었습니다. 하지만 최후의 심판을 알리는 나팔 소리가 귓가에 날아

* 『사티리콘』 104장.
** 『사티리콘』 104장.

오는데도 한참 동안은 전혀 눈치채지 못했습니다. 시간이 조금 흐른 후에야 나는 어찌어찌해서 살짝 눈치챌 수 있었습니다. 혐오감과 공포에 질린 영혼들은 자신의 낡은 육체로부터 도망치고자 했습니다. 영혼들의 다양한 모습에 나는 절로 웃음이 나왔고, 모든 것을 뒤섞어 놓은 하느님의 섭리에 감탄했지요. 하지만 그 어떤 망자도 다른 사람들의 다리나 사지를 잡아당기는 실수는 범하지 않았습니다. 묘지에는 머리를 찾기 위해 돌아다니는 것같이 보이는 망자가 몇 있었습니다. 영혼이 잘 맞지 않는 듯 몸부림을 치던 서기(書記)는 진정으로 자기 영혼으로부터 벗어나고 싶어 하며 자기 것이 아니라고 고래고래 소리를 질렀습니다.

심판의 날이 왔다는 소식에 호색한들은 자기들에게 불리한 증언을 할 증인과 함께 심판장에 함께 들어가고 싶지 않아, 눈이 자기를 찾는 것을 정말 원치 않았는데 그러한 모습이 너무나 잘 보였습니다. 험담을 즐기던 사람들은 혀로부터 도망다녔고, 도둑들과 살인범들은 자기 손으로부터 도망치기 위해 열심히 발을 움직였습니다. 눈길을 다른 쪽으로 돌리니, 탐욕스러운 얼굴을 한 사람이 다른 사람에게(향유는 엄청 뿌렸는데, 창자들이 너무 멀리 있어 아직 도착하지 못한 탓에 말을 하지 않던 사람이었습니다.) 매장되었던 모든 사람들이 그날 부활할 수 있는지 묻는 것을 볼 수 있었습니다. 물론입니다. 몇몇 포대 안의 망자들은 분명 부활할 것입니다.

한곳에 몰려 있던 공증인들은 자기가 기대하던 말을 듣기 어려울 거라는 이유로 귀를 가져가고 싶어 하지 않았고, 그래서 귀로부터 도망치고 싶은 열망을 적나라하게 드러냈습니다. 그 모습이 가슴 아프지 않았다면 나는 실컷 웃었을 것입니다. 그러나 도둑들 때문에 귀를 잃어버린 사람들 몇 명만이 귀 없이 앞으로 나아갈 수 있었습니다. 모두가 실수로 잊고 간 것은 아니었습니다. 나를 더욱 놀라게 한 것은 상인들 두세 명의 몸이었는데, 이들은 영혼이 몸에 거꾸로 들어간 탓에 오른 손톱에 다섯 개의 감각 기관이 전부 달려 있었습니다.

나는 이 모든 장면을 언덕 위에서 지켜보았습니다. 바로 그때 내 발이 그곳으로부터 빨리 벗어나라고 외치는 소리가 들려왔습니다. 만약 그러지 않으면, 아름다운 여인들이 고개를 내밀기 시작할 때, 자기들에게(지옥에서도 여전히 그 광기를 잃지 않는 사람들이었습니다.) 경의를 표하지 않았다고 타박하면서 나를 무례하고 몰상식한 인간이라 말할 거라는 것이었습니다. 여인들은 사람들이 두 눈을 크게 뜨고 바라보는데도 벌거벗은 몸으로 잘난 척 출랑거리며 밖으로 나왔습니다. 그러나 그날이 분노의 날이라는 것과 자신들의 아름다움이 아무도 모르게 자기들을 꾸짖고 있다는 것을 알게 되자 곧 총총걸음으로 계곡을 향해 걸어갔습니다. 일곱 번이나 결혼했던 여인은 남편들 핑계를 대며 나아갔지요. 사람들에게 널리 알려졌던 창녀는 계곡에 들어서기도 전에 어금니 두 개와 눈썹 하나를 깜빡 잊었다고 투덜대며 자꾸만 뒤를 돌아보며 걸음을 늦추었습니다. 마침내 극장이 보이는 곳에 도착했습니다. 수많은 사람들 중에는 그녀가 망쳐 놓았던 사람들도 상당히 많았던 탓에 여기저기에서 손가락질하며 비난하는 소리가 들려왔고, 창녀는 건달처럼 보이는 사람들 속으로 숨어들었습니다. 그곳에 있던 건달 같은 사람들은 그날 심판을 받을 거라 생각하지 않았기 때문이지요.

나는 시끌벅적한 소리에 놀라 그곳을 벗어났습니다. 의사

뒤로 강기슭을 따라 사람들이 무리를 지어 몰려오는 소리가 들렸습니다. 잠시 후 나는 그가 최후의 심판에서도 의사 역할을 했던 사람이라는 것을 알았습니다. 뒤를 쫓던 사람들은 별다른 이유 없이 아직 때가 이르기도 전에 서둘러 이곳으로 내몰린 사람들이었습니다. 덕분에 그들은 이미 심판을 받았는데, 이번엔 그들이 의사를 법정에 세우려 하는 것 같았습니다. 마침내 그들은 그를 강제로 옥좌 앞으로 밀어 냈습니다. 내 왼쪽 옆에서 마치 수영을 하는 듯한 사람의 소리가 들려왔습니다. 자세히 보니 예전에 재판관이었던 사람으로 개울에 들어가 손을 씻는 행동을 수없이 반복하고 있었습니다. 나는 그에게 무슨 이유로 그렇게 손을 여러 번 씻는지 물었습니다. 그는 살아 있을 때 이런저런 거래에서 검은손들과 손을 잡은 적이 있는데, 이제 영원으로 이어지는 곳에 왔으니 예전에 관계를 맺었던 그런 부류의 손들과는 아무런 상관이 없는 것처럼 보이고 싶어서 그런다고 대답했습니다.

이번에는 회초리, 몽둥이, 그 밖의 도구들을 손에 든 악령의 무리를 볼 수 있었습니다. 그들은 겁에 질려 귀먹은 척하고 있는 술집 주인, 재단사, 구두 장수 그리고 책방 주인 등을 끌어오고 있었습니다. 이들 모두는 부활했음에도 묘지에서 나오고 싶어 하지 않았습니다. 그들이 시끌벅적하게 소란을 피우며 지나가자 변호사가 고개를 내밀고 어디로 가는지 물었습니다. 그러자 그들은 "방금 도착하신 하느님의 정의로운 심판을 받으러 갑니다."라고 대답했습니다.

이 말에 변호사는 좀 더 안쪽으로 숨어들면서 말했습니다.

"좀 더 아래로 내려가면 나중에 걷는 수고를 하지 않아도 되겠지."

심한 고민으로 땀을 줄줄 흘리던 술집 주인은 너무 피곤했던지 걸음을 옮길 때마다 곧 쓰러질 것처럼 무너져 내렸습니다. 내가 보기엔 악마가 그에게 속삭이고 있는 것 같았습니다.

"물 흐르듯 떨어지는 땀이 싫다면, 다시는 우리에게 물을 포도주라고 속여 팔지 마라."

재단사는 몸집이 작고 둥근 얼굴에 성긴 수염이 난, 정말이지 못생긴 사람이었는데 이렇게 말했습니다.

"언제나 배가 고파 죽을 지경이었는데, 그럼 내가 뭘 속일 수 있었겠습니까?"

다른 사람들이 그에게(도둑이었다는 것을 부정하는 것을 보고) 왜 재단사라는 직업이 경멸을 받는지 이야기했지요.

그들은 다른 사람들로부터 도망치려는 산적과 소매치기들하고 마주쳤습니다. 그러자 악마가 그들의 길을 가로막고, 산적들 역시 그들 무리 안에 들어올 자격이 충분하다며 공격하고 나섰습니다. 왜냐하면 재단사들 역시 들고양이처럼, 자기 방식으로 들과 산을 떠돌았기 때문이지요. 그들은 서로 욕과 언쟁을 주고받으며 마침내 모두 계곡에 도착했습니다.

그들 뒤로 광기에 휩싸인 사람들이 무리를 지어 몰려왔는데, 시인, 음악가, 사랑에 빠진 사람들, 그리고 용사(勇士)들이 각각 네 방향을 차지하고 있었습니다. 어찌 보면 이날과는 전혀 어울리지 않는 사람들이었지요. 그들은 한쪽에 자리를 잡았는데, 그곳에는 도포를 입은 유대인들과 철학자들이 먼저 자리를 잡고 앉아 있었습니다. 영광의 자리에 앉은 최고 권위의 교황들을 보자 모두들 이구동성으로 입을 열었습니다.

"교황님들은 코를 우리와 다르게 사용하시는구나. 우리는 우리가 꾸민 일의 냄새를 맡는 데 열 자나 되는 코를 사용하지 않았어."

두서너 명의 검찰관들이 자기들 얼굴이 몇 개나 되는지 헤아리며 돌아다니고 있었습니다. 후안무치하게 산 탓에 여전히 자기 얼굴들이 많이 남아 있는 것을 보고 기겁했지요. 마침내 사람들에게 조용히 입을 다물라고 시켰습니다.

대성당에서 질서를 잡고 사람들을 조용히 시키던 사람이 털북숭이 개보다도 더 숱이 많은 가발을 쓰고 나타나 지팡이를 몇 번 내리치자, 수천 명의 신자들과 적지 않은 성직자, 성당 관리인, 주교와 대주교 그리고 종교 재판관, 마지막으로 불경스러운 가짜 사이비 하느님과 사이비 예수 그리고 사이비 성령들까지 입을 다물었습니다. 이 사이비들은 마침 자기들에게 가장 잘 어울리는 사람들을 찾기 위해 풀이 죽은 채 그곳을 서성이던 아름다운 양심을 차지하려고 서로 할퀴며 싸웠지요.

옥좌는 전지전능하신, 그리고 기적이신 분이 일하는 곳이었습니다.

하느님은 당신만의 옷을 입고 계셨습니다. 성자들의 눈엔 아름답게 보였지만 길을 잃은 사람들에겐 분노의 옷으로 보였지요. 태양과 별은 그분의 입에 걸려 있었고, 바람은 말을 잃고 꼼짝하지 않았으며, 물은 하느님의 주변에 살짝 몸을 기대고 있었고, 대지는 놀란 표정이 역력했습니다. 하느님의 자녀인 인간에게는 너무나 큰 두려움의 대상이었습니다.

몇몇 사람들은 바람직하지 않은 행실로 자기들에게 나쁜 습관을 가르쳤던 사람들을 협박했습니다. 모두들 대부분 깊은 생각에 잠겨 있었지요. 정의로운 사람들은 하느님을 어떻게 경배할 것인가를 생각하기 바빴고, 악인들은 자기 자신을 위해 기도라도 올리는 심정으로 변명거리를 생각하기 바빴습니다.

천사들이 다니면서 이 모든 것을 감독했고, 걸음걸이와 색깔로 각각의 기사단원들에게 맞는 계산서를 보여 주었습니다. 악마들은 복사본과 암호가 쓰인 금속판, 그리고 소송 서류를 다시 훑어보았습니다. 마침내 살아생전 지은 죄를 방어해야 할 사람들이 가운데에, 고소인들이 바깥쪽에 자리를 잡았습니다. 십계명은 굉장히 좁은 문을 지키고 서 있었습니다. 이 십계명들은 비록 단식 중이라 심하게 마르긴 했지만 삶의 엄격한 기준에서 본다면 아직도 버려야 할 것을 가진 사람들이었습니다.

옆쪽에는 불행과 페스트, 그리고 엄청난 무게의 고통이 함께 자리를 잡고서 의사에게 소리를 지르고 있었습니다. 페스트는 자기가 그들에게 상처를 준 것은 사실이지만, 일찍 세상을 뜨게 한 것은 의사들이라고 주장했습니다. 고통 역시 의사의 도움이 없었더라면 단 한 사람도 죽이지 못했을 거라고 강변했습니다. 그러자 불행에 의해 땅에 묻혔던 사람들 모두가 양쪽으로 줄을 지어 나아갔습니다.

이런 와중에도 의사들은 여전히 망자들에게 계산서를 발행했습니다. 무지한 사람들이 여전히 그들이 더 많은 사람을 죽였다고 주장을 하고 있음에도, 서류와 잉크를 든 의사들은 계산서를 들고 높은 곳에 앉아 사람들의 이름을 불러 댔습니다. 잠시 후 그들 중 한 사람이 앞으로 나서며 큰 소리로 말했습니다.

"내 앞을 거쳐 갔소. 매달 수도 없이 많이……."

그는 아담에 대한 계산서를 읊기 시작했는데, 계산서가 너무 약소하다고 생각했던지 사과 값까지 아주 가혹하게 청구했습니다. 그러고는 유다에게 이렇게 말했습니다.

"똑같은 주인에게 양 한 마리를 판 적이 있는데, 이번엔 어떤 계산서를 줘야 할까요?"

첫 번째 신부들이 지나가자, 뒤를 이어 신약 성서가 등장했고, 마지막으로 사도들이 성스러운 어부 베드로와 함께 하느님 옆자리 의자에 앉았습니다. 곧이어 악마가 나와 이렇게 말했습니다.

"성 요한이 한 손가락으로 가리켰던 사람을 손바닥 전체로 가리킨 사람이 바로 이 사람입니다. 다시 말해 그리스도의 뺨을 때린 사람이지요."

기소한 악마가 죄를 물었는데, 하느님을 비롯한 모든 이들은 그를 이 세상의 중간층에 집어넣었습니다.

대관을 쓴 사제들이 거침없이 들어오는 모습을 보면서, 왕관에 걸려 넘어질 뻔한 불쌍한 사람들이 여섯 왕 사이를 어떻게 헤집고 들어오는지 지켜보았습니다.

헤롯과 빌라도의 머리가 나타났습니다. 두 사람 모두 지극히 영광스러운 심판관의 분노를 잘 알고 있었지요. 먼저 빌라도가 입을 열었습니다.

"이 모든 것은 유대인 때문으로, 나라를 다스려야 했던 저로서는 어쩔 수 없었습니다."

헤롯은 이렇게 이야기했습니다.

"저는 하늘나라에는 갈 수 없으니 림보에 가겠습니다. 이와 같은 문제에서 다른 생각을 가진 결백한 사람들은 절대로 나를 믿고 싶지 않을 테니까요. 어찌 보면 이것도 지옥에 가야 할 폭력이고, 지옥도 어차피 잘 알려진 대로 사람 사는 곳이니까요."

이 와중에 엄청나게 덩치가 크고 우거지상을 한 사람이 밀고 들어와 손을 내밀며 이야기했습니다.

"이것이 시험 성적표입니다."

모두의 눈길이 쏠리는 가운데 문지기가 누구냐고 물어보자, 그는 큰 소리로 우렁차게 대답했지요.

"검증받은 검술 선생이자, 이 세상에서 가장 용감한 자들을 가르친 선생이지요. 여러분이 그 사실을 믿을 수 있도록, 내가 세운 공적의 증거를 이 자리에서 직접 보여 드리겠습니다."

그는 서둘러 가슴에서 증거를 꺼내 보여 주려 하다가 그만 땅바닥에 떨어뜨리고 말았습니다. 그 순간 악마 둘과 집행관 한 사람이 덮쳐 그것들을 집어 들었습니다. 나는 집행관이 능숙한 솜씨로 악마들이 가지고 있던 증거를 쳐드는 것을 보았습니다. 바로 그때 천사가 나타나 팔을 뻗어 그를 잡아넣으려고 했습니다. 그러자 그는 뒷걸음질을 치더니 팔을 쭉 뻗고는 뒤로 폴짝 뛰며 말했습니다.

"원래 이 주먹은 고칠 수 없던 것이었습니다. 사람 죽이는 법만 가르쳤으니까요. 나에게 의사 선생님 좀 불러 주십시오. 내 상처들이 노새를 타고 계속 떠돌다가 나쁜 의사들과 마주칠지도 모르니까요. 나를 잘 치료해 주면 사례는 충분히 하겠습니다."

모두들 한바탕 그를 비웃었습니다. 가무잡잡한 피부의 검사가 그에게 영혼을 위해 뭔가 새롭게 소유하게 된 것이 없는지 물었고, 모두들 내가 모르는 뭔가에 대해 그에게 계산을 요구했습니다. 그가 영혼의 적을 속일 수 있는 속임수 동작은 잘 모른다고 대답하자, 모두들 그에게 곧장 지옥으로 가라고 손가락질했습니다. 그러나 그는 수학책처럼 진지하고 신중하게 자기를 대해야 한다며, 어느 길이 곧장 가는 길인지 모르겠다고 항변했습니다. 길을 알려 주자, 그는 "다음 사람 들어와요!"를 외치며 몸을 내던졌습니다.

식료품 분배를 담당하던 사람들이 계산을 위해 나왔습니다.(실은 별로 원치는 않았습니다.) 엄청난 인파가 한바탕 소동을 피우며 몰려오자 재상이 말했습니다.

"식료품 담당자들이군."

다른 사람들이 말을 받았습니다.

"아닙니다."

그러자 또 다른 사람들은 맞다고 소리쳤습니다.

'도벽이 있는 사람'이라는 별칭에 그들은 상당히 곤혹스러운 표정을 지으며 자기들에게도 변호사를 대 달라고 요청했습니다. 그러자 악마가 이렇게 말했습니다.

"저기 추방당한 사도 유다가 있으니 가 봐!"

그들은 이 말을 듣고 다른 악마를 향해 얼굴을 돌렸지만, 그 악마 역시 어떤 페이지를 읽어야 하는지 알려 줄 생각이 없어 보였습니다. 그러자 그들이 이렇게 소리쳤습니다.

"아무도 보지 마시오! 시합 한 판 합시다. 그러면 영원히 연옥에 머문다고 해도 받아들이겠소."

솜씨 좋은 도박꾼이었던 악마가 대답했습니다.

"시합을 하자는 건가? 너희는 절대로 유리한 게임을 할 수 없어."

악마가 뚜껑을 열자마자, 자기들이 예전에 늘 봐 왔던 것을 본 그들은 패를 향해 재주를 부리며 달려들었습니다.

그러나 고약하면서도 대담한 빵장수 뒤를 따라 나온 것 같은 그런 소리는, 네 토막으로 잘리는 벌을 받은 인간들에게 전혀 들리지 않았습니다. 그들은 악마에게 인간의 몸이 무엇에 길들여져 있는지 밝히라고 요구했습니다. 그러자 악마는 그야 당연히 빵이라고 대답했습니다. 심판관들은 그들의 위장을 포함한 몸통을 그 자리에 있는 어떤 위장이든 좋으니 찾아 바꿔 주라고 명령했습니다. 그리고 그에게 판결을 받고 싶은지 묻자, 그는 당연히 하느님의 판결을 받고 싶으며 행운을 기대한다고 대답했습니다. 첫 번째 고발 내용은, 나는 잘 모르지만, 토끼 대신에 고양이를 주었다는 내용이었습니다. 게다가 뼈까지도, 주문한 동물의 살에 붙은 뼈가 아니라 엉뚱하게 다른 동물, 예를 들면 양이나 염소, 낙타, 개 등의 뼈가 나왔다는 것입니다. 그는 노아의 방주에 탔던 동물들보다도 더 많은 사람들이 빵을 맛보았다는 것을 깨닫고는(왜냐하면 노아의 방주엔 쥐나 모기가 없었지만 그곳에는 있었기 때문입니다.) 등을 돌리고 사람들이 말하는 대로 조용히 있었습니다.

이번에는 철학자들이 심판을 받았습니다. 그들이 자기들을 구하기 위해 과학 능력과 인식 능력을 사용하여 어떤 식의 삼단 논법을 펴는지 지켜보았습니다. 오히려 시인들의 논리가 주목할 만했습니다. 정말 미쳐 버린 시인들은 주피터이신 하느님을, 그리고 모든 사물들이 말하는 하느님을 믿게 만들고 싶었던 것 같습니다. 베르길리우스는 그리스도의 탄생을 노래하는 자신의 목가시*를 들고 거닐고 있었습니다. 갑자기 악마가 뛰쳐나와 마에케나스인지 옥타비아누스인지 모를 사람에 대해 이야기를 했는데, 자기도 그들이 들었던 승리의 술잔을 수천 배 이상 숭배했지만 마침 축일이라 가져오지 않았

* 베르길리우스의 「신비로운 목가시 6」의 첫 번째 구절.

다고 말했습니다. 그들은 내가 알아들을 수 없는 이야기만 횡성수설 늘어놓았습니다. 마침내 오르페우스가(가장 오래된 인물이었습니다.) 나타나 이런저런 이야기를 털어놓기 시작했습니다. 사람들은 그에게 다시 한 번 지옥에 가서 아내와 다른 사람들을 데리고 나오는 일을 시도해 보라고 말했습니다. 그가 나서면 자기들도 기꺼이 따라가겠다면서 말입니다.

그들의 뒤를 이어 욕심 사납게 생긴 사람이 문 앞에 도착했습니다. 십계명이 문을 지키고 있다가 그에게 원하는 것이 무엇인지 물었지요. 그 문은 십계명을 지키지 않은 사람들을 막기 위해 만든 문이었습니다. 그는 지켜야 할 항목에서 죄를 짓는 것은 불가능하다고 이야기하며, 첫 번째 계명을 읽어 내려갔습니다. 다른 그 무엇보다 하느님을 사랑하라. 그는 그 무엇보다 하느님을 사랑하기 위해서라도, 이 세상 모든 것을 소유하게 될 날이 오기만을 학수고대하고 있다고 말했습니다. 하느님 여호와의 이름을 함부로 부르지 마라. 이는 하느님의 이름을 대면 거짓 맹세를 할지라도, 언제나 큰 가치를 지니게 된다는 것을 의미한다고 그는 말했습니다. 그래서 하느님의 이름만 대면 헛되지 않는다고 말입니다. 안식일을 지켜라. 일을 해야 하는 날에도 안식일이라며 숨어 버렸다고 했습니다. 부모를 공경하라. "언제나 그들의 모자를 벗겨 드렸다."고 말했지요. 살인하지 마라. 이 계명을 지키기 위해서 식사를 하지 않았는데, 허기를 없애기 위해서 별수 없이 식사를 했다고 말했습니다. 간음하지 마라. "돈을 필요로 하는 일에서, 이미 이야기되었다."고 했습니다. 거짓 증언하지 마라.

"욕심꾸러기야, 바로 여기에," 악마가 입을 열었습니다. "재미있는 거래가 있을 수 있다. 만일 네가 이를 지켰다고 증언한다면 너를 심판할 것이다. 하지만 지키지 않았다고 한다면, 위대한 심판관 앞에서 너 스스로 심판대에 올라서야 할 것이다."

그러자 욕심꾸러기는 화를 내며 이렇게 말했습니다.

"만일 내가 저 문 안으로 들어가려고만 하지 않는다면, 시간을 낭비할 필요가 없을 겁니다."

그는 바로 그 지점에서 더 이상 앞으로 나아가기를 거부했습니다. 그는 살아 있음에 만족했지요. 그래서 그에게 합당한 곳으로 데려갔습니다.

이번에는 수많은 도적들이 심판장에 들어왔습니다. 그들 중에서 교수형을 당한 몇몇 사람들은 구원을 받을 수 있었습니다. 그러자 심판을 받기 위해 들어왔던 마호메트와 루터, 그리고 유다 앞에 있던 서기들이 갑자기 기운을 차리는(도둑들이 구원받는 것을 보고) 것이었습니다. 이를 본 악마들이 낄낄거리고 웃었습니다.

수호천사들은 성직자들을 변호인으로 부르는 등 애써 노력을 기울이기 시작했습니다. 하지만 악마들을 고발하는 쪽으로 원칙을 세웠지요. 그들이 지은 죄로 인한 소송에서 기소를 한 것이 아니라, 오히려 그들이 생전에 했던 소송들에 대해 기소를 했습니다. 첫 번째 이야기를 꺼냈습니다.

"주님, 이 사람들의 가장 큰 죄는 서기가 된 것입니다."

그들은 서기가 아니라(뭔가를 감추겠다는 생각을 하면서) 비서였다고 한목소리로 대답했습니다.

변호를 맡은 천사들이 변론을 하기 시작했습니다.

몇 명은 이렇게 말했습니다.

"그들은 세례를 받은 사람들입니다. 그리고 교회의 일원이지요."

그러나 더 이상 할 말이 없자 이런 말로 마무리했지요.

"그들은 인간입니다. 그리고 다시는 그런 짓을 하지 않을 것입니다. 맹세를 했으니까요."

결국 두세 사람은 구원을 받았습니다. 그렇지만 악마들은 나머지 사람들에게 이렇게 말했습니다.

"이젠 잘 알았지."

다른 사람에 반하는 거짓 증언을 하는 것이 그곳에선 매우 중요한 일이라는 이야기를 하며 눈짓을 했습니다.

그들은 기독교인으로 살았다는 이유로 이교도들보다도 더 많은 벌을 받는 것을 보고는 기독교인이 된 것이 자기 잘못은 아니라고 우겨 대기 시작했습니다. 유년기에 세례를 받았기 때문에 당연히 잘못은 대부들이 책임을 져야 한다고 주장했습니다.

사실 마호메트와 유다, 그리고 루터가 막 심판장에 들어가려는 것을 보았다는 이야기를 했습니다. 그들 역시 서기 한 명이 구원을 받는 것을 보고 무척이나 고무되어 있었습니다. 나 역시 서기가 심판을 받지 않는 것을 보고 매우 놀라던 중이었습니다. 다만 의사가 그들 세 사람을 가만두지 않고 귀찮게 괴롭혔습니다. 악마가 강요한 탓도 있지만 그들이 의사와 약제사, 그리고 이발사를 닮은 탓이기도 했습니다. 사본을 가지고 있던 악마가 그들에게 말했습니다.

"약제사와 이발사의 도움을 받은 이 의사 앞으로 많은 망자들이 지나갔다. 오늘 대부분은 너희들 약제사와 이발사에게 배정되었다."

천사는 약제사들이 가난한 사람들을 위해 무료로 많은 일을 했다고 변론했지만, 악마는 이 모든 일들이 이익을 구하는 행동이었다고 반론했습니다. 뿐만 아니라 전쟁에서 수만 번 칼이나 창에 찔리는 것보다 그들 가게에서 주는 약 두 컵이 훨씬 더 위험하다는 말도 덧붙였습니다. 그들이 사용하는 모든 의약품들이 가짜였으며, 이는 페스트와도 상관이 있을뿐더러 마을 두 곳을 완전히 파괴했다고 몰아세웠습니다.

의사도 그를 위해 변명을 해 주었습니다. 마침내 약제사가 사라지자, 의사와 이발사는 나의 시신들과 언쟁을 하며 돌아다니다가, 각자 자기 몫의 처벌을 받았습니다. 변호사 역시 심판을 받았습니다. 곱사등을 가진 사람들이 모든 권리를 행사했기 때문입니다. 그의 뒤에 몸을 웅크리고 숨어 있던 사람이 발각되었습니다. 사람들이 못 보고 있었기에 누구인지 묻자, 배우라고 대답했습니다. 그러나 악마는 불같이 화를 내면서 되쏘았습니다.

"주님, 이 사람은 어릿광대입니다. 여기에 무엇이 있는지 알았기 때문에 여기 오는 것을 피하려고 노력했을 겁니다."

반드시 가야 한다고 잘라 말을 했습니다. 그가 했던 말 때문에라도 지옥에 가야 한다는 것이었습니다.

이런 와중에 자리에 앉아 있던 수많은 술집 주인들이 발각되었습니다. 그들은 물을 포도주로 속여 판 죄로, 그러니까 비열하게 사람들을 갈증 나게 한 죄로 기소되었습니다. 그들은 어깨를 으쓱이며 앞으로 나와, 자기들은 병원에서 열리는 미사에 사용하라고 언제나 품질 좋은 포도주를 공급해 왔다고 주장했습니다. 그러나 소용이 없었습니다. 아기 예수들에게 옷을 지어 입혔다고 말한 재단사들도 마찬가지였지요. 모든 사람이 기대에 어긋나지 않는 형량을 받았습니다.

서너 명의 제노바 출신 부자들이 거들먹거리며 그곳에 와서 자리를 잡았습니다. 악마가 이렇게 말했습니다.

"아직도 그 게임에서 우리를 이길 수 있을 거라고 생각하나? 그렇다면 이것이 바로 당신들이 죽어야 하는 이유가 될 것이다. 이번에는 그리 좋지 않은 계산서가 나갈 것이다. 당신들의 신용을 보장하는 은행이 이미 파산했거든."

하느님을 바라보며 악마가 말했습니다.

"주님, 이곳에 모인 사람들은 모두 각자 자기 몫의 계산서를 제출했습니다. 그런데 이 인간들만은 다른 사람들의 것을 제출했습니다. 이것이 전부입니다."

그들에 대한 판결문을 읽었습니다. 나는 그 내용을 잘 들을 수 없었지만 아무튼 그들은 어디론가 사라졌습니다.

자세가 꼿꼿한 기사가 나왔습니다. 한눈에도 그는 그토록 고대하던 정의와 경쟁을 하고 싶어 하는 듯이 보였습니다. 모든 사람들에게 경의를 표하더니, 손으로 물웅덩이에서 물을 떠 마시는 사람들이나 했던 의식을 했습니다. 그는 엄청나게 큰 목을 가져왔는데, 머리가 있는지조차 알 수 없었습니다. 문지기가 하느님을 대신하여 그에게 사람이냐고 물었습니다. 그러자 그는 격식을 차리며 큰 소리로 그렇다고 대답했습니다. 기사직을 걸고 맹세하건대, 신체적인 특징으로 인해 아무개 씨라고 불린다고 했습니다. 악마가 웃으며 말했습니다.

"탐욕 때문에 지옥으로 갈 놈이군."

그에게 원하는 것이 무엇인가 묻자 이렇게 대답했습니다.

"구원을 받는 것입니다."

그는 혼나기 위해 악마들에게 보내졌습니다. 그런데도 그는 목이 힘든지만 신경을 썼습니다. 그의 뒤를 이어 한 사람이

들어오며 소리쳤습니다.

"비록 소리는 질렀지만, 나는 질 나쁜 소송거리를 가지고 오지는 않았습니다. 하늘에 계시는 모든 성자들에게, 최소한 많은 사람들에게 먼저 먼지를 털었습니다."

모두들 먼지를 털었다는 말에 디오클레티아누스 황제이자 우리가 네로라는 이름으로 알고 있는 황제를 기다렸습니다. 그런데 나타난 사람은 제단 뒤에서 장식 벽을 두들기는 성당 관리인이었는데, 그는 이를 이용해 무사히 위험에서 벗어났습니다. 그러나 악마는 등잔 기름을 마셨을 뿐만 아니라 괜히 부엉이들에게 죄를 뒤집어씌운 탓에 아무 죄도 없이 속절없이 죽어야만 했다고 비난했습니다. 옷을 입기 위해 장식에서 뭔가를 잡아 뜯었고 삶에서 이미지들을 계승했을 뿐만 아니라, 제례를 행하며 주름을 잡았습니다.

나는 그가 어떤 변명을 늘어놓았는지 잘 듣지 못했습니다. 그런데 그에게 내린 심판은 왼쪽 길이었습니다.

순종의 미덕을 지닌 여인들을 위해 자리가 마련되었습니다. 여인들은 사악한 악마의 모습을 본뜬 빵을 만들었습니다. 천사들은 우리의 성모 마리아님에게, 이름에 맞는 헌신적인 신앙을 가지고 있다며 그녀들을 보호해 주십사 청했습니다. 그러나 악마는 동정녀 마리아에겐 순결의 적이라고 쏘아붙였습니다.

"분명히 맞습니다." 간통을 했던 여인이 입을 열어 대답했습니다.

악마가 여덟 개의 몸뚱이를 가진 남편을 두었다는 죄로 그녀를 고소했습니다. 그 남자는 한 사람으로 천 명이 넘는 여인과 결혼을 했다고 합니다. 그녀는 혼자서 심판을 받은 다음 이런 말을 남기고 길을 떠났습니다.

"내가 심판을 받을 줄 미리 알았다면 좋았을 텐데. 그리고 축일에 미사를 보지 않았으면 좋았을 텐데."

여기서 모든 심판이 끝나고 유다와 마호메트, 그리고 마르틴 루터만이 남았습니다. 악마는 세 사람 중 누가 유다인지 물었습니다. 마호메트와 루터는 서로 얼른 이 사람이 유다라고 대답했습니다. 유다가 여기저기를 쏘다니며 큰 소리로 외쳤습니다.

"주님, 제가 유다입니다. 이 사람들보다는 저를 더 잘 아실 겁니다. 제가 당신을 팔아 세상을 구원했으니까요. 하지만 이 두 사람은 예수님 당신과 자기 자신을 팔아 모든 것을 파괴해 버렸습니다."

앞에서 비키라는 명령이 떨어졌습니다. 사본을 가지고 있던 천사가 심판을 하려다 집행관과 갈고리가 없다는 것을 눈치챘습니다. 천사들이 집행관들을 부르자, 그들은 슬픈 표정으로 그곳에 나타나 이렇게 말했습니다.

"심판을 받은 것으로 하겠습니다. 이제 아무것도 필요 없습니다."

그 말이 떨어지자마자 천체 관측기와 구를 짊어진 점성술사가 소리를 내며 들어왔습니다. 그는 속았다는 말에 토성이 아직 움직임을 다 마치지 않았고 궤도에서 벗어나지도 않았기 때문에, 오늘이 심판의 날이 될 수 없다고 덧붙였습니다. 악마가 얼른 돌아서더니 나무와 종이를 엄청나게 짊어진 것을 보고는 이렇게 말했습니다.

"생전에 얼마나 많이 하늘을 거론했는지 잘 안다는 듯이 너희 스스로 장작을 가져왔구나. 죽음이란 문제에서 뭔가 부족한 것이 있으니 너희는 반드시 지옥으로 가야 할 것이다."

"나는 그곳에 가지 않겠소." 그가 말했습니다.

"그러면 다른 사람들이 너희를 데려갈 것이다."

이 말과 함께 이곳에서 있었던 일과 심판이 모두 막을 내렸습니다.

그림자들은 각자 자기 자리로 도망쳤고, 새로운 생명의 기운과 함께 바람만이 자리를 지켰습니다. 대지는 꽃으로 덮였고, 하늘이 모습을 드러냈습니다. 그리스도께서 복된 이들에게 휴식을 주기 위해 수난을 기꺼이 받으셨습니다. 나는 계곡에 남아 그곳을 돌아다니며 대지에서 들려오는 수많은 소리와 불평을 들었습니다.

마침내 그곳에 있던 것을, 그러니까 깊은 동굴에서(아베르노의 목구멍) 많은 사람들이 고통을 받고 있는 것을 보았습니다. 한편으로는 법률까지도 고기 수프처럼 휘적거리던 식자(識者)들도 만났습니다. 서기는 이 세상에서는 읽으려고도 하지 않던 글자만 먹으며 살고 있었습니다. 지옥행 심판을 받은 사람들의 재산과 옷, 그리고 머리 장식 따위는 여전히 그들이 받아야 하는 고통과 아름다운 장식 대신 그곳에, 그러니까 집행관에게 남겨졌습니다. 욕심꾸러기는 돈 대신 고통의 크기를 헤아렸고, 의사 역시 변기에서 고통을 받았습니다. 약제사도 주사기로 고통을 받았지요.

이 모습이 너무도 우스워 나는 큰 소리로 웃다가 잠에서 깨어났습니다. 그러고는 놀랍기보다는 한편으로는 슬프기도 하고 재미있기도 한 꿈의 잔상에 한참을 머물렀습니다.

이것은 꿈이었습니다. 각하, 만일 이런 꿈들 위에서 잠이 들었을 때, 제가 봤던 것처럼 많은 것들을 보기 위해서는 제가 말한 것처럼 오랜 시간을 기다려야 한다는 것도 곧 깨닫게 되실 것입니다.

프란시스코 케베도, 각 직업을 가진 사람들이 저지른 권력 남용과 악행, 거짓말 등과 이 세상의 현 상황을 밝히는 진실에 대한 꿈과 이에 대한 연설(1627)

꿈과 운명의 신

크로이소스는 솔론을 사르디스에서 추방했다. 왜냐하면 유명한 현인이었던 솔론이 지상의 재물을 비웃으며 모든 사물의 궁극적인 목적에만 관심을 두었기 때문이었다. 크로이소스가 자신을 이 세상에서 가장 행복한 사람이라고 믿자 신들은 그를 벌하기로 마음먹었다.

왕은 용감한 아들 아티스가 철창에 찔려 상처를 입고 죽는 꿈을 꾸고는 모든 창과 투창, 그리고 칼을 여자들의 방으로 옮기라고 명했다. 그런 다음 아들의 결혼을 서둘렀다. 그러는 동안 손에 피를 묻힌 남자 하나가 이 나라에 왔다. 프리기아 왕가의 혈통을 이어받은 아드라스토스라는 사람이었다. 마이다스 왕의 아들이었던 그는 본의 아니게 형제를 죽인 탓에 가족에게 추방을 당한 처지여서 정화 의식을 청했다. 크로이소스는 그에게 두 가지 자비를 베풀었다.

그때 마침 미시아에 흉포한 멧돼지가 나타나 모든 것을 파괴했다. 두려움에 질린 미시아인들은 크로이소스에게 용감한 아티스와 전사들을 보내 달라고 청했지만, 왕은 아들이 결혼한 지 얼마 되지 않았고 사적인 일에 매여 있음을 이유로 거절의 의사를 밝혔다. 이 사실을 알게 된 아티스는 왕에게 자신의 명예를 실추시키지 말아 달라고 청했다. 크로이소스는 아들에게 꿈 이야기를 털어놓았다. 그러자 아티스는 이렇게 대답했다. "그 무엇도 두려워하실 필요가 없습니다. 멧돼지의 이빨은 강철이 아니니까요." 결국 그의 아버지도 동의를 표하며, 아드라스토스에게 아들과 함께 가 줄 것을 부탁했다. 프리기아인은 상중임에도 불구하고 빚진 것이 있는 터라 왕의 부탁을 받아들였다.

사냥을 하던 중에 아드라스토스는 멧돼지에게 창을 던진다는 것이 그만 실수로 아티스를 죽게 만들었다. 크로이소스는 운명의 신이 꿈을 통해 먼저 알려 준 자신의 운명을 받아들이고, 아드라스토스를 용서했지만, 그는 불행한 왕자의 무덤에서 스스로 목을 베어 자결했다. 이 이야기는 헤로도토스의 역사서 아홉 권 중 1권에 전해지고 있다.

영혼, 꿈, 현실

사람들은 잠자는 사람의 영혼은 실제로 그의 육체로부터 벗어나 꿈꾸는 곳을 찾아다니기도 하고, 사람들을 만나기도 하고, 꿈속의 행동을 실제로 행하기도 한다고 상상한다. 브라질 원주민이나 기아나 사람들은 깊은 꿈에서 깨어났을 때, 자신의 영혼이 진짜로 사냥도 하고 물고기도 잡고 나무도 탔을 뿐만 아니라 그가 꿈꾼 다른 모든 일들을 했다고 확고하게 믿었다. 그동안 그의 육체는 해먹에서 꼼짝도 하지 않고 축 늘어져 있었는데도 말이다. 보로로족* 전체는 두려움 때문에 마을을 이전하려 한 적도 있었다. 부족원 중 한 사람이 아무도 모르게 적들이 다가오는 꿈을 꾸었기 때문이다. 건강이 좋지 않았던 마쿠시족**의 한 사람은 자신의 수호자가 카누를 타고 아주 어려운 급류를 지나가라고 명령하는 꿈을 꾸었다. 아침

* (옮긴이 주) 브라질에 사는 인디오 부족.

** (옮긴이 주) 브라질에 사는 인디오 부족.

이 되어 잠에서 깨자 그는 불쌍하고 병약한 사람을 향한 배려가 부족한 탓에 자신이 고통받고 있다고 믿고는 스스로를 심하게 질책했다. 그란차코의 인디오들이 그들이 보고 들은 믿기 어려운 이야기들을 늘어놓았을 때, 외지인들은 그들을 허풍쟁이라고 놀렸다. 그러나 인디오들은 자신들의 이야기가 진실이라고 굳게 믿었다. 왜냐하면 이렇듯 놀랄 만한 모험들 대부분은, 간단히 말해 그들이 꾼 꿈이었기 때문이다. 그들은 꿈속에서 한 일을 깨어 있을 때 일어난 일과 구분할 줄 모른다.

다야코족은 물에 빠지는 꿈을 꿀 경우 요정에게 손 그물을 사용해 영혼을 건져 자기들에게 돌려달라고 부탁한다. 산탈족은 잠을 자는 도중에 너무나 갈증이 난 나머지 도마뱀처럼 생긴 영혼이 몸을 빠져나와 물을 마시기 위해 그릇에 들어가는 꿈을 꾼 남자 이야기를 들려주었다. 마침 그릇 주인이 그릇을 닫아 버리자 그 남자는 영혼을 되찾을 수 없게 되어 죽음을 맞게 되는데, 매장을 준비하던 사람 하나가 그릇의 뚜껑을 여는 바람에 도마뱀이 탈출하여 다시 자기 몸속으로 들어갈 수 있었다고 한다. 그러자 죽었던 사람이 다시 살아났다. 그는 물을 찾아 나섰다가 우물에 빠져 다시 돌아오는 데 어려움을 겪었다고 이야기했다. 사람들은 모두 그 이야기를 곧이곧대로 받아들였다.

제임스 조지 프레이저, 『황금 가지』

(1890)

경멸해도 좋은 직업은 없다

성자가 하느님께 천국에서는 누가 자신의 동료가 될지 알려 달라고 빌었다. 꿈을 통해 대답이 내려왔다. "네가 사는 동네의 정육점 주인이다." 그렇게 무지하고 천박한 사람이 천국의 동료가 될 거라는 말에 성자는 매우 슬퍼하며 다시 금식과 기도를 올렸다. 그러나 꿈은 다시 반복되었다. "네가 사는 동네의 정육점 주인이다." 신앙심이 돈독했던 그는 눈물을 흘리며 기도로 간청했고, 다시 꿈을 꿀 수 있었다. "이렇게 신앙심이 돈독하지 않았다면 너는 틀림없이 벌을 받았을 것이다. 그의 행실이 어떤지도 모르면서 왜 그를 경멸하느냐?"

그는 정육점 주인을 만나 보러 갔다. 그리고 사람들에게도 정육점 주인에 대해 물어보았다. 사람들은 정육점 주인이 장사를 통해 번 돈과 집에 가지고 있는 생필품들을 가난한 사람들에게 나누어 주는 사람이라고 말했다. 뿐만 아니라 많은 사람들이 그렇게 생활한다고 믿으며 살아가고 있다는 것이었다. 언젠가 포로로 잡힌 여자를 많은 보석금을 내고 군대에서

풀려나게 해 준 일도 기억해 냈다. 그녀를 교육시켜 자신의 외아들과 결혼시키려 했던 것이다. 그런데 한 젊은 이방인이 가슴 아픈 표정으로 찾아와, 이곳에 가면 어렸을 적 정혼했던 약혼자를 찾을 거라는 꿈을 꾸었다고 말했다. 그녀가 군인들에게 납치되었다는 것이다. 정육점 주인은 그 젊은이에게 한 치의 망설임도 없이 여자를 내주었다고 한다.

"그가 진정으로 하느님의 사람이군요." 호기심 많은 몽상가였던 성자가 이렇게 외쳤다. 성자의 마음속 깊은 곳에 자리잡고 있던 영혼이 다시 한 번 하느님을 간절히 만나고 싶어 했다. 꿈에서라도 자기에게 영원히 함께할 멋진 동료를 보내 준 데 대해 감사드리고 싶었던 것이다. 하느님은 언제나 삼가는 데가 있는 분이셨다. "친구여, 경멸해도 좋은 직업은 없는 법이네."

라비 니심,

『히브리인의 구원자는 누구신가』

지옥 5

야심한 시각에 비정상적으로 깊은 심연의 가장자리에서 불현듯 잠이 깼다.

그늘진 바위 조각에서 잘려 나간 지질학적 단층이 내 침대 끝 쪽에서 반원형으로 무너져 내렸다. 구역질을 유발하는 엷은 수증기 속에서 어두운 빛깔의 새들이 마구 선회하는 바람에 윤곽이 희미했다.

바위 중간 불쑥 튀어나온 곳에 월계관을 쓰고 허공에 매달린 것처럼 서 있던 아주 작은 인간이 나에게 손을 내밀며 아래로 내려가자고 청했다.

밤의 공포가 밀려와, 나는 인간의 내면에 자리 잡은 모든 모험은 언제나 피상적이고 허무한 끝을 볼 것이라는 말로 부드럽게 거절했다.

불을 켜고 싶었지만, 다시 삼행시의 심오한 단조로움 속으로 빠져들도록 그대로 두었다. 가만히 빠져들자 흐느낌 속에서 말을 이어 가던 목소리가 들려왔다. 목소리는 역경에 처해서 행복했던 시간을 추억하는 것만큼 가슴 아픈 일은 없다고 나에게 반복적으로 말하고 있었다.

후안 호세 아레올라,

『함께 꾸민 모든 것』(1962)

비몽사몽

밤이 두들겨 맞는 현장을 목격했다.

공기가 심하게 요동치고 있었다.
껍질 속에 몸을 숨긴 달팽이마냥
참호 속에서
고독을 즐기는 남자의
총소리
울림처럼.

숨을 헐떡이던
한 무리의 채석장 사람들은
내 앞에 펼쳐진 길들의
현무암
포도(鋪道)를 두드리고 있었고,
나는

비몽사몽 간에
눈길도 주지 않고
소리만 듣고 있는 것
같았다.

주세페 웅가레티,

「파묻힌 항구」(1919)

피란델리아나

한 부인이 여러 번 사랑하는 사람에 대한 꿈을 몇 번 꾸었다. 처음에는 질투에 둥지를 튼 악몽을 꾸었다. 그다음 꿈은 그를 사랑한다는 것을 눈치챈 저녁에 꾸었다. 마지막으로는 애인이 반짝이는 목걸이를 자기에게 선물하려고 하자, 알 수 없는 손이(농장으로 부자가 된, 그 부인의 지난번 애인의 손이) 나타나 목걸이를 낚아채는 꿈을 꾸었다. 더욱이 질투에 눈이 먼 애인은 그녀의 목을 졸랐다.

정신이 든 그녀는, 여종업원이 꿈에서 봤던 다이아몬드 목걸이를 보석함에 담아 내오는 것을 보았다. 그 순간 애인이 다가와 목걸이가 팔린 탓에 사 줄 수 없어서 신경이 쓰인다며, 다른 것을 선물해도 좋은지 물어보았다.

루이지 피란델로,

『꿈일까 아닐까?』(1920)

파리 시민의 꿈

오늘 아침 나는 인간의 눈으로는 단 한 번도 본 적이 없는, 끔찍한 풍경의 생생하면서도 조금은 아득한 영상에 놀란 마음을 진정할 수 없었다.

꿈은 기적으로 넘쳐 나고 있었다! 단 하나의 변덕이 들쑥날쑥한 초목들을 이 풍경에서 뽑아 냈다. 나의 재능에 대해 강한 자부심을 느끼던 화가는 화폭에서, 금속과 대리석, 그리고 물의 황홀한 단조로움을 맛보고 있었다.

광택을 번득이는, 혹은 광택을 잃은 황금 위로 떨어지는 연못과 폭포가 화폭을 채웠다. 그것은 무한으로 연결된 궁전이었다. 계단과 회랑으로 이어진 바벨탑이었다. 엄청난 힘으로 떨어지는 폭포수는 수정으로 만든 커튼처럼 금속 벽에 눈부시게 걸려 있었다.

나무가 아닌 기둥들이 잠든 연못을 둘러싸고 있었다. 연못에서는 몸집이 큰 물의 요정이 여인들처럼 제 모습을 비춰 보았다.

장밋빛, 초록빛 선창 사이로는 수백만 리에 걸쳐 푸른 물줄기가 이 세상 끝을 향해 펼쳐졌다. 기기묘묘한 돌멩이들과 마술을 부리는 듯한 파도, 되쏘는 햇살로 너무나 눈부신 거대한 거울.

창공으로부터 내려온 흐트러진 모습으로 입을 꼭 다문 강물은 다이아몬드와 같은 심연에 유리 상자 안의 보석을 쏟아 놓는다.

나는 마법의 성을 짓는 건축가, 내 마음에 따라 보석 동굴 아래로 잘 길들인 대양을 흐르게 한다. 그리하여 모든 것이, 검은 것까지도 맑게 무지갯빛으로 영롱하게 빛나게 한다. 물은 수정 같은 햇살에 자신의 영광을 이어 간다.

하늘 저 끝 안에 있는 그 어떤 별이나 태양도 여기 스스로 만든 불빛을 비추지 않았다.

이 움직이는 경이로움 위로(이 엄청난 세밀함, 모든 것이 눈을 위한 것이지, 귀를 위한 것은 하나도 없었다.) 영원의 침묵이 잔잔히 흐르고 있었다.

샤를 보들레르, 『악의 꽃』(1857)

콜리지의 꿈

미완성 유고인 서정시 「쿠블라 칸」(정형과 비정형의 형식이 혼재되어 있으면서도 절묘하게 운율이 살아 있는 50여 행의 시)은 1797년 여름 어느 날 영국 시인 콜리지가 꾼 꿈에서 시작되었다. 당시 그는 엑스무어 근교에 위치한 농장으로 물러나 쉬고 있었는데, 건강이 좋지 않아 수면제를 복용하는 처지였다.

그는 퍼처스의 책을 읽다가 잠시 쉬던 중 잠에 빠져들었다. 그 책은 마르코 폴로 덕분에 서방에서도 유명해진 쿠빌라이 칸의 궁전 건축을 다루고 있었다. 우연히 읽게 된 그 책은 콜리지의 꿈속에서 무럭무럭 싹을 틔웠다. 잠이 든 그는 일련의 시각적 이미지, 다시 말해 이미지들을 재현하는 일련의 언어에 대해 영감을 얻었다. 몇 시간 뒤, 꿈에서 깨어난 콜리지는 300여 행의 시를 이미 지었다는 확신을, 아니 얻었다는 확신을 갖게 되었다. 그는 시가 너무너무 또렷하게 기억나 그중 일부를, 즉 그의 작품 속에 쓰여 있는 일부를 써 내려갔고, 그러던 중에 예기치 않은 손님의 방문으로 작업을 잠시 멈추었다. 그런데 시간이 흐르자 나머지 시구가 기억나지 않았다. 콜리지는 이렇게 말했다. "그 광경의 전체적인 형태는 흐릿하게나마 기억이 나지만 8행에서 10행 정도의 부분부분을 제외한 나머지는 강물에 돌멩이를 던졌을 때 한순간 만들어진 파문처럼 사라져 버렸다. 안타깝게도 이 몇 행마저도 제대로 복원할 수 없었다." 스윈번은 이렇게 적어 놓은 시야말로 영어의 음악성을 드러내는 가장 좋은 예이며, 이를 분석할 능력을 갖춘 사람은 무지개도 풀어 낼 수 있을 거라 말했다.(이는 존 키츠가 사용한 은유이다.) 근본적인 속성이 음악성인 시를 번역하거나 요약하는 것은 쓸데없는 일일 뿐만 아니라 시를 망가뜨리는 일이다. 그러므로 지금 우리에게는 콜리지가 꿈에서 논란의 여지가 없을 만큼 훌륭한 시를 얻었다는 것을 기억하는 것만으로도 충분할 것이다.

특이한 경우이지만 이런 일이 한 번만 일어났던 것은 아니다. 심리학자인 해브록 엘리스는 심리학 연구서 『꿈의 세계』에서 콜리지의 꿈을 바이올린 연주자이자 작곡가인 주세페 타르티니의 꿈과 비교했다. 타르티니는 악마(그의 노예)가 완벽하게 바이올린 소나타를 연주하는 꿈을 꾼 다음, 꿈에서 깨어나자마자 흐릿한 기억을 더듬어 「악마의 트릴」을 작곡했다. 무의식 속의 두뇌 활동을 언급하는 또 하나의 고전적인 예로는 로버트 루이스 스티븐슨의 꿈을 들 수 있다.(그 스스로가 「꿈에 대한 장」에서 언급했다.) 그는 꿈에서 『올랄라』와 1884년에 발표한 『지킬 박사와 하이드 씨』의 줄거리를 얻었다고 한다. 타르티니는 꿈에서 들은 음악을 밤새워 베껴 썼고, 스티븐슨은 꿈에서 줄거리를, 다시 말해서 작품의 전체 형식을 얻었다. 콜리지의 언어적 영감과 가장 유사한 경우로는 가경자(可

敬者) 베다가 전한 캐드먼을 들 수 있다.(『영국인 교회사』 4권, 24장.)

사실 콜리지의 꿈은 그보다 앞선 사람, 즉 캐드먼의 꿈과 비교해 보면 우연성이라는 측면에서의 놀라움은 조금 덜한 편이다. 「쿠블라 칸」은 감탄할 만한 작품이지만, 캐드먼이 꿈꾸었던 9행의 찬가는 그가 꿈에서 들은 원곡의 장점만을 들려주었다. 콜리지는 이미 탁월한 시인이었지만 캐드먼은 단순히 소명을 받았을 뿐이었다. 그러나 「쿠블라 칸」을 잉태한 그 꿈이 담아 내는 경이로움을 무한대로 증폭시킨 것은 훗날에 일어난 사건들이다. 만약 이 일이 사실이라면, 콜리지의 꿈은 이미 수 세기 전에 시작되었으며, 아직도 마침표를 찍지 않았다고 할 수 있다.

시인인 콜리지는 1797년에(어떤 이들은 1798년으로 이해한다.) 이 꿈을 꾸었고, 1816년에는 시를 완성하지 못한 것에 대한 해명 혹은 주석의 형식으로 꿈에 관한 이야기를 출판했다. 이십 년 후, 페르시아 문학의 풍성함을 보여 주는 세계사 중 한 권이 일부나마 처음으로 파리에서 번역 출판되었다. 바로 14세기에 라쉬드 에딘이 쓴 『역사 개론』이었는데, 이 책에는 이런 이야기가 쓰여 있다. "쿠빌라이 칸은 꿈에서 보고 기억해 두었던 도면에 기초하여 상도(上都) 동쪽에 궁전을 세웠다." 이 글을 쓴 라쉬드 에딘은 쿠빌라이 칸의 후손으로, 가잔 마흐무드의 재상이었다.

13세기 어느 몽골의 황제는 궁전에 대한 꿈을 꾸었고, 그 모양을 본떠 궁전을 건설했다. 그런데 이번에는 이 궁전이 꿈에서 유래했음을 알 리 없었던 18세기의 영국 시인이 궁전에 대한 시를 꿈으로 꾼 것이다. 잠든 인간들의 영혼에서 작용하는 이와 같은 대칭적인 면을 비교해 봤을 때, 시공간적인 측면에서 대륙과 수 세기라는 거리가 있을 뿐, 내가 보기엔 신앙심이 돈독한 책에서 이야기하는 공중부양, 부활, 현현 등은 별것 아니거나 그다지 놀랄 일이 아니다.

우리는 이를 어떻게 설명할 수 있을까? 처음부터 초자연적인 현상을 부정한 사람들은(나는 언제나 이런 부류에 속하려고 노력한다.) 이 두 꿈 이야기가 단순한 우연의 일치, 즉 구름이 가끔 말이나 사자 형상을 띠듯이 우연이 그려 놓은 그림에 불과하다고 판단할 것이다. 어떤 사람들은, 시인인 콜리지가 어떤 형태로든 쿠빌라이 칸이 꿈에서 궁전을 보았다는 사실을 알았을 것이라고, 그래서 멋진 이야기를 지어냄으로써 마무리를 짓지 못한 서사적인 시를 정당화하거나 단점을 누그러뜨리려 했을 것이라고 말할지도 모른다.* 물론 상당 부분 일리가 있는 추측이다. 하지만 이를 위해서는 1816년 이전에 콜리지가 중국학 연구자들도 아직 확인하지 못한 텍스트에서 쿠빌라이 칸의 꿈에 대해 읽었을 것이라는 자의적인 추론을 해야만 한다.** 오히려 이보다는 이성적 사고를 뛰어넘는 가설이 훨씬 마음을 끈다. 다시 말해 쇠붙이나 대리석보다 더 오래가는 언어로 궁전을 재건하기 위해, 궁전이 파괴된 뒤 쿠빌라이 칸의 영혼이 콜리지의 영혼 속으로 들어왔을 거라는 추

* 9세기 초 혹은 8세기 말, 고전적인 취미를 가진 독자가 보기에 「쿠블라 칸」은 지금보다 훨씬 더 엉뚱한 것이었다. 1884년, 콜리지의 전기를 처음 썼던 트레일(Traill)은 이런 말을 했다. "꿈에서 유래한 엉뚱한 시라고 할 수 있는 「쿠블라 칸」은 심리학적인 호기심 그 자체이다."

** 존 리빙스턴 로즈(John Livingston Lowes)의 『제너두로 가는 길』(1927) 358, 585쪽 참조.

측 말이다.

첫 번째 꿈이 현실에 궁전을 세웠다면, 5세기 후에 나타난 두 번째 꿈은 그 궁전으로 인해 연상된 시(혹은 시의 첫 부분)를 만들어 냈다. 두 꿈의 유사성을 통해 우리 인간은 어떤 위대한 계획을 엿볼 수 있다. 즉 이 엄청난 시간의 간극은 인간을 뛰어넘는 집행자가 있음을 드러내고 있다. 엄청나게 나이가 많은 이 불멸의 집행자가 어떤 목적을 가지고 있었는지를 깊이 있게 탐구한다는 것은 별로 소용도 없고 어쩌면 무모한 일일 수도 있다.

하지만 아직도 목적은 달성되지 않았다고 보는 것이 맞다. 1691년 예수회 소속의 가빌롱 신부는 쿠빌라이 칸의 궁전이 폐허만 남았다는 사실을 확인했다. 그리고 시는 겨우 50행 정도만 복원할 수 있었다. 이러한 사실로부터 일련의 꿈과 건설 작업이 아직은 완성되지 않았다고 추론하는 것이 가능하다. 어느 날 밤 궁전의 모습이 첫 번째 꿈을 꾼 사람에게 나타났고 그는 궁을 건설했다. 자기보다 앞선 사람의 꿈을 전혀 알지 못했던 두 번째 사람에게는 궁전에 대한 시가 할당되었다. 이런 도식이 깨진 게 아니라면, 앞으로 수 세기가 지난 다음, 「쿠블라 칸」을 읽은 사람 중 누군가는 분명 꿈을 꿀 것이고, 다른 사람도 그와 유사한 꿈을 꿀 것이다. 아마도 대리석상이나 음악의 형태를 띤 꿈을 꿀 것이다. 계속 이어지는 그 꿈은 아직 끝난 것이 아니며, 해답은 어쩌면 마지막 꿈에 있을지 모른다.

이미 앞에서 이야기했듯이, 나는 다른 설명도 가능하다고 생각한다. 아직은 인간에게 계시되지 않은 어떤 원형이, 예컨대(화이트헤드의 노멘클라투라를 사용한다면) '영원한 객체'가서서히 이 세상 안으로 들어오고 있는지도 모른다. 그 첫 번째 표현이 궁전이었고, 두 번째 표현이 시였다. 이 둘을 비교해 본 사람이라면 두 꿈이 본질적인 면에서 동일하다는 것을 알았을 것이다.

호르헤 루이스 보르헤스

아스티아게스의 꿈들

사십 년의 통치 끝에 메디아의 왕 시악사레스가 세상을 뜨자, 그의 아들 아스티아게스가 왕위를 이어받았다. 아스티아게스에게는 만다네라는 이름의 딸이 있었다. 그는 어느 날 만다네가 싼 오줌으로 에크바타나와 온 아시아가 뒤덮이는 꿈을 꾸었다. 그 때문에 그는 딸이 메디아 사람과는 결혼하지 않도록 조심했고 결국 페르시아의 캄비세스에게 보내 결혼시켰다. 캄비세스는 좋은 가문 출신으로 평화를 사랑하는 평범한 사람이었다.

아스티아게스는 또다시 꿈을 꾸었다. 이번에는 딸의 몸 한가운데에서 덩굴이 뻗어 나와 온 아시아를 덮는 꿈이었다. 눈앞에 펼쳐질 사실은 너무나 명확해 보였다. 곧 태어날 아이가 그의 자리를 대신할 것이라는 의미였다. 아스티아게스는 딸에게 돌아오라는 명령을 내렸고, 딸이 출산을 하자 곧 손자를 친척인 하르파고스에게 넘겨주며 죽이게 했다.

하르파고스는 두렵기도 하고 불쌍하기도 해서 아기를 양

치기인 미트라다테스에 주면서 절대로 죽이지 말라고 당부했다. 미트라다테스에게는 페라라는 이름의 아내가 있었는데, 마침 그녀는 얼마 전 아이를 사산한 상태였다. 그들에게 건네진 아이는 화려한 옷을 입고 있었다. 두 사람은 이 아이를 자신의 아이로 바꿔치기 하기로 결심했다. 물론 두 사람은 그 아이가 만다네의 아들이라는 사실을 잘 알았기 때문에 자신들의 미래를 보장해 주리라 생각했다.

아이는 훌륭하게 성장했고 동료 목동들 사이에서 놀이의 왕으로 인정받았다. 아이는 놀이의 왕으로서 강인한 모습을 보여 주었다. 아스티아게스는 그를 알아보고 미트라다테스에게 아이의 출신을 밝히라고 압박한 끝에, 결국 하르파고스가 불충한 짓을 저질렀다는 사실을 알게 되었다. 아스티아게스는 그를 용서한 체하면서 연회에 부른 다음 그의 아들을 자기 손자의 친구로 지내도록 내어놓게 했다. 이윽고 연회가 진행되는 동안 아스티아게스는 하르파고스의 아들의 구운 몸통을 요리로 내놓았다. 하르파고스는 그 사실을 알았지만 엄청난 자제력으로 그 순간을 넘겼다.

아스티아게스가 또다시 점성술사들을 다그치자 그들은 왕에게 이렇게 대답했다. "만일 살아 있다면, 다스리게 될 것입니다. 그러나 이미 목동들 사이에서 왕 노릇을 하고 있으므로 새로운 왕관에 다다를 위험은 없어 보입니다." 이에 만족한 아스티아게스는 그 아이를 진짜 부모들에게 돌려보냈다. 두 사람은 살아 있는 아들을 만나자 너무나 행복해했다. 아이는 청년이 되었고, 청년들 사이에서 지도자가 되었다. 그리고 하르파고스의 도움을 받아 아스티아게스를 왕위에서 몰아냈지만 할아버지에게 호의를 베풀었다.

키루스 왕국은 이렇게 해서 만들어졌다. 어렸을 적의 목동이 대페르시아 제국을 건설한 것이다. 이 이야기는 헤르도토스의 역사서 아홉 권 중 5권에 실려 있다.

낭만적인 삶

새롭게 얻은 생명은 성년의 나이에 실현된 젊은 시절의 꿈이었다.

알프레드 드 비니

빵을 둘러싼 쟁탈전

1. 아랍 판본

이슬람교도와 기독교인, 그리고 유대인이 함께 여행을 하고 있었다. 식량은 이미 다 떨어졌는데 아직 이틀은 더 가야 사막을 건널 수 있을 것 같았다.

마침 그날 밤 그들은 빵을 하나 발견했다. 어떻게 해야 좋을까? 한 사람 몫은 될 것 같았지만 세 사람이 나눠 먹기엔 턱없이 부족했다. 결국 그들은 그날 밤 가장 멋진 꿈을 꾼 사람에게 그 빵을 다 주기로 했다.

다음 날 아침, 기독교인이 자신의 꿈을 이야기했다. "악마가 나를 지옥으로 데려가는 꿈을 꾸었네. 덕분에 끔찍한 공포에 휩싸인 지옥을 볼 수 있었지." 이번에는 이슬람교도가 말했다. "천사 가브리엘이 나를 천국으로 데려가셨네. 덕분에 햇빛 찬란한 천국을 엿볼 수 있었지."

그러자 마지막으로 유대인이 입을 열었다. "악마가 기독교인을 지옥으로 데려가고 천사 가브리엘이 이슬람교도를 천국으로 데려가는 꿈을 꾸었네. 덕분에 나는 빵을 먹을 수 있었지."

『누체톨 우데바』

2. 유대 판본

예수와 베드로, 그리고 유다가 함께 여행을 하고 있었다. 세 사람이 때마침 객줏집에 도착했는데, 빵이 오직 하나밖에 없었다…….

베드로가 말했다. "하느님의 아들 곁에 앉아 있는 꿈을 꾸었습니다." 예수가 말했다. "베드로가 내 곁에 앉아 있는 꿈을 꾸었네." 그러자 유다가 이렇게 말했다. "두 사람이 함께 앉아 있었고, 나는 오리를 먹는 꿈을 꾸었습니다."

세 사람은 오리를 찾았지만, 오리는 없었다.

『나사렛 예수의 이야기』

들어오시게!

아! 좋아! 무한의 세계가 들어오게 하라!

루이 아라공

꿈과 꿈 사이에서

이 섬*의 기후가 보여 주는 최고의 장점은 몰리에르의 의사가 "최면제 같은 특성"이라고 부른 바로 그것이다. 인간은 잠을 자는 동안에만 그와 같은 여유를 회복할 수 있다. 비록 요리에만 사용되는 멋진 라틴어로 표현되었지만, 살레모 학교의 유명한 계율은(여섯 시간 수면……) 우리에게 잘못된 기호(嗜好)를 농담식으로 알려 주었다. 여섯 시간의 늪기! 교육을 고려했을 때 최소 여덟 시간에서 아홉 시간 정도는 되어야 받아들일 수 있었다. 그리고 매일 오후 체력을 관리하기 위한 낮잠 시간도 전제해야 했다. 이로 인한 결과를 두려워해서는 안 된다. 잠을 통해 비축할 수 있다면, 체력은 파라나의 물결처럼 결코 바닥나는 일이 없을 것이다. 최면 상태에서 네 번 정도 손발을 휘저으면 너희는 야간 통행금지 시간까지 길게 늘어져 있을 수 있다. 나는 이러한 방법을 이용하여 북풍이 새

* 부에노스아이레스에서 얼마 떨어지지 않은 곳에 위치한 파라나의 섬들.

벽녘까지 실어 오곤 했던 최악의 불면을 다른 외적인 방법에 의지하지 않고, 그러니까 언제나 위험의 가능성을 내포하고 있는 금지된 독서라는 짜증 나는 방법에 의지하지 않고 다스릴 수 있었다. 이처럼 삶에 활력을 주는 환경은 신경이 예민한 사람에겐 축복이다. 짧은 시간에도 나는 몸이 편안하게 이완되는 듯한 느낌을 받았다…….

수면을 관장하는 신에게 공물을 바친다는 생각에서 이번 일요일 한담(閑談)은 이 글의 제목에서 알 수 있듯이 마음을 진정시키는 효과가 있는 주제를 다루고자 한다. 이번에는 내가 할 일이 없다고 말하지 않겠다. 잠을 자는 것과 밤을 지새우는 것 사이에 끼어 있는 이것에 대해 샅샅이 공부하는 것은 생각보다 쓸모없는 일이 아니리라. 꿈은 삶의 단절이나 휴식이 아니라 가장 호기심을 불러일으키는 것 중의 하나이다. 신비함 속에서 헤엄치면서, 초자연적인 것을 담아 내는 것이다. 그러므로 시인들이 철학자들보다 꿈을 훨씬 잘 이해한다. 철학자들은 궁극적인 답이 나올 수 없는 문제, 예를 들어 잠을 자는 동안 뇌의 상태가 빈혈 상태인지 아니면 피가 지나치게 공급되는 상태인지 따위를 두고 쓸데없는 언쟁을 벌인다. 반면에 시인들은 호메로스부터 테니슨까지 환상의 무지개처럼 빛나는 프리즘을 가지고 진실을 엿본다. 여기에서 최고라고 할 수 있는 것은 대단히 심오한 의미를 내포한 말씀이 내려오기도 한다는 점이다. 이러한 말씀들은 음파 탐지기도 뇌파 탐지기도 뚫고 들어갈 수 없는 곳까지 나아갈 수 있다. "우리 인간은 꿈과 똑같은 재료로 만들어졌다……." 뮈제의 영웅은 성스러운 셰익스피어를 자기 식으로 언급하면서 흥겹게 노래했다.

삶은 꿈이다, 사랑도 꿈이다…….

그러나 우리의 꿈은 정말 섬세한 심리적 도구이자, 근대적이고 아름다운 표현이다! 전체 음계를 트롬본의 유일한 음표로 환원시켰으며, 산초의 배낭에 꿈의 가족 모두를, 즉 졸음(sommeil), 환영(songe), 환상(rêve), 망상(rêverie) 등을 집어넣어 놓고 있다!

나는 잠 속에서는 모든 것을 다 이해할 수 있다고 생각하는 극단적인 몽상가가 아니다. 다른 사람들에게는 잠을 자는 것과 동의어가 되기도 하는 '무의식적인 뇌 활동'의 헛소리를 단 한 번도 맛보지 못하고 며칠 밤을 보내기도 했다. 움직임이나 표정으로 보아, 나는 분명 몽유병 환자가 아니다. 그러므로 현재까지 나온 이론에 따르면 내가 꿈을 기억하지 못하는 것은 대부분 꿈을 꾸지 않았기 때문일 것이다. 이론보다는 현실이 단순하지 않은데 이를 어떻게 구별해야 하는지 우리는 곧 알게 될 것이다. 아무튼 영혼과 육체가 주기적으로 분리되는 현상을 반영하고 있는 특이한 성격의 유기체 분리 현상에 대해 나는 충분히 깊게 생각했다. 그러므로 정도는 크지 않을지 몰라도 내 꿈들은 다른 사람들의 꿈보다 확실한 것들을 많이 간직하고 있을 것이다. 내게는 머나먼 유년 시절부터 꾼 꿈 중에 네댓 개의 꿈이 해 지기 직전의 아름다운 모습으로 남아 있다. 정확하게 말해 지금 쓰고 있는 것과 같은 맥락의 것으로 잠시 후에 간추려 보여 줄 것이다. 그 밖의 꿈들도 내 공책에 적어 두었다. 어떤 것은 성격이 정말 묘하면서도 끔찍했다. 메모를 다시 읽어 보면 지금까지도 고뇌와 공포가 절정에 달했던 그날 그 순간의 감정이 다시 살아나곤 한다.

뿐만 아니라 내 이웃들의 꿈도 관찰했다. 때로는 아주 가까이에서 꿈과 관련된, 특히 악몽의 외적인 사건들을 관찰했다. 분주하게 떠돌던 나의 삶은 관찰할 만한 소재를 수없이 제공했다. 수많은 여행에서, 예컨대 볼리비아의 숙박업소에서부터 배의 선실과 슬리핑 카에서까지, 잠자고 있는 인류의 드라마와 코미디를 필요 이상으로 목격했다. 그러나 해외에서의 수많은 경험 중에는 사라져 버린 주제를 다룬 첫 번째 경험이 가장 완벽하면서도 지속적이었다. 이 경험은 꿈과 관련하여 개인적으로 확신하고 있는 작은 이론의 토대가 되었다. 경험의 엄밀함을 증명하기 위해 나는 훗날 작은 소견들과 책에서까지 그 경험에 대해 참지 못하고 이야기했었다. 이제 많은 시간이 흘렀고, 오늘날엔 좀 더 날카로운 분석 도구가 생겨났을지도 모른다. 아무튼 나에게는 그 길었던 젊은 날에 이 길에 입문한 결과들이 여전히 남아 있다. 그리고 가치 평가를 위한 시금석은 여전히 낡지 않은 채로 남아 있다.

이십삼 년 전 나는 살타에 있던 투쿠만 상인의 집에서 살았었다. 그 식민지풍의 저택에는 노아의 가족까지도 편안하게 숙박할 수 있을 만큼 빈방이 많았지만, 나는 가까운 젊은 친구와 한 방에서 침대를 바꾸어 자며 끝없이 이야기를 나누었다. 거의 매일 우리는 한 방에서 지냈다. 아주 드문 일이긴 했지만 각자 밤에 해야 할 일들이 다를 경우엔 가까운 이웃에 위치한 '라빈 당구장'에서 서로를 기다렸다. 나는 누워서 책을 읽는 나쁜 습관이 있었기 때문에 두어 시간 동안 친구의 꿈꾸는 모습을 지켜볼 수 있었다. 이 친구는 깨어 있을 때는 접시를 깨는 법이 없었지만, 잠이 들면 뜻밖에도 불편한 사람이 되었다. 조용할 때는 자기 코고는 소리에 놀라서 깰 정도로 독일 팽이처럼 요란하게 코를 골았다. 그러나 이것이 최악은 아니었다. 친구는 아주 끔찍한 악몽에 시달리는 듯 큰 소리로 꿈을 꾸었는데 그 꿈엔 가끔 나도 등장하는 것 같았고, 입으로 계속해서 예수님을 부르곤 했다. — 만일 내 입에서 급하게 새어 나오는 소리를 이런 식으로 부른다면 말이다. — 합숙을 힘들게 하는 그의 무례한 행동에 대해 내가 심각하게 생각하기 시작했을 즈음엔, 이미 거기서 빠져나오기가 쉽지 않았다. 처음엔 친구에 대한 애정이 나를 막았다. 그러나 시간이 흐르면서는 호기심이, 좀 더 정확하게 말하자면, 그의 뇌가 펼치는 드라마가 너무나 흥미로워 나는 참고 지낼 수밖에 없었다. 내 귀가 준비를 마치고 막이 오르면, 내 눈앞에서 꿈이 상영되었다. 그가 출연하는 꿈에 관한 한 나는 은밀한 증인이자 노련한 협력자가 되었다.

고전적인 이론과 일치하는 점과 수 개월에 걸친 내 경험이 증명한 세세한 부분에 대해서는 따로 강조하지 않겠다. 다만 광범위하게 경험에 반하는 점들만 지적하고자 한다. 의사들의 처방과 더 나아가서는 정신 의학에서 — 아직 초기 단계에 있는 정신 과학의 조금은 억측에 가깝고 대담한 것 — 아직은 좀 부족하다고 느낀 것이 있다면, 그것은 정확하게는 선생님의 말이나 관습적인 공식에 빠지지 않는 진정한 의미에서의 과학적인 영혼이었다. 예를 들어, 나는 기호(嗜好)에 대한 환상, 특히 코가 느끼는 기호에 대한 환상이 다른 감각 기관의 환상보다 정말 더 희한하다는 것을 깨달았다. 정상적인 상태에서는 기호에 대한 느낌이나 후각에 대한 느낌이 무엇을 대표하는 것이 아니기 때문에, 관찰만으로는 접근 능력이 떨어진다. 나는 재스민이나 제비꽃의 독특한 본성을 알려 주는 냄

새를 상상할 수 없다. 기호에 대하여, 즉 그 느낌이 촉각과 필연적으로 연결되어 있는 기호에 대하여 꿈이 만들어 낸 막연하면서도 조금은 가정(假定)적인 성격을 띤 재현은 분명히 환영과 비슷하거나 아니면 앞에서 말한 결합과 연결되어 있다.

비판으로부터 자유로운 롬브로소와 마찬가지로 브뤼에드 부아몽(Brierre de Boismont)의 두툼한 저서 역시 유치한 이야기들로 가득 차 있다. 예를 들어 고전이라고 할 수 있는 타르티니의 그 유명한 소나타는 작곡자 자신이 말했듯이 악마가 불러 준 것을 채록한 것이라고 한다. 정신 의학적인 해석은 그 작품을 무의식적인 두뇌 활동 현상과 연결시키는데, 비록 크지는 않지만 그 음악가의 역량이라고도 할 수 있는 사물에 대해 너무 쉽게 믿어 버리는 성격을 폭넓게 털어놓고 있다. 나는 여전히 전설 전체를, 즉 악마와 뿔이 나오는 전설을 더 선호한다.

내가 보기에, 몽유병과 관련된 일화들은 여전히 심각하다. 비록 자신만의 이론 원칙과 충돌하고는 있지만 많은 작가들이 기독교 신앙 덕분에 유명세를 얻었다. 포데레(Fodere)가 가져와 그의 모든 계승자들이 재생산한, 사제에 대한 다음과 같은 유명한 이야기도 있다. 이는 카르투하 수도회의 수도원장이 직접 들려준 이야기이다. 어느 날 밤 자기 방에서 글을 쓰고 있던 수도원장은 젊은 수사가 딱딱하게 굳은 얼굴로 들어오는 것을 보았다. 눈은 허공을 뚫어지게 바라보고 있었고 표정엔 긴장한 기색이 역력했다. 이 몽유병 환자는 텅 빈 수도원장의 침대를 향해 아주 행복한 표정으로 다가오더니 손에 들고 있던 큰 칼로 침대를 세 번 찔렀다……. 다음 날 아침 수도원장은 수사를 불러 그 일이 기억나는지 물었다. 그러자 수

사는 그 장면 하나하나를 되살려 이야기했다. 꿈에서 수도원장이 어머니를 죽이는 것을 보고 꿈이 저지른 상상의 범죄 행위로 내몰렸다고 덧붙였다…….

진짜일 수 있는 이와 같은 경우를 논하지 않아도, 지어낸 것이 너무나 분명한 것들 외에도 환자들의 모든 고백은 조금씩 꾸며진 게 분명했다. 계속 잠을 자는 사람은, 몽유병에 빠져들었다가 다시 잠에서 깨어났을 때 그를 몰아세웠던 잠 외에는, 자신이 했던 행동을 전혀 기억하지 못한다. 예컨대 건망증은 절대적인 것이다.* 그러나 외적인 요인에 의해서 갑자기 중단된 악몽은 다르다. 내 생각엔 근본적일 수 있는 이런 차이는 내가 투쿠만 상인의 집에서 경험했던, 즉 살타 사람을 통해서도 증명된다.

설령 꿈과 악몽 사이에 병리학적인 차이가 있다 하더라도, 악몽을 정신 의학적인 차원에서 일상적인 꿈과 구별할 필요가 있을 것 같지는 않다. 불완전한 몽유병의 경우도 마찬가지이다. 임의의 몽유병은 병적인 것으로 일종의 노이로제 같은 것이다. 악몽은 고립된 사고, 소화 불량에 대한 경험, 또는 신경의 중심 기관과는 거리가 있는 감정의 증상이다. 외적인 측면을 살펴보면, 앞의 두 경우는 유일하게 어떤 사람에서 나타나는 주체의 육체적인 무기력함과, 타자가 지닌 특성이자 타자에게 이름을 부여할 수 있는 운동성의 대비에 의해서뿐 아니라, 최종적인 마무리에 의해서도 달라질 수 있다. 일상적으로 악몽으로 인한 불안감 그 자체로도 갑자기 잠에서 깨어날

* 나는 최근작 『문학적인 수수께끼』에서 『돈키호테』의 포도주 뿔 장면을 비판했다. 그곳에서 정신과 의사인 볼은 관찰의 모델을 찾았다.

수 있다. 반대로, 몽유병에 빠져든다는 것은 조용한 진행이 일상적인 꿈에 용해되어 — 외적인 사고를 제외하고는 — 계속 이어지는 것이다. 다시 현실로 돌아왔을 때, 꿈을 꾼 사람은 자기 꿈을 아주 생생하게 기억하지만 몽유병 환자는 그것을 완벽하게 잊어버린다. 이는 나의 개인적인 의견이다.

살타의 친구는 분명 완전히 잠이 든 것 같은 상태에서 두세 차례 갑자기 일어나 옷을 입기 시작했다. 하지만 그가 몽유병 환자였던 것은 아니었다. 그는 일상적으로 불안에 젖는 꿈을 꾸었다. 만성적인 위장 장애를 겪고 있었기에 저녁을 먹은 날에는 악몽을 피하지 못했다. 악몽은 별로 변하는 것도 없이 거의 언제나 똑같은 모습으로 내적인 드라마에 상응하는 외적인 모습과 함께 첫 번째 얕은 잠이 들었을 때 찾아온다. 나는 이에 대해 이미 스무 번 이상 언급했다. 세세한 점들을 제외한다면 거의 언제나 그를 모욕했던 폰초*를 둘러쓴 남자, 날품팔이, 혹은 장인들과의 말싸움이 주요 내용이었다.(내 친구는 설탕 제조 기술자였다.) 잠이 든 친구는 나에게 불가피한 재앙을 알리는 협박과 함께 분노를 표출했다. 그리고 잠시 후엔 탄식 소리가 긴 신음 소리로 이어졌다. 명치에 칼을 맞고 죽어 가고 있다고 느끼는 것 같았다…….

가엾은 친구는 감동적인 빛과 색깔로 내게 꿈속 장면을 묘사했다. 이미 말했듯이 이 장면은 크게 변하지 않았고 간혹 부차적인 점만 달라졌다. 얼마 지나지 않아 나는 단편 소설 「파란 수염」과 마찬가지로 너무나 확실하게 그 장면을 알게 되었다. 나를 제일 놀라게 한 것은 장면이 환상적인 속도로 전환된

* 원주민이 지니고 다니는 모포. 다용도로 사용된다.

다는 것이었다. 불과 몇 초 사이에 일어난 일을 한곳에 모아 계산해 보니 마치 몇 시간은 지난 것처럼 느껴졌다. 그는 언제나 같은 순간에 잠에서 깨어났는데, 사소한 사건과 한 몸이 되어 자세를 바꾸며 공격에 대비하곤 했다. 공격을 받고 있는 사람에게 도움을 주는 척하며, 그의 곁에 누워 적들이 도망치고 있는 것을 알려 주거나 우리의 영웅적인 공격으로 적이 바닥에 뻗어 버렸다는 것을 알려 주는 등, 내가 직접 그 장면에 개입하기도 했다. 이러한 암시는 상당히 효과가 있었다. 내가 이런 행동을 했던 것은 그에게 자선을 베풀기 위해서가 아니라, 새로운 효과가 기대되는 그의 반응이 재미있었기 때문이었다.

환자가 내가 개입했던 장면에서 깨어났을 때는 나 스스로 빠져 있던 공적에 대해 언급하곤 했다. 사실 네 번에 걸친 나의 외침은 꿈을 환상적인 서사시로 바꾼, 올이 굵고 조잡한 삼베 같은 것이었다. 아무튼 이런 일이 한번 일어나면, 위기를 극복하고 소화가 용이해져 나의 친구는 잠에서 깨어나지 않고 정상적인 수면에 들어갔다. 그리고 아침이 되어도 중간에 좌절된 악몽에 대해 전혀 기억하지 못했다. 내가 수차례 반복했고, 또 다른 환경에서도 확인했던 이 같은 이중적 성격은 내가 반복적으로 읽었던 것들과는 반대로 다음과 같은 사실을 확신하게 해 주었다. 첫째, 암시는 몽유병에서와 마찬가지로 정상적인 수면에서도(악몽은 정신 의학적인 측면에서 이와 별반 다르지 않다.) 상당히 효과가 있다. 둘째, 악몽이 중단되었을 때 이어지는 건망증은 아마 일상적인 꿈이 빈번하게 잊히는 것과 그 원인이 같은 듯하다. 바로 새로운 이미지들이 예전의 이미지에 포개지는 것이다. 꿈을 가장 많이 꾸는 시간은 환상이

상아로 만든 문을 활짝 여는 아침으로, 잠에서 깨어나기 직전이다. 그리고 확실한 것은 마지막 꿈만이 지속되는데, 그 앞에 꾸었던 꿈들은 덮어지거나 혹은 지워지기 때문이다. 이런 식으로 진행되어 한 무리에서 가장 마지막 열에 있는 것만이 감지할 만한 흔적을 남기는 것이다.

몇몇 꿈의 완벽한 독립성에 대해서는, 우리의 일상적인 삶과 별다른 관계가 없는 꿈의 탄생과 전개에 대해서는, 그리고 환상적일 정도로 앞뒤가 맞지 않는 것에 대해서는 결국 구별을 위한 정형화된 틀이 만들어져야 할 것이다. 내가 보기에 첫 번째 질서의 심리학적 결과에 전문가들의 소견이 멈춰 있는 것 같지는 않다. 꿈을 가공함에 있어서는 동일한 사물이 그 동인이 되거나 정확한 재료가 되는 것은 아니다. 오히려 현재에는 현실의 반영이 재료가 될 수 있다. — 반면에 지나간 일에서는 불러낸 것, 즉 초혼이 재료가 될 수 있다. — 어제 읽었던 책이 나에게 불러일으킨 로사스의 이미지와, 적절한 시간에 콘차스 강을 따라 보트를 타고 산책을 나갔던 일은, 나에겐 똑같은 질서를 지닌 지적인 사건이자 완벽하게 동시적인 사건이다. 당연히 뇌가 감지할 수 있는 기억의 판에 동시에 기록된다. 만일 관심이 똑같은 면에 그들의 이미지를 고정시켰다면, — 벽에 걸려 있는 오래된 그림 옆에 위치한 사진 감광판에 치아황산나트륨*이 생동감 넘치는 이미지를 고정시켰듯이 — 꿈은 조리에 맞지 않는 것처럼 보이지만 사실은 거부할 수 없는 연결 논리를 가진 것들과 그 이미지들을 확실하게 결합시켜 조화를 만드는 것이다.

* (옮긴이 주) 감광판에 사용하는 화학 물질.

나는 네 마디로 어젯밤에 꾸었던 어린 시절에 대한 꿈과 비극적이기도 하고 터무니없기도 한 꿈 이야기를 할 것이다. 앞에서 말했던 것처럼 이것은 한담의 출발점이 되기도 했다. 나는 부에노스아이레스의 카빌도에서 당장 나를 투옥하라고 명령했던 로사스 앞에 서 있었다. 그 순간 나는 그루삭이 아니라 마사*였으며, 겨우 도망칠 수 있었다. 그러자 이번에는 산 프란시스코의 옥상에서 내 가족들에 빙 둘러싸여 있는 장면이 전개되었다. 사실 그들은 내 가족이 아니었다. 정신 사납게 이십여 차례 장면이 바뀌고 난 다음 말을 옥상에 끌어 왔다. 그리고 말을 타고 '라 플라타' 강을 건너 북부 지방으로 도망치려고 했다. 나에 대한 세심한 성찰이 나에게 보여 준 것처럼, 이 모든 광기는 가느다란 논리성의 실에 꿰맞춰져 있었다. 바로 그날, 거의 동일한 시간에 나는 산티아고에서 있었던 일을 떠올렸다. 말을 타고 가우초가 지나가는 것을 보았다. 잠시 후 나는 보트를 타고 여기에서 프란시스코파가 소유한 섬까지 가 볼까 생각했다. 길을 가는 동안 파라나 강변을 따라 거닐며 프랑스 선원이었던 파제가 로사스에 대한 연구에서 언급했던 사십여 년간의 일을 한참 동안 생각했다.

우리는 꿈같은 존재야……. 나는 셰익스피어가 프로스페로의 입을 빌어 내뱉었던 심오한 대사를 반복해서 중얼거렸다. 이 작품**은 그의 연극 중에서 가장 아름답고 시적이며, 슬픈 숙명을 담아 낸 이야기였다. 우리는 우리의 꿈과 똑같은 재료

* 중령이었던 라몬 마사를 의미한다. 그는 1839년 음모를 꾸민 사람이자 첫 번째 희생자였다.

** (옮긴이 주) 「템페스트」.

로 만들어졌다. 다시 말해, 우리의 꿈과 우리의 존재는 서로 엮여 있다. 시인의 본능적인 불안은, 긍정적인 형식을 주지도 못한 채 의심스러운 진리를 중심으로 수 세기 동안 돌고 있는 지식인들의 지혜 속으로 깊숙이 들어간 것 같다. 신비의 연못에 경험적인 음파를, 즉 자신의 음파를 어지럽히는 음파를 던지는 것과 달리, 시인은 맑고 투명한 표면에 몸을 숙이며 희미하게 비치는 하늘을, 엄청난 삶에 대한 설명을 담아 내는 하늘을 살펴보고 있었던 것 아닐까?

꿈은 우리 삶의 상당 부분을 설명한다. 다른 한편으로 꿈을 꾼다는 것은 광기의, 즉 다소간 특징이 있는 주기적인 정신 착란의 단속적인 형태라고 할 수 있다. 어원학적인 뿌리를 살피면 정신 착란은 그 자체가 '이랑 밖에 씨를 뿌리다'라는 의미이다. 이 같은 생각은 잘못 그어진 이랑, 혹은 병든 씨앗이라는 의미가 아니라, 단순하게 부적절함의 결과 혹은 잘못된 방향의 결과를 의미한다. 가장 일반적인 형태에서 정신 착란이란 사리에 맞지 않는, 그리고 일관성과 적합성이 결여된 일련의 말이나 행동을 의미한다. 각각의 행동이 개별적으로 합리적이면서도 정확한 것이 되는 것에 방해가 되지 않는다면 말이다. 아마 꿈의 또 다른 정의가 될 수도 있지 않을까?

'정신적인 불안정'이라고 불린 것은 우연한 일이 아니라 생리학적인 존재 양식이다. 인간의 육체를 연구하는 사람에게는 건강이 지속된다는 사실 자체가 매 순간 기적처럼 보인다. 스물네 시간마다 압도된 이성의 그림자가 만들어 낸 원뿔 속으로 뚫고 들어가려고 시도하는 우리의 뇌 기관에 대해 우리는 무슨 말을 할 수 있을까? 매일 아침 아름답고 멋진 햇살과 함께, 밤의 어둠과 유령의 훼손되지 않은 지혜가 떠오르는 것 자체가 정말 신기한 일 아닌가?

가정, 가족, 알고 지내는 사랑하는 사람들, 일, 일상적이면서 규칙적인 행동들, 이 모든 것은 분명 불안정한 이성을 평형으로 유지하려는 좌표들의 이정표가 될 수 있다. 이것들은 침몰의 위험이 도사린 미로를 지날 수 있도록 이성을 안내할 것이다. 다만 조심스럽게 곳에서 곳으로 움직이며 언제나 눈에 보이는 해안에서 방향을 찾는 과거의 항해술에 따라가는 것과 같다. 그러나 마침내 항해자에게 수호신과 같은 나침반이 출현했고, 이는 어둠이 가득한 바다를 저녁에도 낮과 똑같이 헤쳐 나갈 수 있게 해 주었다. 그렇다고 하더라도 결국 우리는 무한한 것을 찾아 헤매는 하루살이 탐험가와 다르지 않다. 만일 예전에 유용하다고 생각되던 모든 것이 이미 낡은 것이라고 판명되어 쓰레기통에 버려진다면, 우리는 어디에서 나아갈 방향을 찾을 수 있을까?

폴 그루삭, 『지적인 여행』(1904)

알라의 미소

알라께서 예수가 계곡을 배회하는 것을 보았다. 예수는 잠이 들었다 꿈을 꾸었는데 꿈속에서 백골이 반짝이는 것을 보았다. 알라께서 말씀하셨다. "예수야, 그분께 물어보면 대답해 줄 것이다." 예수는 큰 소리로 기도를 올렸다. 그러자 그분의 신통력으로 해골이 입을 열어, 오랫동안 자신의 영혼이 벌을 받고 있다고 말했다. 알라의 분노로 고통받아야 했던 민족의 일원이었던 것이다. 해골은 지옥의 일곱 문 안에서 목격한 광경과 죽음의 천사인 아즈라엘과 지옥에서 받는 벌을 그린 듯이 묘사했다. 예수가 다시 기도를 올리자, 해골은 육신과 생명을 회복하더니 십이 년 동안 무소부재한 하느님을 섬긴 다음, 하느님의 품에서 평화롭게 죽음을 맞았다.

바로 그 순간 예수는 잠에서 깨어나 미소를 지었다. 그러자 알라께서도 미소를 지었다.

중동의 전설

꿈을 꾼 사람

나는 현실감이 부족했을 뿐만 아니라 그 누구의 관심도 끌지 못했다. 나는 비열하고 의존적인 성향의 유령으로, 두려움과 욕망 사이에서 살아가고 있었다. 나에게 생명과 동시에 죽음을 준 것은 바로 이 두 가지, 두려움과 욕망이었다. 이미 말했지만 나는 비열하다.

나는 그늘에, 이해하기 어려운 기나긴 망각 속에 누워 있었다. 그런데 갑자기 두려움과 욕망이 나를 빛 속으로 몰아냈다. 나를 현실에 묶어 놓을 것만 같은, 너무 강렬해서 눈이 멀어 버릴 듯한 강렬한 빛 속으로 말이다. 그러나 잠시 후 나는 또다시 망각을 끌어안게 되었고, 망각은 나를 잊게 만들었다. 나는 갈수록 모호한 표정을 지으며 그늘 속으로 다시 사라진다. 아무것도 생산할 수 없는 불임과 무의 세계로 돌아가고 만다.

밤은 나의 제국이다. 남편은 악몽의 십자가에 못 박힌 채 쓸데없이 나를 멀리하려 한다. 때로는 일장춘몽에 지나지 않는 여인들의 욕망을 동요와 불안으로 채워 주기도 한다. 결국 잔뜩 움츠린 여인은 기다란 베개처럼 말랑말랑해져서 축 늘어진다.

나는 서로 증오하기도 하고 사랑하기도 하는 두 개의 존재로 나뉘어 불안한 삶을 이어 간다. 이 두 개의 존재는 나를 일그러진 괴물과 같은 존재로 태어나게 만들었다. 그래서 나는 아름답기도 하지만 끔찍하게 무섭기도 하다. 연인들의 평화를 깨 버리기도 하고, 뜨거운 사랑의 열정으로 불을 밝히기도 한다. 가끔씩은 둘 사이에 자리 잡고 앉아 버리기도 하고, 어떤 때는 친밀한 포옹이 기적적으로 나의 힘을 회복시키기도 한다.

가끔 사랑은 나의 존재를 눈치채고 나를 없애거나 보완하려고 애쓴다. 그러나 결국 앙심을 품은 채 기운을 잃고 축 늘어져 여인에게 등을 돌린다. 나는 두근거리는 가슴으로 그녀 옆에 남는다. 조금씩 꿈속에서 용해되어 버리는, 눈에 보이지 않는 팔로 그녀를 얽어맨다.

나는 아직도 완전하게 태어나지 못했다고 말해야 할 것이다. 나는 천천히 고뇌와 함께 길고 긴 잠복의 과정을 통해 잉태되었다. 그들은 아직 나타나지 않은 나의 존재를 사랑하기도 하고, 무심결에 함부로 취급하기도 한다.

나를 성형하는 일에 정신을 쏟고 있는 별 솜씨 없는 손들이 자신들의 생각 속에서 오랫동안 나의 생명을 만들어 낸다. 언제나 불만에 가득 차서 나를 만들기도 하고 망가뜨리기도 한다.

그러나 어느 날, 우연히 나에게 결정적인 모습을 준다면 나는 탈출할 것이다. 나 스스로 현실의 감동적인 꿈을 꿀 것이고, 하나는 둘로 나뉠 것이다. 나는 여인을 버리고 남자를 쫓아갈 것이다. 나는 불꽃 같은 칼을 휘두르며 침실의 문을 잘 지킬 것이다.

후안 호세 아레올라,

『함께 꾸민 모든 것』(1962)

장자의 꿈

장주는 나비가 된 꿈을 꾸었다. 그러나 잠에서 깨어났을 때 자신이 나비가 된 꿈을 꾼 사람인지, 아니면 사람이 된 꿈을 꾸는 나비인지 알 수 없었다.

허버트 알렌 자일스, 『장자』(1889)

사르미엔토의 꿈

나폴리의 베수비오 산에서 내려온 날 저녁, 낮에 느꼈던 뜨거운 감정의 열기는 흥분한 나의 육체가 요구한 꿈 대신에 무시무시한 악몽을 안겨 주었다. 넘실거리는 화산의 화염과 필연적으로 어두울 것까진 없었던 심연의 짙은 어둠이 내가 알았던 무시무시한 상상 속 터무니없는 존재들과 한데 뒤섞였다.

나를 산산조각 내어 버릴 것만 같았던 그 꿈에서 깨어났을 때, 어쩌면 진짜로 현실에서 일어났던 것처럼 마지막까지 고집스럽게 남아 있던 것은 오직 단 한 가지 생각뿐이었다……. 어머니가 돌아가셨다! ……그러나 다행히 어머니는 내 곁에 있었다. 어머니는 나에게 과거의 사물들을, 그러니까 나를 비롯한 모든 사람이 잊고 있던 것들을 떠오르게 해 주었다.

일흔여섯의 나이에 어머니는 무덤에 들기 전 반드시 아들과 먼저 이별을 나누겠다는 일념으로 안데스 산맥을 넘으셨다. 어머니의 성격이 담아 내고 있는 도덕적인 힘을 다시 한 번 생각하게 만드는 사건이었다.

D. F. 사르미엔토,

『시골에 대한 기억들』(1851)

루치아노의 꿈

2세기, 고대 로마의 풍자 작가 소피스트 루키아노스 데 사모사타(125~185)는 여러 가지 꿈에 대해 기록했다. 그중 하나는 환영으로 되살아나 눈에서 물 흐르듯 지나간 유년 시절에 대한 꿈이었다.

그는 아저씨의 작업실에서 조각가가 되기 위해 연습을 하고 있었다. 그러던 어느 날, 꿈에 '수사학'과 '조각'이 나타나 자기들의 장점을 노래했다. 루키아노스는 그중 수사학을 따라가 부와 명예를 얻었다. 그는 젊은이들에게 자신을 본받아, 삶의 첫 번째 고난 앞에서 언제나 한결 같은 모습을 보이라고 설득했다. 또 그는 소위 '닭'이라고 불린 미칠로와 부에 관한 꿈도 꾸었다. 물질적으로 어려운 농부의 삶에 대해선 유감이 적지 않았지만, 아침을 알리는 닭의 노래가 그를 깨워 주는 꿈이었다. 전생에 그는 피타고라스였는데, 닭은 농부인 미칠로에게 부는 불행과 번민의 근원이며, 오히려 가난이 훨씬 평온하고 행복한 삶을 보장한다는 사실을 알려 주었다. 세 번째 꿈

'지옥 혹은 폭군의 땅으로의 여행'에서는 죽은 자들이 지옥에 도착하는 모습을 서술했다. 철학자 시니스코는 폭군조차 절망에 빠져 도망치려고 할 뿐만 아니라 과거의 힘과 영광을 회복하려고 하는 것을 보고 마음껏 비웃었다. 미칠로(이젠 농부가 아니라 구두 장인이 되어 있었다.)는 최후의 심판을 두려워하지 않았고 오히려 호기심 어린 즐거운 표정으로 심판을 기다렸다. 폭군에게는 죄가 기다리겠지만, 그와 시니스코에게는 천국의 지복이 수여될 것이기 때문이었다.

로데리쿠스 바르티우스,

『숫자인 것과 그렇지 않은 것들』(1964)

그림자 옷을 덧씌우네!

꿈은 공연을 기획하는 작가,
자신만의 극장에서 무장한 바람 위에
한 무더기의 그림자 옷을 덧씌우네.

루이스 데 공고라

왕의 꿈

"지금 왕은 꿈을 꾸고 있어. 누구에 대한 꿈을 꾸는지 너는 아니?"

"그건 아무도 모를걸."

"왕은 네 꿈을 꾸고 있어. 그런데 더 이상 꿈을 꾸지 않는다면, 너는 어떻게 될까?

"잘 모르겠는데."

"사라져 버리겠지. 너는 꿈의 환영이니까. 만일 왕이 깨어난다면, 너 역시 촛불처럼 사그라지고 말거야."

루이스 캐럴,

『거울 나라의 앨리스』(1871)

꿈의 호랑이

유년 시절 나는 호랑이를 열렬히 숭배했다. 파라나 강가의 수풀이나, 모든 것이 뒤엉긴 아마존 정글에 사는 흰색 바탕에 밤색 얼룩무늬가 있는 호랑이가 아니라, 코끼리를 탄 전사들만이 맞설 수 있는 줄무늬가 선명한 아시아의 호랑이를 말이다. 나는 동물원에 가면 호랑이 우리 앞에서 시간 가는 줄 모르고 서 있었다. 나는 호랑이들의 위풍당당한 모습을 찾아보기 위해 백과사전이나 자연사 책을 뒤적이곤 했다.(아직도 그 때 일이 선명하게 기억난다. 여자들의 앞모습이나 미소는 단 한 번도 제대로 기억하는 법이 없었는데 말이다.) 유년 시절이 지나자 호랑이도 나이를 먹고 나의 열정도 시들었다. 그러나 내 꿈속에는 여전히 호랑이가 살아 있었다. 어딘가에 가라앉은 듯한, 혹은 혼돈에 빠진 듯한 부드러운 가죽에는 여전히 그 모습이 지속되고 있었다. 잠이 들면 꿈 때문에 마음이 어지러워지곤 했지만, 나는 곧 그것이 꿈이라는 사실을 깨달았다. 그럴 때마다 이것은 꿈일 뿐만 아니라 내 의지대로 마음껏 즐길 수 있는 멋진 오락거리라는 생각도 했다. 내겐 무한한 능력이 있었기에 언제든 호랑이를 불러낼 수 있었다.

그러나 아! 내 꿈의 무능함이여! 내 꿈들은 내가 그토록 원했던 맹수를 만들어 내지 못했다. 분명 호랑이가 나타나긴 했으나 꿈속의 호랑이는 해부되거나, 약골이거나, 생김새가 온전치 못하거나, 참기 어려울 만큼 작거나, 너무 빠르게 사라지거나, 개나 새를 닮은 엉뚱한 호랑이였다.

호르헤 루이스 보르헤스

사원, 도시, 전형, 꿈

가장 신성한 장소인 사원은 천상의 모습을 본다 만들어졌다. 시나이 산에서 야훼는 모세에게 앞으로 건설해야 할 성소의 기본 형태를 보여 주었다. "내가 이 백성들 가운데서 살고자 하니 그들에게 내가 있을 성소를 지으라고 하여라. 내가 너에게 보여 주는 설계대로 성소를 짓고 거기에서 쓸 기구도 내가 보여 주는 도본에 따라 만들어라……. 산 위에서 너에게 보여 준 모양대로 만들어라."(「출애굽기」 25장 8~9, 40절.) 다윗은 그의 아들 솔로몬에게 사원 건물과 성소, 그리고 모든 집기들의 설계 도면을 넘겨주며 확실하게 지시했다. "다윗은 야훼의 지시를 받았기 때문에 이 모든 것을 어떻게 만들어야 할지 상세히 알고 기록할 수 있었다."(「역대기상」 28장 19절.) 덕분에 천상에 있는 하늘나라의 모델이 모습을 드러냈다.

성소의 전형에 대해 기술한 가장 오래된 기록은 라가시의 구데아*가 만든 사원과 관련한 비문이다. 왕은 꿈에서 유용한 별들이 언급된 도판을 보여 준 니다바 여신과 사원의 도면을 알려 준 신을 만났다. 바빌로니아의 모든 도시들은 성스러운 원형을, 즉 별자리의 이상형을 유지하고 있었다. 시파르는 게자리를, 니네베는 큰곰자리를, 아수르는 목동자리에 속한 알파 부티스를 본따 건설되었다. 센나케리브**는 니네베를 '하늘이 형성된 먼 옛날부터 만들어진 프로젝트'에 따라 건설하라고 명령했다. 지상의 건축물을 선행한 모델이 있었을 뿐만 아니라 영원의(천상의) 이상적인 '장소'에서 모델을 찾았던 것이다. 다음은 솔로몬의 말이다. "당신은 나에게 명령하셔서 당신의 거룩한 산 위에서 성전을 짓게 하시고 당신이 계시는 도성에 제단을 만들게 하셨습니다. 그것은 당신이 태초부터 준비하신 그 거룩한 장막을 본뜬 것입니다."(「지혜서」 9장 8절.)

천상의 예루살렘은 인간이 예루살렘을 건설하기 이전 하느님에 의해 창조되었다. 이에 대해 선지자 바룩은 자신의 책(「바룩 2서」 2장 2~7절)에서 이렇게 말했다. "이것이 내가 '내 손바닥 위에 너를 위해 건설했다.'고 이야기한 도시라고 믿고 있느냐? 지금 너희들 한가운데 서 있는 건물은 내가 계시했던 것이 아니다. 다시 말해 이미 내가 천국을 건설하려고 생각했던 때에 준비한 것, 죄를 짓기 전에 아담에게 보여 주었던 것이 아니다……." 천상의 예루살렘은 모든 히브리 선지자들의 영감에 불을 붙였다. 「토비트」 13장 16절, 「이사야」 59장 11절 이후 몇 구절, 「에제키엘」 60장 등이 이를 잘 보여 준다. 예

* (옮긴이 주) 기원전 2144년에서 기원전 2124년까지 남메소포타미아의 도시 라가시를 다스린 지배자.

** (옮긴이 주) 아시리아 왕좌(재위: 기원전 705~681)를 계승했고 성경에서는 산헤립이란 이름으로 자주 등장한다.

루살렘을 보여 주기 위해 하느님은 에제키엘에게 황홀한 꿈을 꾸게 한 다음, 아주 높은 산으로 그를 데려갔다.(60장 6절 이후.) 그리고 "불가사의한 신탁"은 새로운 예루살렘에 대한 기억을 담아 내고 있다. 도시 한복판에는 "구름에 닿을 정도로 높게 솟아 누구나 볼 수 있는 종탑이 있는 사원이 찬란하게 빛나고" 있었다. 그렇지만 천상의 예루살렘에 대한 가장 아름다운 묘사는 「요한의 묵시록」(21장 2절 이후)에 나온다. "나는 또 거룩한 도성 새 예루살렘에서 신랑을 맞을 신부가 단장한 것처럼 차리고 하느님께서 계시는 하늘로부터 내려오는 것을 보았습니다."

미르세아 엘리아드,

『회귀하는 영원의 신화』(1951)

속담과 민요

21

어제 나는 꿈을 꾸었네.
하느님을 뵙고 하느님께 이야기드리는 꿈을.
그리고 하느님이 내 말을 들어주시는 꿈을 꾸었네,
잠시 후 나는 꿈을 꾸는 꿈을 꾸었네.

46

어젯밤 하느님의 말씀을 듣는
꿈을 꾸었네. 나에게 소리치고 계셨네. 잠에서 깨어라!
잠시 후 다시 보니 잠을 자는 분은 하느님이셨고
소리는 내가 지르고 있었네. 잠에서 깨어나세요!

안토니오 마차도

기타

꿈은 이삭을 꿈꾸는 곡물이고, 인간을 꿈꾸는 유인원이며, 다음 세계에 올 것을 꿈꾸는 인간이다.

레이먼드 드 베커

꿈속에서 들려온 목소리

에우나피우스는 풍부한 상상력을 바탕으로 이암블리코스 칼키덴시스(250~325)의 생애를 서술했다. 우리가 알기로 그는 포르피리오스가 발굴하여 키워 낸 제자로 시리아의 신플라톤주의를 대표하는 인물이다. 당시 시리아에서 그와 함께 수학한 사람으로는 아시니의 테오도로스, 덱시포스, 소파테르, 에우프라시우스, 아이데시오스, 에우스타시우스 등이 있다. 대표적인 저서는 피타고라스 철학에 대한 최고의 주해서인데, 열 권 중에 다섯 권이 현재까지 전해지고 있다. 포시우스는 대단히 세세한 일까지 기록한 자신의 저서 『도서관』에서 신플라톤주의에 깊은 흔적을 새긴 아주 독특한 전통을 전하고 있다. 그것은 칼데아족의 전통에서 유래한 것으로, 종교의식에 기초한 구원을 추구하면서, 동시에 마술적 신비주의를 옹호했다. 그리고 인간의 지혜를 믿지 않고 오히려 폄하함으로써 영혼을 구원할 수 있다고 믿었다. 또한 기독교주의의 보급에 맞서 마술과 신비를 앞세워 강하게 반발할 것을 제안하고는 이를 "새로운 아스클레피우스"라고 명명했다. 구원을 다루는 꿈은 남아 있는 게 없지만, 『신비로운 이집트』(그의 작품이 사실이라면)라는 작품에는 남성에게 있어 '신성한' 꿈은 잠을 자는 것과 밤을 지새우는 것의 중간 정도 되는 상태에서 나타난다는 의견이 기재되어 있다. 그러므로 꿈을 꾸는 사람의 목소리를 들을 수 있으며, 이 목소리가(다시 비틀려) 지각된 이미지들이 기묘하게 변형되듯 더욱 신비로워진다는 것이다.

로데리쿠스 바르티우스,

『숫자인 것과 그렇지 않은 것들』(1964)

달랑베르의 꿈

이것은 드니 디드로(1713~1784)가 편집하지 않고 남겨 두는 바람에 1830년까지 편찬되지 못했던 대화의 3부작 중 2부에 해당한다. 각 부는 달랑베르와 디드로의 대담, 달랑베르의 꿈, 대담 후기로 구성되었다.

달랑베르는 이신론에 대한 신앙 문제로부터 대화를 시작하여 절대적인 존재에 대한 믿음을 드러냈다. 디드로는 자연의 세 가지 영역을 구분하는 전통적인 변별점은 지나치게 자의적인 데가 있어서 찬성할 수 없다고 응답했다. 본성이란 측면에서 우리는 오직 경험을 통해서만 무기력한 감각과 적극적인 감각을 구별할 수 있다. 감각은 질료의 가장 고유한 부분이자 질료로부터 분리할 수 없는 것으로, 자유 의지를 위한 공간은 존재하지 않는다. 엄밀한 '과학'(물리학, 수학)과 억측에 근거한 학문(역사, 도덕, 정치)의 유일한 차이는, 엄밀한 과학으로부터는 우리의 먹을거리를 위한 정상적인 확신을 얻을 수 있지만, 억측에 근거한 것들로부터는 상대적인 확신밖에 얻지 못한다는 것이다. 그러므로 만일 우리가 모든 요소들과 이에 작용하는 힘을 알 수 있다면 우리는 신과 같은 존재도 될 수 있다. 집으로 돌아간 달랑베르는 이에 대한 피신처로 은연중에 회의주의를 시사했는데, 디드로는 달랑베르에게 그 누구도 이성적으로는 자신이 회의주의자임을 밝히지 않는다고 반박했다.

달랑베르는 많은 악몽을 꾸었다. 레스피나스 양은 몽상가의 이야기들을 기록했다. 보르되 박사(그가 부르라고 했던)는 다양한 검사를 한 다음, 꿈(혹은 이야기들)의 연속성을 어렴풋하게나마 추론해 내고 매우 즐거워했다. 달랑베르가 잠에서 깨어나자, 레스피나스 양과 보르되 박사는 중앙 신경 시스템에 예속되어 일시적으로 결합한 소형 기관들의 집단이라고 할 수 있는 인간에 대해 대화를 나누기 시작했다. 우리 시대의 과학이 의혹을 풀어 낼 것이라는 예언과 함께, 박사는 자유 의지와 책임, 장점과 단점, 덕과 악 등에 대한 모든 생각들을 제거해야 한다는 실없는 소리를 던졌다. 이것들 모두가 단순하고 개별적이면서 생리적인 하나의 상태일 뿐이며, 따라서 본성에 반하는 행위에 대해서는 절대로 이야기하지 말아야 한다는 것이다. 왜냐하면 모든 것이 자연이기 때문이다. 이러한 관점에서 박사(디드로의 생각을 지지하는)는 그의 추론이 야기할 수도 있는 결과에 살짝 당황하며 대화를 서둘러 마무리했다.

에우스타키오 와일드,

『프랑스 문학』(1884)

꿈

머레이가 꿈을 꾸었다.

'죽음의 쌍둥이'라 할 수 있는 꿈의 영역을 떠도는, 실체 없는 '나'의 모험을 설명하고자 하면 심리학은 크게 흔들릴 수밖에 없다. 이것은 절대로 설명되기를 원치 않는 이야기이며, 따라서 머레이의 꿈은 기록으로 그칠 것이다.

수면 중에 생기는 일 가운데서 가장 수수께끼 같은 면 하나는 한 달 혹은 몇 년씩 걸릴 것 같은 사건들이 몇 분 안에 혹은 순간적으로 일어난다는 것이다.

머레이는 사형수 감방에서 그날을 기다리고 있었다. 복도의 반질반질한 천장에 매달린 희미한 전구가 그의 책상을 비추고 있었다. 하얀 종이 위에서 개미 한 마리가 한쪽에서 다른 쪽으로 줄달음치고 있었는데, 머레이가 봉투로 길을 막았다. 저녁 9시가 되면 사형이 집행된다. 머레이는 벌레 중에서도 가장 현명한 벌레라 할 수 있는 인간의 심리적인 동요에 미소를 지었다.

그가 있던 감옥에는 모두 일곱 명의 사형수가 있었다. 그가 감옥에 들어온 이후 세 명이 사형장으로 떠났다. 한 명은 거의 미치다시피 하여 널빤지 위에서 늑대처럼 싸우려 들었고, 또 다른 한 명도 적지 않게 미치긴 했지만 하늘에 대고 가식적인 기도를 올렸다. 겁쟁이였던 세 번째 사람은 기절해서 널빤지에 실려 나갔다. 그는 스스로에게 가슴과 발, 그리고 얼굴이 각각 어떤 모습으로 보여야 할지 물어보았다. 이번은 그의 차례였다.

복도 반대쪽 정면 감방에는 시칠리아 사람인 카르파니가 수감되어 있었다. 그는 자기 애인과, 체포하러 갔던 형사들까지 살해한 인물이다. 수차례 감방과 감방을 연결하여 두 사람은 각자 보이지 않는 라이벌에 대한 전의를 불태우며 서양 장기를 두었다.

쩌렁쩌렁하면서도 불멸의 음악성을 담은 소리가 그를 불렀다.

"머레이 씨, 기분 어때요? 괜찮아요?"

"좋아, 카르파니." 머레이는 개미를 봉투 위로 밀어 올려 시멘트 바닥에 부드럽게 내려놓으면서 차분하게 대답했다.

"맘에 드는군요, 머레이 씨. 우리 같은 사람들은 인간답게 죽을 줄 알아야 해요. 다음 주엔 내 차례예요. 나도 이런 식이 좋아요. 머레이 씨, 기억해 둬요. 내가 마지막 장기에서 이겼어요. 우리가 다시 장기를 둘 수 있을지는 모르겠지만."

귀가 울릴 만큼 크게 웃은 뒤 카르파니가 내뱉은 태연한 농담은 머레이에게 더욱 용기를 주었다. 사실 카르파니에게는 아직 일주일의 삶이 남아 있었다.

감방에 갇혀 있던 죄수들은 복도 끝 문을 여는 자물쇠

의 메마른 소리를 들었다. 세 사람이 머레이의 방까지 다가오더니, 문을 열었다. 두 사람은 간수였고, 다른 사람은 프랭크 — 그것은 예전 이름이고, 지금은 프란시스코 윈스턴님이다. — 였는데 그의 불행했던 시절의 친구이자 이웃이었다.

"교도소 사제 대신 내가 들어와도 된다고 하더군." 그가 머레이의 팔을 꽉 끼며 이야기했다. 왼손에는 성경을 펼쳐 들고 있었다.

머레이는 가볍게 미소를 지으며 책상 위에 있던 책과 만년필을 정리했다. 뭔가 말을 하고 싶었지만, 할 말이 생각나지 않았다. 죄수들은 23미터의 길이에 9미터의 폭을 가진 이 감옥을 지옥의 변방, 다시 말해 변옥으로 가는 길이라고 불렀다. 평소 벽옥으로 가는 길의 간수를 맡았던 사람은 덩치가 크고 투박했지만 매우 선량한 사람이었다. 그는 주머니에서 작은 위스키 병을 꺼내 머레이에게 건네주며 이렇게 말했다.

"자네도 알듯이 이건 관습이야. 용기를 얻기 위해 모두들 이걸 마시지. 중독될 위험은 없어."

머레이는 달게 들이마셨다.

"나도 이게 좋아." 간수가 말했다. "좋은 진정제니까. 다 잘될 거야."

복도로 나섰다. 그러자 사형수들이 그를 알아보았다. 변옥으로 가는 길은 세상 밖의 세상이었다. 감각 기관 중 문제가 있는 부분이 있다면, 다른 것으로 대체했을 것이다. 사형수들은 모두 9시가 임박했음을 잘 알고 있었다. 머레이는 9시에 의자에 앉을 예정이었다. 림보로 가는 수많은 길에도 죄의 등급은 나뉘어 있었다. 격렬히 싸우다가 사람들 앞에서 살인을 저지른 사람은 들쥐 같은 인간이나 거미, 그리고 뱀 따위는 매우 경멸한다. 그래서 일곱 명의 사형수 중에서 세 명만이 간수들 사이에 끼어 복도를 따라 멀어져 가는 머레이에게 작별 인사를 했다. 탈주를 하려다가 간수를 죽인 카르파니와 마빈, 그리고 열차 검표원이 손을 들지 않아 죽일 수밖에 없었던 바셋이 그들이었다. 다른 네 명은 겸손하게 침묵을 지켰다.

머레이는 차분하면서도 어찌 보면 무관심하다고까지 할 수 있는 자신의 태도에 상당히 놀랐다. 사형 집행실에는 20여 명의 사람이 있었다. 감옥에서 일하는 사람들, 기자들, 호기심으로 온 사람들…….

여기 글 한가운데에서, 꿈은 오 헨리의 죽음으로 인해 잠시 중단되었다. 그러나 우리는 마지막을 잘 알고 있다.

사랑했던 사람을 죽인 살인범으로 기소되어 유죄를 선고받은 머레이는 뭐라 설명할 수는 없었지만 차분한 마음으로 자신의 운명을 직시했다. 사람들이 그를 전기의자로 데려가 묶었다. 갑자기 그의 눈에 카메라, 관객들, 집행 준비관들이 너무나 비현실적으로 보였다. 무시무시한 실수의 희생자라는 생각이 들었다. 왜 그를 이 의자에 묶는 걸까? 그가 무슨 짓을 했단 말인가? 무슨 죄를 저질렀단 말인가? 잠에서 깼다. 그의 곁에는 아내와 아들이 있었다. 살인과 재판 과정, 그리고 사형 선고, 전기의자, 이 모든 것이 꿈이었다. 그는 여전히 부들부들 떨면서도 아내의 이마에 키스를 했다. 그 순간 그의 사형이 집행되었다.

사형 집행이 머레이의 꿈으로 인해 잠시 중단되었던 것이다.

O. 헨리

마카리오의 꿈

성자 마카리오는 사막을 헤매다가 해골을 발견하고 지팡이로 해골을 운반하는 꿈을 꾸었다. 해골은 뭔가 불평을 하고 싶은 듯 보였다. 그래서 마카리오는 해골에게 정체가 무어냐고 물었다. "나는 이곳에 정주하여 우상을 숭배했던 사제 중 한 사람이었습니다. 당신은 마카리오 주교지요." 그리고 마카리오가 신에게서 버림받은 사람들을 위해 기도를 할 때마다 그들은 뭔가 위안을 받을 수 있었다고 덧붙였다. 모두들 지옥 불에 빠져 있거나 매장되어 있는데 너무 깊게 빠져 하늘에서 땅으로 내려오는 것과 똑같이 보이지도 않는다는 것이었다. 그러나 자비심이 많은 사람들이 그들을 조금이라도 기억해 주면 어슴푸레하게나마 모습을 드러낼 수 있다고 했다. 몇 사람을 제외하고는 끔찍한 광경에 전율을 느꼈다.

『속세를 떠나 숨어 사는 동방 교회 신부들의 삶』

의식할 수 있는 것과 의식할 수 없는 것

융은 자서전에서 아주 인상적인 꿈에 대해 말했다.(그러나 실상 그것은 그렇게 인상적이지 않다.) 그가 집 앞 땅바닥에 결가부좌를 한 채 기도를 올리고 있을 때, 깊은 명상에 잠긴 수행자가 눈에 들어왔다. 수행자에게 다가서는 순간, 융은 수행자의 얼굴이 바로 자신의 얼굴이라는 사실을 깨달았다. 그는 공포에 질려 뒷걸음질 쳤고, 그 순간 잠에서 깨어 생각에 빠져들었다. 사색에 빠진 사람은 그였다. 그는 꿈을 꾸었고, 그의 꿈이 바로 나였다. 그가 잠에서 깨면, 나는 더 이상 존재하지 않을 것이다.

로데리우스 바르티우스,

『숫자인 것과 그렇지 않은 것들』(1964)

에르의 꿈

이것은 판필리아족의 혈통을 이어받은 아르메니아 용사 에르에 대한 이야기이다. 그는 전장에 나가 전사했는데, 열흘 후에야 그의 훼손되지 않은 시체가 발견되었다. 죽은 지 열이틀 만에 시체를 화장하려 하는데, 그가 다시 살아나 저승에서 본 것을 이야기해 주었다.

영혼이 육신을 벗어난 후, 그는 다른 수많은 영혼들과 함께 길을 떠나 이상하게 생긴 곳에 도착했다. 그곳에는 땅에도 두 개, 하늘에도 두 개의 구멍이 뚫려 있었다. 여기에 심판관들이 앉아 판결을 내리고 있었다. 의로운 사람들은 오른쪽 길로 보내 하늘에 오르게 하고, 정의롭지 못한 사람들은 왼쪽으로 보내 땅으로 내려가게 했다. 에르가 오는 것을 본 심판관은 그를 향해 인간들에게 소식을 전하는 사자가 되어야 하니, 이곳에 대해 잘 보고 들으라고 명했다.

그는 땅의 또 다른 구멍으로 때 묻은 추악한 영혼들이 나오는 것을 보았다. 하늘의 또 다른 구멍에서는 순수하고 맑은 영혼들이 내려왔다. 오랜 여행을 마치고 이곳에 도착한 듯 보였는데, 초원 여기저기에 모여 있었다. 오랫동안 알고 지낸 사람들처럼, 땅에서 올라온 영혼들은 하늘에 대해 묻고 하늘에서 내려온 영혼들은 땅에 대해 물었다. 어떤 사람들은 그동안 수천 년에 걸쳐 겪어 온 고통에 대해 이야기하며 울부짖었고, 다른 사람들은 하늘의 지복을 이야기했다.

각각의 영혼은 자신이 저지른 악행에 대해 백 년(인간의 수명에 해당하는)에 걸쳐 열 배의 벌을 받았다. 자비를 많이 베푼 영혼은 똑같은 정도로 자신의 선행에 대해 보상을 받았다.

어떤 영혼이 천 년 전 팜필리아의 폭군이었던 알디아이오스의 운명에 대해 물었다. 그러자 다른 영혼이 그를 보지 못했다고 대답했다.

알디아이오스는 늙은 아버지와 형을 죽였다. 신들과 부모에게 불경한 자들에게는 앞에서 이야기한 것보다 훨씬 엄중한 벌이 내려졌다.

바로 그 순간 알디아이오스와 여타의 중죄인들이 구멍에 모습을 드러냈다. 구멍의 입구가 저절로 닫히며 성난 소리로 울부짖었다. 화염에 휩싸인 끔찍하게 생긴 것들이 그들을 심연으로 끌어내렸다. 그것들은 알디아이오스의 손발을 묶고, 가죽을 벗긴 다음, 가시밭에서 살을 발기발기 찢었다. 벌을 선고받은 자들에게는 가장 무서운 것이 바로 구멍이 내는 울부짖음 소리였다.

영혼들은 초원에서 일주일을 쉰 다음, 여드레째 되는 날에 다시 길을 떠났다. 그리고 다시 나흘이 지나자 무지개 모양을 하고 있으나 무지개보다 훨씬 더 광채가 나는 빛의 기둥을 희미하게나마 볼 수 있었다. 여기에서 하루를 더 가면 그들은 빛이 있는 곳에 도착할 수 있었다. 빛은 온 하늘과 땅을 뒤덮고 있었는데, 하늘로부터 내려오는 빛의 사슬이 보였다. 빛은 우주를 묶고 있는 매듭과도 같았다. 그곳에는 온 우주를 돌게 하는 필연의 여신의 방추가 길게 늘어져 있었다. 중심이 같은 여덟 개의 하늘이 보였다. 각각의 하늘은 다른 하늘에 끼워져 있었는데, 방추를 놓는 오목한 원반같이 생긴 데다 서로 색깔도 광채도 달랐지만, 하나의 동일 평면을 형성하고 있었다. 하늘은 각기 다른 속도로, 여덟 번째 하늘의 중심을 관통하던 방추와 역방향으로 돌고 있었다. 세이렌이 각각의 하늘을 주재했다. 세이렌은 각자 한 가지씩 단조로운 소리를 냈는데, 여덟 가지 소리가 합쳐져 묘한 하모니를 이루었다. 똑같은 거리를 두고 그 주변에는 필연의 여신의 딸들인 운명의 세 여신 라케시스, 클로토, 아트로포스가 둘러앉아 있었다. 그녀들 역시 세이렌의 노래에 맞춰 노래하고 있었다. 라케시스는 과거를 회상했고, 클로토는 현재에 대해 이야기했고, 아트로포스는 미래를 예언했다. 라케시스 앞에 도착한 영혼들은 신관을 통해 죽음의 운반자인 육체로 새로운 시대를 시작하라는 명령을 전해 받았다. "너희 스스로 너희의 운명을 선택하라. 절대로 번복되는 일 없이 그 운명에 묶이게 될 것이다. 미덕은 주인이 없으므로 덕을 얼마나 존중하느냐에 따라 각기 덕을 소유하게 될 것이다."

에르를 제외한 나머지 사람들은 각자 순번을 선택했다. 그리고 앞서 밝힌 바에 따라 각자 삶의 모형을 선택했다. 폭군, 걸인, 유배당한 자, 가난한 자의 모형도 있었고, 아름다움, 용기, 고집, 혈통 혹은 가계로 인해 특권을 누릴 수 있는 모형도 있었다. 또한 특별히 두드러진 점이 없는 남자와 여자의 삶도 있었다. 부와 빈곤, 건강과 질병이 뒤섞여 있었다. 위험이 컸다. 좋은 선택을 하기 위해서는 깊은 생각과 지혜가 필요했다.

신관이 한마디 덧붙였다.

"마지막으로 선택하는 자도 분별 있는 선택을 하면 지극히 큰 행복을 누릴 수 있다. 첫 번째 순번이라 하여 방심하지 말고 마지막이라고 하여 낙담하지 마라."

첫 번째 사람은 서둘러 폭군의 삶을 선택했다. 그의 운명에는 자기 자식을 잡아먹는 것까지 포함되어 있었다. 그 사실을 알았을 때, 그는 자신의 운명과 신들에게 잘못을 돌리며 스스로를 제외한 모든 것을 저주했다. 그는 하늘에서 내려온 영혼으로 전생에서 덕을 많이 쌓은 존재였다. 땅에서 온 영혼들은 고난 속에서 많은 경험을 한 덕분에 좀 더 선택을 신중히 했다.

여인에 의해 태어나지 않기 위해, 그리고 여성에 대한 반감과 자신의 죽음에 대한 기억 때문에 오르페우스는 백조가 되기로 했다. 타미라스는 종달새의 삶을 선택했다. 반대로 인간의 삶을 선택한 새도 있었다. 스무 번째 순번을 뽑은 영혼은 사자가 되길 원했는데, 그가 바로 아이아스였다. 그다음 번 영혼은 독수리를 선택했다. 잘 알려진 것처럼 아가멤논은 인간을 증오했다. 아탈란타는 운동선수가 되어 명예를 얻고 싶어 했다. 에페이오스는 여성 수공예가를 선택했다. 마지막으로 남은 영혼들 중에는 테르시테스가 있었다. 그는 우스꽝스럽게 생긴 원숭이의 탈을 뒤집어쓰고 있었다. 율리시스는 모든 사람에게 잊힌 외로운 사람이 되고 싶어 했다. 그의 입장에서는 미천하지만 한곳에 못 박고 살아갈 수 있는 존재를 선택한 것이다.

선택이 끝나고 나면 각각의 영혼은 라케시스로부터 수호 신령을 받았다. 그러면 클로토가 각자의 운명을 다시 확인해 주고, 아트로포스가 이를 번복할 수 없게 했다.

각각의 영혼(이젠 다시 돌이킬 수 없으므로)은 수호 신령과 함께 필연의 여신의 왕좌 앞을 지나 망각의 평원으로 간다. 그곳엔 나무를 비롯하여 땅이 키워 낼 수 있는 것이 아무것도 없었다. 있는 것이라곤 혹독한 열기뿐이었다. 저녁 무렵이 되자 그들은 무심(無心)의 강가로 나아갔다. 그 강물은 어떤 그릇에도 담을 수 없었으며, 누구든 마시는 순간 모든 기억을 잃었다. 자정 무렵에 모두들 잠이 들자 대지가 포효하며 몸을 떨었다. 그리고 영혼들은 마치 별처럼 지난번 태어났던 곳과는 전혀 다른 공간으로 떨어져 내려갔다. 에르에게는 그 강물을 마시는 것이 허락되지 않았고, 그래서 그는 원래의 몸으로 다시 태어나게 되었다. 눈을 들어 하늘을 바라보았을 때, 그는 아침이라는 사실과 자신의 몸이 화장되기 위해 장작더미 위에 뉘어져 있다는 사실을 알았다.

플라톤, 『국가』

씨실

피로로 인해 주의력이 산만해진 우리의 명상으로 양탄자(그 무늬는 반복적인 것이 아니었다.)에서 볼 수 있는 것은 아마 이 지상에 존재하는 것의 틀일 수도 있다. 예컨대 씨실의 감추어진 부분이자 세상의 이면일 수도 있고(시공간의 통제일 수도 있지만, 추악할 수도 있고 영광스러울 수도 있는 시공간 모두의 과장일지도 모른다.), 씨실이자 꿈일 수도 있다. 이것은 테헤란의 페르도시 광장 앞에 가게를 차리고 양탄자를 짜서 팔던 모이세스 네만이 꾼 꿈이었다.

가스톤 파디야,

『떼어 낼 수 있는 것에 대한 기억』(1974)

프랑스 왕의 기상(起牀)

1753년 프랑스군이 패배한 뒤 캐나다에 주둔하고 있던 프랑스 첩보원은 원주민들에게 프랑스 왕이 최근 몇 년 동안 잠을 자다가 얼마 전에야 깨어나 이런 말을 했다는 소문을 퍼뜨렸다. "짐의 홍인종 자녀들의 나라에 발을 들여놓은 영국인들을 당장 물리쳐라." 이 소식은 전 대륙에 급속도로 퍼져 나갔고, 그 유명한 '폰티악의 음모'의 원인이 되었다.

H. 둘리틀,

『세계사에 대한 일관성 없는 생각들』

(1903)

라그나록

(콜리지가 쓴 바에 따르면) 꿈에서는 이미지들이 야기한 느낌이 우리의 생각 속에 다시 이미지를 형상화한다. 스핑크스가 우리를 짓누르기 때문에 공포를 느끼는 것이 아니라, 우리가 느끼는 공포를 설명하기 위해 스스로 꿈에서 스핑크스를 만들어 낸다는 것이다. 만일 이런 식이라면, 다양한 형태의 이미지가 만들어 낸 단순한 연대기가 어떻게 그날 밤 꿈이 짜낸 망연자실함, 고양됨, 경고, 위협, 그리고 환희를 전할 수 있단 말일까? 그럼에도 나는 그 연대기를 글로 써 보려 한다. 단 하나의 장면이 그날 밤 꿈을 구성하고 있다는 사실이 본질적인 어려움을 지우거나 완화할지도 모른다.

장소는 인문 대학, 시간은 해 질 무렵이었다. (꿈에서는 항상 그런 것처럼) 모든 것이 조금은 다른 모습을 하고 있었다. 약간의 과장만으로도 사물은 얼마든지 바뀔 수 있다. 우리는 최고 실력자들을 뽑고 있었다. 나는 상당히 오래전에 밤을 새다가 안타깝게 숨을 거둔 페드로 엔리케스 우레냐*와 이야기를 나누고 있었는데, 시위대인지 유랑 극단인지 모르겠지만 갑자기 시끄러운 소리가 들려와 깜짝 놀랐다. 인간과 동물 들이 내지르는 비명에 가까운 소리가 저 아래로부터 들려왔다. 그중 한 목소리가 이렇게 외치고 있었다. 저기 그들이 온다! 잠시 후엔, 신들이다! 신들이다! 네다섯 명이 소란스러운 군중 틈에서 빠져나와 대강당의 단상을 점령했다. 모든 사람이 박수를 치고 환호하며 울부짖기까지 했다. 몇 세기의 망명 생활 끝에 돌아온 신들이었다. 단상 위라는 위치 때문에 더욱더 위대해 보였던 그들은 머리를 뒤로 젖히고 가슴을 앞으로 내민 채 우리가 바치는 존경심을 거만하게 받아들였다. 한 사람은 나뭇가지를 들고 있었다. 그것은 분명 꿈이 보여 주는 소박한 식물학적 지식과 잘 맞아떨어졌다. 다른 사람은 몸짓을 크게 하며 갈고리로 된 손을 하늘로 뻗었다. 야누스의 얼굴 중 하나는 역겨운 표정으로 토트의 활처럼 휜 부리를 바라보고 있었다. 우리의 열광적인 환호에 고무된 탓인지 누군가가 참기 힘든 승리에 도취되어 새가 우는 듯한 괴성을 질렀다. 양치질 소리 같기도 하고, 휘파람 소리 같기도 했다. 바로 그 순간 모든 것이 바뀌었다.

모든 것은 신들이 말을 못할지도 모른다는 의심(아마 약간 과장되었지만)에서 비롯되었다. 수 세기에 걸친 도망자로서 짐승과도 같은 삶을 산 탓에 신들은 자신들에게서 모든 인간적인 요소를 포기해 버렸던 것이다. 이슬람의 달과 로마의 십자가는 이 도망자들에게 몹시도 무자비했다. 아래로 축 늘어진 이마, 누렇게 변한 이, 흑인이나 중국인처럼 듬성듬성 난 수

* (옮긴이 주) 도미니카 출신의 비평가로 보르헤스의 절친한 친구였다.

염, 그리고 짐승처럼 두툼한 입술은 올림푸스 신들의 몰락을 확연하게 보여 주었다. 그들이 입은 옷은 낡았지만 기품과 우아함이 깃들어 있는 대신, 사창가와 도박장이 밀집한 '바호' 지역의 사악한 기운과 함께 화려한 분위기를 풍겼다. 단춧구멍에서 흘러나온 피가 카네이션을 만들고 있었다. 꼭 끼는 낡은 외투에서는 어슴푸레하게 단검이 보였다. 불현듯 그들이 마지막 카드를 돌리고 있다는 생각이 들었다. 만일 우리가 두려움이나 동정심에 휩싸인다면, 우리에 갇힌 늙은 짐승처럼 교활하고 무식하며 잔인하기까지 한 그들이 결국 우리를 파멸시킬 게 분명했다.

우리는 묵직한 권총을 꺼내(느닷없긴 했지만 꿈엔 권총이 있었다.) 즐거운 마음으로 신들을 죽였다.

호르헤 루이스 보르헤스

죽기, 잠자기 혹은 꿈꾸기

더 이상은 끈질기게 계속되던 아랫배 복통으로 인해 고통받지 않는 꿈을 꾸었다. 복통은 잠시 모습을 감추고 다른 것들을 괴롭히지 않았다. 아니, 다른 것들이 그를 성가시게 만들지 않았는지도 모른다. 별다른 저항 없이 고통이 사라졌다. 요리사인 에우스톨리아(아! 그녀가 자기 엄마에 이어 요리를 하고 있었다. 그녀의 엄마는 나이가 지긋했지만 편집광적인 기질이 있는 사람이었다.)가 조카와 함께 살러 가는 것을, 그리고 마침내 그에게 하느님이 명령하신 것처럼 먹는 것을 허락하는 꿈을 꾸었다. 집에서는 더 이상 마늘 악취가 나지 않았다. 라비니아와 재회하는 꿈을 꾸었다. 잊을 수 없었던 라비니아를 꿈에서는 정말 운 좋게 자유로이 만났다. 결혼식은 아주 가까운 친지들만 참석한 가운데 거행되었다. 문학적인 변론이 얼마나 쓸모없는 것인지를 밝힌 문장들을 끌어 모으는 꿈을 꾸었다. 비평가들의 찬사는 정말이지 절대적이었다. 성탄절 복권의 당첨번호도 꿈에서 보았다. 번호를 찾는 건 대단히 어려운 일이었지만 그에게 행운이 올 것은 확실해 보였다. 다음 모임 때 팔레르모 경마장에서 있을 모든 경주의 승자에 대해서도 꿈을 꾸었다. 그러나 그는 삼촌 한 분의 자살과 기타 몇 가지 이유로 경마를 싫어했다. 꿈에서 깨어 일어나는 꿈을 꾸었지만 그는 일어나지 않았다. 몇 분 전에 이미 죽었던 것이다.

엘리세오 디아스,

『우연에 대한 몇 가지 각주』(1956)

꿈을 꾸다(Soñar)

이 말은 라틴어 솜니오 아스(*somnio, as.*)에서 왔다. 그것은 보편적인 감각이 우리가 자고 있을 때 휘저어 놓은 환상 같은 것이다. 그리고 꿈에는 진실된 면도 있어서 의사들은 꿈을 통해 환자를 지배하는 기분이나 상태를 판단하기도 한다. 그러나 하느님이 요셉과 다른 성자들에게 내려 보냈던 성스럽고 신성한 계시는 달랐다. "맹인은 눈을 뜨는 꿈을 꾸었고, 원했던 것을 꿈꾸었다." 그러나 그것은 개의 꿈이었다. 개는 고깃덩어리를 맛있게 씹어 먹고, 너무 기분이 좋아서 만족스럽게 짖는 꿈을 꾸었다. 이것을 본 주인은 몽둥이를 들어 잠에서 깰 때까지 개를 두들겨 팼다. 개는 어찌할 바를 모르고 몽둥이질을 당했다.

세바스티안 코바루비아스 오로스코,
『카스티야어 혹은 스페인어의 보물』
(1611), 1943

두 명의 기사

고트프리트 켈러는 죽음의 관에 누워서도 수일 전 두 명의 기사를 만났다던 친구의 말을 굳게 믿었다. 두 기사는 머리에서 발끝까지 순금 갑옷을 입고 있었다고 한다. 그런데 그 갑옷은 두 개의 창문 사이에 있던 작은 가구 옆에 긴 시간 동안 무감각하게 서 있었다. 작가는 수차례 다시 그 문제로 돌아왔지만, 주변을 감싸던 경이로운 광채에 대해서는 단 한 번도 실제로 묘사한 적이 없다고 자신의 입으로 직접 이야기했다.

이브라힘 사이드,

여백에 끼적인 글(1932)

그 당시에

1949년 3월 18일이 되었다. 그날 나는 장학생으로 콜레히오 데 멕시코에 입학했다. 소니아 엔리케스 우레냐를 포함하여 나를 맞아 준 동료들은 학생들이 주로 사용하던 하숙방까지 나를 데려다준 다음 작별 인사를 했다. 나는 몇 안 되는 내 물건들(그중에는 라틴어 사전도 있었다.)을 정리한 다음 잠을 청했다. 서른네 시간이 넘는 긴 여행 끝이라 매우 피곤했다.

나는 꿈에서 몇 달 후에 일어날 일을 보았다. 시간은 부에노스아이레스로 돌아가기 전날로, 마침 주말이었는데 알폰소 레예스가 나를 쿠에르나바카 호텔로 초대했다. 석별의 정을 나누는 의미에서 그는 마침 자신이 번역한 『일리아드』의 처음 아홉 구절을 읽어 주었다. 나는 이미 알폰소가 그 책을 번역하는 걸 본 적이 있었다. 그 당시 인두스트리아 거리에 있던 알폰소 연구소에서 매주 토요일을 보내는 동안 나름대로 잊을 수 없는 기억이 쌓였던 것이다. 알폰소 레예스는 오직 나만을 위해 호메로스의 몇 행과 멕시코 고원 주변에서 일어났던 일을 읽어 주었다!(페드로 사르미엔토 데 감보아는 멕시코 땅에서 율리시스의 자취를 발견했다고 확언하지 않았던가?) 나는 그에게 호메로스풍의 시가 포함된 루고네스 시 전집을 선물했다.

아침 일찍 잠에서 깼다. 콜레히오는 한 블록 이상을 떨어진 나폴리 5번가에 있었다. 내가 학교에 도착한 것은 아직 정문이 열리기 전이었다.

로이 바살러뮤

적의 일화

오랜 세월 도망 다니며 기다려 왔던 적이 드디어 우리 집 앞에 나타났다. 창문 너머로 그가 요철이 많은 언덕길을 힘들게 올라오는 모습을 보았다. 그는 이제 더 이상 무기가 될 수 없는 지팡이, 그러니까 오직 몸을 의탁하는 용도로만 사용되는 지팡이를 늙은 두 손에 쥐고 있었다. 기다리던 사람이 가까이 왔음을 인지하기까지 적지 않게 힘이 들었다. 문을 두드리는 소리가 희미하게 들려왔다. 예전에 써 놓은 수고(手稿)와 절반쯤 마무리 지은 원고, 그리고 꿈에 대한 아르테미도로스의 연구서를 적지 않은 향수를 담아 바라보았다. 그리스어를 모르는 내게는 정말 이상한 부분이 많았던 책으로, 한때는 사라진 적도 있는 책이었다. 나는 그 사람이 쓰러져 버릴까 두려워 열쇠를 들고 서둘렀다. 그러나 그는 불안하긴 했지만 몇 발짝 더 걸은 다음 지팡이를 던져 버렸다. 그러곤 다시는 쳐다보지도 않고 내 침대에 무너지듯 쓰러졌다. 내가 무엇을 갈망하고 있는지 수도 없이 상상해 보았다. 그러나 링컨에 대한 마지막 묘사를 떠올릴 때면 언제나 형제애 비슷한 감정이 떠올랐다. 아마 오후 4시쯤이었을 것이다.

내 이야기를 잘 전달하기 위해서는 그에게 몸을 기울여야 했다.

"누군가는 세월이 자기를 위해 흐른다고 믿을 겁니다. 그러나 세월은 다른 사람을 위해서도 흐르지요. 이곳에서 우리는 종국에 이를 겁니다. 예전에 일어났던 일은 아무 의미가 없어요."

내가 이야기하는 동안 그는 외투의 단추를 끌렀다. 오른손은 여전히 외투 주머니에 넣고 있었다. 그가 나에게 뭔가를 가리켰다. 나는 그것이 권총이라는 것을 직감할 수 있었다.

그는 단호한 목소리로 말했다.

"당신 집에 들어오기 위해 불쌍하게 보이려고 노력했지. 이제 당신은 내 처분만 기다려야 해! 그리고 나는 자비로운 인간이 아니야."

입을 열려고 해 보았다. 나는 강한 남자가 아니니 몇 마디 말 외에는 나를 구해 줄 만한 것이 없었다. 나는 정확하게 핵심을 짚어 나갔다.

"내가 한동안 아이를 학대한 것은 사실이에요. 그러나 당신은 이제 더 이상 그때 그 꼬마가 아닙니다. 나도 물론 그때의 생각 없는 사람이 아니고요. 뿐만 아니라 복수는 용서보다 더 허망하죠. 웃음거리밖에 안 됩니다."

"그래, 정확하게 말해 나는 그때 그 꼬마가 아니야. 그래서 더욱 당신을 죽여야 해." 그가 반론을 폈다. "이건 복수가 아니라 정의를 실현하는 행위야. 보르헤스, 당신의 의견은 당신이 저지른 테러를 변명하기 위한 전략에 불과해. 내가 당신을 죽이지 못하도록 짠 전략 말이야. 당신은 이미 아무것도 할 수 없어."

"한 가지는 할 수 있어요." 그에게 대답했다.

"뭔데?" 그가 나에게 물었다.

"잠에서 깨는 것."

나는 얼른 잠에서 깨어났다.

호르헤 루이스 보르헤스

진실인가? 거짓인가?

어렸을 적, 버트런트 러셀은 학교 기숙사 방에 있는 작은 책상 위 버려진 종이들 사이에서 이런 구절이 적힌 종이를 발견하는 꿈을 꾸었다. “뒷면에서 이야기하는 것은 확실하지 않은 이야기이다.” 종이를 뒤집자 이렇게 적혀 있었다. “뒷면에서 이야기하는 것은 확실하지 않은 이야기이다.” 그 순간 그는 잠에서 깨어나 책상 위를 뒤적여 보았다. 그러나 종이는 없었다.

로베리우스 바르티우스,

『숫자인 것과 그렇지 않은 것들』(1964)

석유의 꿈

1950년 여름, 석유 국유화에 대한 투표를 앞두고 있을 때였다. 주치의는 나에게 좀 더 휴식을 연장하라고 처방했다. 한 달 뒤, 자고 있는데 꿈에 찬란한 빛에 싸인 사람이 나타나 이렇게 말했다. "지금은 쉴 때가 아니다. 당장 자리에서 일어나, 이란 민중을 옭죄는 사슬을 끊어라." 나는 부름에 응답했다. 극단적인 피로에도 불구하고 나는 석유 위원회에서 맡은 일을 다시 시작했다. 두 달이 다시 지났을 때, 위원회는 국유화 원칙을 수용했다. 내 꿈에 나타났던 사람은 나에게 행운으로 볼 수 있는 영감을 불어넣어 준 것이다.

무하마드 모사드,

이란 의회 회의, 1951년 5월 13일

그림자

이 세상 모든 것은 두 가지로 나눌 수 있다. 하나는 눈에 보이는 것이고, 다른 하나는 보이지 않는 것이다. 눈에 보이는 것은 보이지 않는 것의 그림자, 즉 상(像)이다.

『조하르』(유대 신비주의 경전) 1권 39장

십자가의 꿈

가장 멋진 꿈에 대해 이야기하겠다. 내가 자정 무렵에 꾼 꿈으로, 마침 그 시간에는 상당한 언어 능력을 갖춘 사람들이 휴식을 취하고 있었다.

불가사의한 나무를 보았던 것 같다. 나무는 찬란한 빛에 싸여 허공으로 치솟았다. 정말이지 여러 나무들 중에서 가장 아름답게 빛났다.

이 모든 경이로운 광경은 황금 물결이 일렁이는 가운데 펼쳐졌다.

나무 발치에는 보석들이 놓여 있었다. 몸통과 가지가 연결되는 곳과 나무 꼭대기에도 다섯 개의 보석이 걸려 있었다.

주님의 천사가 그것을 바라보고 있었다. 모든 것들이 치명적으로 아름다웠다.

범죄자들을 목매다는 그런 나무가 아니었다. 천상의 영혼들과 지상의 인간들, 그리고 영광스러운 모든 피조물들이 나무를 찬양했다.

승리의 나무는 정말이지 경이로운 존재였다. 죄악으로 얼룩지고 순수함을 잃고 타락했음에도, 나는 아름다운 옷을 차려입고 황금빛에 가까운 환희의 광채를 내는 영광의 나무를 볼 수 있었다.

아름다운 보석들이 장엄하게 주님의 나무를 장식했다. 황금을 통해 과거에 불쌍했던 사람들의 불협화음을 살짝 엿볼 수 있었다. 오른쪽 옆구리에서 피가 흘렀다.

나는 고통으로 인해 마음이 뻥 뚫렸고, 아름다운 광경에 놀랐다.

그 생생한 징표가 옷과 색에서 시시각각 바뀌는 것을 바라보았다.

때로는 길이 피로 얼룩지기도 했고, 때로는 보물로 꾸며지기도 했다.

그렇게 나는 한참 동안 괴로움에 울부짖는 구원자의 나무를 조용히 누워 바라보았다.

구원자의 나무가 말하기 시작했다. 목재들 중에서 가장 소중한 목재가 인간의 언어로 또렷하게 말했다.

"비록 오래전에 일어난 일이지만 아직도 기억이 난다. 사람들이 숲의 경계에 있던 나를 베어 냈다.

나를 뿌리째 뽑았다.

몹쓸 인간들이 나를 차지해 버렸다.

나를 볼거리로 만들었다.

사형 선고를 받은 자들을 나에게 매달았다.

사람들은 나를 등에 져야 했다. 그리고 나를 언덕 꼭대기에 세웠다.

적들은 그 자리에 나를 못 박아 세웠다.

나는 인간 중의 주님이신 분이 확고한 의지를 보이며 나를 오르려 하는 것을 보았다.

나는 감히 하느님의 명령을 거역할 수 없었다. 감히 몸을 숙일 수도 없었고, 무너져 내릴 수도 없었다. 대지의 얼굴도 가볍게 떨었다.

적들을 다 깔아뭉갤 수만 있다면 좋으련만. 그러나 나는 고개를 들고 꼿꼿하게 서 있을 수밖에 없었다.

머리를 산발한, 신념이 강한 젊은 영웅은, 그분 자신이 전지전능한 하느님이셨지만, 많은 사람들 앞에서 전 인류를 구원하기 위해 용기 있게 교수대 저 높은 곳에 오르셨다.

그분이 나를 껴안았을 때 나는 전율했다.

나는 감히 땅을 향해 몸을 굽힐 수 없었다. 늠름하게 서 있었다.

십자가가 세워졌다.

나는 전지전능한 왕을, 하늘의 주님을 들어 올렸다.

나는 감히 몸을 숙일 수 없었다.

검은 못으로 나를 찔러 왔고 덕분에 아직도 상처 자국이 남아 있다.

나는 감히 그 누구에게도 상처를 줄 수 없었다.

모두가 우리를 비웃었다.

나에게 피가 튀었다. 그분 옆구리에서 흐른 피였다. 그분은 숨을 거두었다.

나는 언덕에서 자행된 악행들을 수없이 참아 내야 했다.

나는 사람들이 주님을 잔인하게 잡아끄는 광경을 목격했다. 어두운 구름이 주님의 몸을 덮었다.

광채가 가득한 구름 아래에서 어두운 검은 그림자가 솟아올랐다.

모든 생명체가 왕의 죽음에 슬피 울었다.

그리스도께서 십자가에 매달리셨다."

11세기, 앵글로색슨족 무명 작가의 시

타만 쇼드

테헤란에서 어제 도착했다. 500킬로미터가 넘는 사막길, 생기가 사라진 마을, 무너져 내린 대상들의 숙소, 이란 고원의 기괴한 모습이 눈앞에 펼쳐졌다. 우리는 정말 피곤했다. 목욕을 하고 샤아 압바스에서 향기로운 차를 마신 다음, 우리는 산책을 나섰다. 정원과 거리, 원형 지붕들, 이슬람 사원의 탑들. 이스파한의 밤은 신비로웠고, 하늘은 완벽함 그 자체였다.

호텔로 돌아오자, 분위기에 취해 행복해진 우리는 잠에 짓눌릴 때까지 쉼없이 대화를 나누었다.

나는 꿈에서 루트풀라흐 이슬람 사원의 불가사의한 원형 지붕 한가운데에 마법의 힘을 지닌 루비가 감춰져 있는 것을 보았다. 대단히 조심스럽게 감추어진 루비는 원형 지붕 바로 밑에서 숨조차 억누르며 침묵을 지키고 서서 감추어진 보물의 모습으로, 자신이 있는 그곳을 떠받치고 있었다. 보물의 존재는 알려지지 않았고, 그것을 가지고 싶다는 생각조차 할 수 없었다. (루비) 하나는 나무로 변했고, 나무는 구름으로, 구름은 돌로, 돌은 수천 개의 조각으로 부서졌기 때문이다. 루비는 환희를 안겨 주었을 뿐만 아니라 정신까지 혼미하게 했다. 그러나 부자가 되는 것은 절대로 허용하지 않았다.

그날 아침 우리는 다시 메이단 에 샤아에 갔다. 알리 카푸 궁을 찾아가 마지막 회랑부터 음악실까지 둘러보았다. 엄청나게 높으면서도 믿을 수 없을 만큼 좁은 계단으로 이루어진 층계를 보며 놀라지 않을 수 없었다. 말을 탄 적들의 난입을 막기 위해 이렇게 지어졌다고 누군가 설명했다.

멜라니아가 고대의 폴로 경기장(이 세상에서 가장 아름다운 광장) 쪽으로 난 테라스에 머무르는 동안, 나는 다른 것은 아무것도 생각할 수 없었다. 루트폴라흐 사원까지 가로질러 가 꿈에서 본 바로 그 원형 지붕 아래에 섰다. 조용히 숨을 멈추었다. 노란빛의 물결이 채질을 하듯 묘하게 번져 가고 있었다. 오, 하느님! 값을 헤아릴 수 없는 보석은 정말이지 경이로웠다. 손에 잡힐 것 같은 가까운 곳에, 오래된 참새나 비둘기들의 탑 중 하나이거나, 이 도시 교외에 위치한 쾌락을 안겨 주는 집들 사이에 있었다. 현기증을 일으키는 광채에 싸인 채 끝없이 이어질 것만 같은 시간 속에서 그 광경이 내 눈에 들어왔다.

다시 알리 카푸 궁으로 돌아왔다. 금요일의 사원을 돌아다녔다. 30여 개의 아치로 이루어진 유서 깊은 다리를 건넜다.

이 메모를 끝낼 수 있을까? 아니면 그 돌멩이로 인해 산란해진 마음을 계속해서 안고 있어야만 할까?

로이 바살러뮤

감춰 놓은 사슴

정나라의 한 나무꾼이 들에 나갔다가 깜짝 놀라 도망치는 사슴을 때려잡았다. 그는 혹시라도 다른 사람이 볼세라 사슴을 숲에 묻고 나뭇잎과 가지로 가려 놓았다. 그런데 시간이 지나자 그만 사슴을 감춰 둔 곳을 잊고 말았다. 그래서 이 모든 일이 꿈에서 일어난 일이라 믿고, 마치 꿈속에서 일어난 일인 양 다른 사람들에게 이야기했다. 이야기를 들은 사람 중 하나가 숨겨진 사슴을 찾으러 나섰다가 진짜로 사슴을 찾아냈다. 그는 사슴을 집으로 가져와 아내에게 그 이야기를 했다.

"나무꾼이 사슴을 잡았는데 그만 사슴 숨겨 놓은 곳을 잊어버리는 꿈을 꾸었다는구려. 그런데 내가 지금 그 사슴을 이렇게 찾아냈다오. 그 사람은 아마도 진실된 꿈만 꾸는 사람인가 보오."

"당신은 아마 나무꾼이 사슴을 잡는 꿈을 꾸었을 거예요. 그런 나무꾼이 진짜로 있다고 믿었나요? 이렇게 사슴을 찾아온 것으로 봐서 꿈을 꾼 사람은 당신일 거예요." 아내가 이야기했다.

"내가 꿈 덕분에 사슴을 찾긴 했지만, 두 사람 중 누가 꿈을 꾸었는지를 꼭 가릴 필요야 있겠소?"

그날 밤 나무꾼은 집으로 돌아오면서도 계속 사슴을 생각했다. 그리고 정말로 꿈을 꾸었고, 꿈에서 자신이 사슴을 감춘 것과 누군가 가져가는 것을 보았다. 새벽녘이 되자 그는 꿈에서 본 사람의 집으로 가서 사슴을 찾아냈다. 두 사람은 서로 언쟁을 한 끝에 판관 앞에 나아가 이 문제를 판결해 달라고 청했다. 판관은 나무꾼에게 이렇게 말했다.

"네가 진짜로 사슴을 잡았는데, 그것이 꿈이라고 믿었다. 그러곤 진짜 꿈을 꾸어 지금은 사실이라고 믿는다 이 말이구나. 그리고 저 사람이 사슴을 찾아냈고, 지금 이 순간 너와 그 사슴의 소유권을 놓고 다투고 있고. 그런데 저 사람의 아내는 남편이 다른 사람이 잡은 사슴을 발견하는 꿈을 꾸었다고 생각하고 있다 이 말이렷다. 자, 그러면 사슴을 잡은 사람은 한 사람도 없구나. 그런데도 여기 이렇게 사슴이 있으니, 이 사슴은 나눠 갖는 것이 좋겠다."

이 재판에 대한 이야기는 정나라 임금의 귀까지 들어갔다. 정나라 임금은 이렇게 말했다고 한다.

"혹시 그 판관이 사슴을 나눠 주는 꿈을 꾼 건 아니냐?"

열자

페드로 엔리케스 우레냐의 꿈

1946년 어느 날 새벽 페드로 엔리케스 우레냐가 꿈을 꾸었다. 그런데 신기하게도 그의 기억에 남은 것은 이미지가 아니라 느리게 흘러가는 말 몇 마디였다. 그 말을 전해 주던 목소리는 자신의 목소리가 아니었지만 꼭 자기 목소리처럼 들렸다. 주제가 허용하는 감상적일 수밖에 없는 가능성에도 개인적인 감정이 배제된 그의 어조는 매우 평범했다. 비록 짧은 꿈이었지만, 페드로는 자기가 방에서 잠을 자고 있다는 것과 자기 아내가 곁에 있다는 사실 또한 알 수 있었다. 어두운 꿈속에서 목소리가 그에게 말을 건넸다.

"며칠 밤 되었을 거요. 코르도바 가의 한 모퉁이에서 보르헤스와 세비야의 무명씨가 쓴 '오! 죽음이여, 입을 다물고 오라. 언제나 화살을 타고 오듯이.'라는 시구를 놓고 이야기를 나누었소. 사람들은 라틴어 텍스트에서 의도적으로 따낸 것이라고 의심했지만, 이러한 옮김은 우리의 표절 개념과는 전혀 다르게 당대의 습관에 해당했지요. 상업적이라기보다는 문학적인 면에서 좀 부족했다고 하는 것이 맞을 거요. 조금도 의심하지 않았던 것은, 즉 의심할 수 없었던 것은 이 대화가 지닌 예지적인 성격이었소. 지금부터 몇 시간 후 당신은 플라타 대학에서의 수업 때문에 국회 의사당 역의 승강장 끝으로 서둘러 갈 것이고, 기차가 다가올 거요. 그리고 선반에 가방을 놓고, 창가 자리에 앉을 것이오. 누군가, 그의 이름은 잘 모르겠지만 얼굴은 나도 한 번 본 적이 있는데, 당신에게 몇 마디 말을 건네겠지만 당신은 대답하지 못할 거요. 당신은 이미 죽은 몸이니까요. 당신은 이미 아내와 딸들에게 영원한 작별 인사까지 했을 거요. 그러나 이 꿈을 기억하지 못할 거요. 이 꿈이 현실로 이루어지기 위해서는 당신의 망각이 필요하니 말이오."

호르헤 루이스 보르헤스

꿈을 꾼 두 사람 이야기

아랍의 역사가 엘 이사키는 그 일에 대해 이렇게 기록했다.

"신앙심이 돈독한 사람들이(알라만이 전지전능하고, 자비로우시며, 영원히 깨어 계신다.) 다음과 같은 이야기를 들려주었다.

카이로에 엄청난 재물을 소유한 남자가 살았는데 그는 지나치게 성격이 자유롭고 방탕한 탓에 아버지의 집을 제외한 재산을 전부 탕진해 버렸다. 그 때문에 남자는 빵을 얻기 위해 일을 하러 나가야만 했다. 그러던 어느 날 밤 너무나 일을 많이 한 탓에 지칠 대로 지쳐 정원에 있는 무화과나무 아래에서 쓰러져 잠이 들었다. 그는 꿈에서 물에 흠뻑 젖은 남자가 입에서 금화를 한 닢 꺼내는 것을 보았다. 그 남자는 이렇게 말했다.

'당신의 행운은 페르시아의 이스파한에 있습니다. 당장 행운을 찾아 떠나시오.'

다음 날 아침, 잠에서 깬 그는 머나먼 곳으로 여행을 떠났다. 남자는 사막과 바다, 해적들과 이교도들, 강과 맹수들, 그리고 사람들이 주는 위험과 마주쳐야 했다. 마침내 이스파한에 도착한 그는 이 도시의 경내에서 밤을 맞게 되었고, 결국 이슬람 사원의 마당 한쪽에 몸을 뉘었다. 이슬람 사원 옆에는 집이 한 채 있었는데 전지전능한 신의 섭리인지, 한 무리의 도둑들이 사원을 가로질러 그 집에 들어갔다. 자고 있던 사람들이 깨어 도둑이라 소리를 지르며 도움을 청하는 바람에 이웃들 역시 같이 고함을 질러 댔고, 마침내 그 지역을 책임지던 순찰대장이 부하들을 데리고 나타났다. 하지만 이미 도둑들은 옥상을 통해 도망친 뒤였다. 대장은 사원을 샅샅이 뒤지라고 명령했고 카이로에서 온 이 남자를 찾아냈다. 그들은 대나무 몽둥이로 남자를 죽기 직전까지 두들겨 팼다. 남자는 이틀이 지나서야 감옥에서 겨우 의식을 회복했다. 대장은 그를 데려오게 하여 심문을 시작했다.

'너는 누구이고 어느 나라에서 왔느냐?'

그 남자가 대답했다.

'저는 카이로에서 온 사람으로 이름은 무함마드 엘 마그레비라고 합니다.'

그러자 대장이 그에게 재차 물었다.

'그래, 이곳에는 도대체 무슨 일로 왔느냐?'

남자는 진실을 털어놓기로 했다.

'한 사람이 꿈에 나타나 이곳에 저의 행운이 있다며 이스파한에 가 보라고 했습니다요. 그래서 막 이스파한에 도착했는데, 저에게 약속됐던 행운이 당신이 그토록 자비롭게 베푼 몽둥이질이었나 봅니다.'

이 말을 들은 대장은 사랑니가 보일 정도로 크게 웃어 댔다. 그리고 이런 이야기를 해 주었다.

'경솔하게 남의 말을 믿는 어리석은 친구야, 나 역시 카이로에 있는 집을 꿈에서 본 적이 있다. 그 집 한복판에 정원이 있었고, 그 정원엔 해시계가 있었지. 그곳을 지나면 무화과나무가 나왔는데 그 안쪽으로 샘이 하나 있고, 바로 그 샘 아래에 보물이 있는 꿈이었어. 그렇지만 나는 그따위 거짓말에는 조금도 현혹되지 않았다. 그런데 악마와 당나귀 사이에서 태어난 것 같은 너는 그따위 헛된 꿈만 믿고 이 도시 저 도시를 방황하고 다녔단 말이냐. 당장 이스파한을 떠나 다시는 내 눈앞에 얼씬거리지 마라! 이 돈을 받아 당장 사라져라!'

그 남자는 돈을 받아 자기 나라로 돌아왔다. 그리고 자기 집 정원에 있는 샘 아래에서(그곳은 바로 대장의 꿈에 나온 곳이었다.) 보물을 찾아냈다. 신은 이처럼 그에게 축복을 내려 보상을 받게 해 주셨고, 그는 신을 찬미했다. 신은 참으로 자비로우시며 오묘하시도다!"

『천일야화』, 삼백오십일 번째 밤

훌리오 플로로에게

사랑에서부터 헛된 영광까지, 너의 가슴은 이것들로부터 자유로운가? 분노와 두려움에서부터 죽음에 대해서까지도 그럴 수 있는가? 꿈들과 믿기 어려운 공포들, 주술적인 것들, 산 사람들을 괴롭히는 악령이 찾아오는 밤, 테살리아의 마력, 이 모든 것들을 너는 비웃을 수 있는가?

호라티우스, 『서간집』 2권 2장

세상의 장미

누가 아름다움이 꿈처럼 사라지는 꿈을 꾸었는가?

이 붉은 입술로 인해, 그리고 저들의 가엾은 자존심으로

그 어떤 새로운 경이로움도 미리 예언할 수 없어 가엾은,

트로이는 마치 높다랗게 솟구친 장례식의 불꽃처럼 스러져 갔다…….

윌리엄 버틀러 예이츠

신학

당신들이 이를 무시하지 않았기에 나는 여행을 많이 할 수 있었다. 그 덕분에 나는 언제나 여행이 다소간 상상력을 자극하리라는 확신을, 그리고 태양 아래 그 무엇도 새로운 것은 없으며 모든 것이 하나이자 다 똑같은 것이라는 확신을 가질 수 있었다. 사실 세상은 끝이 없다. 그러나 역설적이지만, 놀라움을 안기는 새로운 사물 같은 건 발견할 수 없으리라는 조금은 절망적인 감정도 지니고 있었다. 내가 말한 것에 대한 증거로는 내가 소아시아의 목동 마을에서 발견했던 신기한 믿음을 떠올리는 것만으로도 충분할 것이다. 양들의 가죽을 덮고 지내는 그들은 그 옛날 동방 박사들이 살았던 왕국의 후손들이었는데, 꿈을 철석같이 믿었다. 그들은 나에게 이런 설명을 했다. "잠이 드는 순간, 낮 동안 어떤 행동을 했느냐에 따라 천국에 가기도 하고 지옥에 가기도 한다." 이에 대해 이렇게 반론하는 사람도 있을 것이다. "나는 단 한 번도 잠든 사람이 길을 떠나는 것을 본 적이 없소. 내 경험에 따르면 사람들이 그를 깨울 때까지 드러누워만 있을 것이오." 그러면 그들은 이렇게 대꾸할 것이다. "아무것도 믿고 싶지 않다는 열망은 저녁에 있었던 일을 잊게 만든다.(누가 즐거웠던 꿈과 무서웠던 꿈을 모르겠는가?) 그리고 꿈을 죽음과 혼동하게 만든다. 꿈을 꾸는 사람이라면 누구나 또 다른 세상이 있다는 사실을 증언할 수 있다. 하지만 죽은 자들의 증언은 증언 자체가 다를 수밖에 없다. 여기 먼지가 되어 있지 않은가."

H. 가로, 『온 누리』(1918)

꿈의 해석

“베르길리우스의 방법에 대해 우리 모두가 동의한 것은 아니기 때문에, 우리는 추론 방식으로는 좀 오래되긴 했지만 멋지고 진실된 방법을 사용했네.” 팡타그뤼엘이 이야기를 꺼냈다. 나는 꿈의 해석에 대해서, 그러니까 히포크라테스, 플라톤, 플로티노스, 이암블리코스, 시네시우스, 아리스토텔레스, 크세노폰, 갈레노스, 플루타르코스, 아르테미도로스, 달디아노스, 헤로필로스, 킨토 칼라베르, 테오클리토스, 플리니우스, 아테네우스 등등이 설정한 조건들에 근거하여 언제나 꿈을 꾼다는 것에 대해 확신을 가지고 이야기했다. 그들은 영혼이 미래에 일어날 일을 예지할 수 있다고 믿었다. 소화를 시킨 다음 휴식을 취하는 육체는 잠에서 깨어날 때까지는 아무것도 필요로 하지 않는다. 우리의 영혼은 자신의 진정한 조국인 하늘로 올라간다. 그곳에서 신성한 원초적 근원으로부터 신탁을 받는다. 그 무한하고 지적인 세계에서의 — 이 세계의 중심은 우주 어느 곳인가에 있는데, 헤르메스 트리스메기스

투스의 원리에 따르면 신이 주재하는 곳이 곧 중심점이다. 이 원리에 대해서는 아무것도 바뀌지 않고 있으며, 이 원리 안에서는 아무 일도 일어나지 않고 있다. 왜냐하면 모든 시간들이 현재에서 발전하고 있기 때문이다. — 묵상을 통해, 하층에서 일어나고 있는 일뿐 아니라 미래에 일어날 일도 잡아낼 수 있다. 그들의 감각 기관을 통해 몸속으로 그에 대한 이미지들을 옮겨 오는 것이다. 하지만 그러한 것들을 포착해야 하는 육체는 연약하고 불완전하기 때문에 충실하게 옮겨지지 않는다. 그리스 사람들은 이토록 중요한 질료를 심화하는 일을 꿈의 해석자이자 예언가의 몫으로 남겨 놓았다. 헤라클레이토스는 꿈의 해석은 감출 수 없다고 말했다. 우리에게 미래에 일어날 일들과 관련하여 즉 우리의 운명과 불행과 관련하여 그 의미와 일반적인 규칙을 알려 준다고 믿었던 것이다. 암피아라오스는 꿈을 꾸기 전 사흘 동안은 먹어서도 안 되고 마셔서도 안 된다고 못을 박았다. 위가 가득 차면 정신이 탁해진다고 생각했기 때문이다.

"깜짝 놀라면서 끝나는 모든 꿈은 뭔가 안 좋은 것을 의미한다. 불길한 전조인 것이다. 여기서 뭔가 안 좋은 일이라는 것은 질병의 잠복과 같은 것으로, 영혼에게 나쁜 전조이다. 예컨대 불행이 다가오고 있음을 의미한다. 꿈과, 헤카베와 에우리디케의 깨우침을 기억하라. 아이네이스는 죽은 헥토르와 대화를 나누는 꿈을 꾸었다. 깜짝 놀라 잠에서 깼는데, 그날 밤 트로이는 방화와 약탈에 휩싸였다."

프랑수아 레벨레

꿈

라틴어로 잠 혹은 꿈을 의미하는 솜누스 솜니(*somnus somni*)는 가슴으로부터 뇌까지의 모든 흐름이 사라진 숙면을 이르는 말로, 가슴으로부터 뜨거운 열정과 차가운 냉정을 잘라 낸다……. 그리스어로는 '히프노스(υπνος)'라고 한다. 그리고 비록 이런저런 어려움으로 인해 철자를 바꾸긴 했지만, 바로 여기에서 어원을 찾아볼 수 있다. 이미 지나간 과거의 텅 빈 무언가가, 키메리우스 가까운 곳에 왕궁과 거처를 두고 있는 꿈이라는 이름의 신이 존재하는 척 흉내를 내고 있다. 오비디우스는 자신의 책 『변신』 2권에서 이에 대해 아주 확실하게 이야기했다.

키메리아인들이 사는 곳 가까이에 있는
높은 산 깊은 계곡 속에 동굴이 하나 있었다.
이곳이 바로 잠의 신 솜누스의 궁전으로, 햇빛이 전혀 비치지 않았다.

해가 떠오를 때도, 여타의 경우에도 마찬가지였다.

꿈과 꿈으로부터의 해방, 이 이야기는 성경의 「다니엘」 2장에 그 뿌리를 두고 있다. 느부갓네살 왕이 공포에 질린 채 꿈에서 깨어났는데, 꿈에서 봤던 환영이 멀리 사라져 전혀 생각이 나지 않았다. 그리고 궁전의 모든 마법사들에게 자기가 무슨 꿈을 꾸었는지, 그리고 그 꿈이 무엇을 의미하는지를 밝혀내라고 요구했다. 그러나 왕을 만족시킬 수 없었던 마법사들은 이렇게 이야기했다.

"오 임금이시여, 지금 물으시는 것을 알아낼 사람은 이 세상에 한 사람도 없습니다." 왕이 자신의 모든 현인들을 다 죽이라는 명령을 내렸다는 소식을 접한 선지자 다니엘은 꿈에서 하느님께 나아가 느부갓네살 왕이 알고 싶어 하는 것을 물었다. 그는 꿈에서 하느님의 말씀을 들은 덕분에 왕이 꾼 꿈의 내용과 그 의미를 알 수 있었다. 바로 여기에 널리 알려진 속담의 뿌리가 있다. 이는 꿈 때문이 아니라, 어떤 사물을 거부하고 자기 머리에서 그것을 지워 버리겠다는 생각에서 비롯된 것이다. 꿈을 꾸는 사람(*Soñolento*)이란 꾸벅꾸벅 졸며 걷는 사람을 의미한다.

세바스티안 데 코바루비아스 오로스코,

『카스티야어 혹은 스페인어의 보물』

(1611), 1943

선생의 귀환

미규르 탈이라는 이름을 가진 사람은 있어야 할 곳이 없어졌다는 느낌을 받았다. 가족과 동네 사람들 사이에서 자신이 이방인이 된 것 같은 느낌도 받았다. 꿈속에서 그는 느가리 마을이 아닌 다른 지역의 풍경을 보았다. 황량한 모래사장, 펠트로 만들어진 원형 천막, 산에 있는 사원 등을 본 것이다. 철야 기도를 할 때면, 이 같은 영상들이 밤하늘을 덮거나 흐리게 했다.

열아홉살이 되자 그는 꿈에서 본 장소를 찾기 위해 집에서 나와 세상을 떠돌았다. 구걸도 하고, 일도 하고, 경우에 따라서는 도둑질도 했다. 하루는 국경 근처에 있는 숙영지에 도착했다.

집과, 피로에 지친 몽골 대상, 그리고 뜰에는 낙타들이 서 있는 광경이 그의 눈에 들어왔다. 현관을 가로지르다가 그는 대상을 지휘하는 나이 든 승려와 마주쳤다. 그 순간 두 사람은 서로를 알아보았다. 떠돌던 젊은이는 자기 자신이 나이 먹은 라마승처럼 느껴져 승려를 아주 오랜만에 만난 사람처럼 바라보았다. 그 승려는 아주 먼 옛날 그의 제자였던 것이다. 승려 역시 많은 점에서 그가 사라졌던 스승임을 알아보았다. 두 사람은 동시에 티벳으로 성지 순례를 떠났던 일과 산에 자리 잡은 사원으로 돌아오던 길을 떠올렸다. 그들은 과거를 회상하며 이야기를 나누었다. 세세한 부분들을 끼워 넣기 위해 잠깐씩 말을 멈추기도 했다.

이 몽골인들이 여행을 떠난 것은 새로운 스승을 찾기 위해서였다. 전임자가 죽은 지 벌써 이십 년이 지났고, 오랫동안 그의 화신이 나타나기만을 기다렸지만 소용이 없던 상황에서 마침내 그를 찾은 것이다.

날이 밝아 오자 대상은 천천히 귀향길에 오르기로 했다. 미규르는 전생에 살던 황량한 사막과 원형 천막, 그리고 사원이 있던 곳으로 돌아갔다.

알렉산드라 다비드 닐,

『티벳의 신비와 마술』(1929)

선언

그날 밤, 쥐들이 뛰어다니기 시작하는 시간이었다. 황제는 궁을 나서서 꽃이 만개한 어두운 정원을 거니는 꿈을 꾸었다. 뭔가가 발아래에서 무릎을 꿇고 자신을 보호해 달라고 청했다. 황제는 흔쾌히 수락했다. 청을 올린 동물은 자기는 본래 용인데, 점성술사들로부터 다음 날 저녁이 되기 전에 재상인 위징이 자신의 목을 벨 것이라는 예언을 들었다고 말했다. 황제는 그를 보호해 주겠다고 맹세했다.

잠에서 깬 황제는 위징에 대해 물어보았다. 그러자 신하들이 궁에 없다고 대답했다. 황제는 그를 궁에 들어오게 한 다음 용을 죽이지 못하도록 하루 종일 바쁘게 일을 시켰다. 저녁 무렵이 되자 황제는 이번에는 재상에게 장기를 한 판 두자고 했다. 장기가 오래도록 계속되자 재상은 피곤했는지 깜빡 졸기까지 했다.

바로 그 순간 천둥이 온 대지를 울렸다. 잠시 후 대장 두 명이 피에 젖은 거대한 용의 머리를 가지고 뛰어 들어와, 황제의 발치에 내려놓으며 고했다.

"이것이 하늘에서 떨어졌습니다."

그 순간 잠에서 깬 위징은 당혹스러운 표정으로 용의 머리를 바라보더니 이렇게 고했다.

"정말 희한한 일입니다. 제가 바로 이렇게 용을 죽이는 꿈을 꾸었습니다."

오승은(1505~1580, 중국 명나라 문인)

1958년 5월 12일

쉰두 살인 부인의 얼굴이 온화한 미소로 밝게 빛나고 있었다. 페드로 엔리케스 우레냐가 세상을 뜬 지 십이 년이 되는 날이었다. 우리는 그분을 또렷하게 기억했고, 그녀는 1946년에 내게 했던 말을 반복했다.

젊은 시절엔 그분을 떠나보내야 한다는 사실이 정말이지 회복하기 어려운 상처처럼 생각되었다. 하지만 그 무엇도 나에게서 위대한 선생님에 대한 기억을 지울 수는 없었다. 나는 침실만 맴돌고 있었는데, 어머니의 눈동자는 내게서 한시도 떨어지지 않았다. 어머니는 심장 질환으로 인해 극심한 고통에 시달리면서도 피곤하다는 말이나 불평하는 말을 한마디도 내뱉지 않았다. 그분은 다른 사람들에게는 삶의 근원이자 단합의 구심점이었다. 내가 은퇴를 결심했을 때는 두 손으로 내 손을 꼭 잡으며 이렇게 말했다. "다른 사람들이 너를 파괴하도록 두지 마라." 나는 이 말을 생각하며 잠이 들곤 했는데, 하루는 밤에 부에노스아이레스와 플라타에서 이런저런 일로 바삐 움직이는 꿈을 꾸었다. 그리고 그 꿈에서 엄청 바쁘게 움직이면서도 이를 정당화시킬 방법을 제시하지 못한 채, 괜스레 불안해하기만 했다.

아침에 어머니가 돌아가셨다는 소식이 전해졌다. 마이푸 가까이에 위치한 비아몬테의 아파트로 한달음에 달려갔다. 나는 깊은 슬픔에 젖어 첫 번째 수속을 밟았다. 밀려오는 고통을 잠시 억누르며 어머니의 탁자 서랍을 열었다. 그곳엔 차분한 필체로 쓰인 편지가 놓여 있었다. 부에노스아이레스와 플라타에서 바쁜 삶을 살아 줄 것을 부탁하는 내용이었는데, 그것은 내가 꿈에서 본 것이기도 했다.

로이 바살러뮤

설명

한 남자가 철야 기도를 하던 중에 자신이 너무도 믿고 있던 누군가를 떠올렸다. 그런데 그 친구가 꿈에서는 마치 숙명의 라이벌처럼 행동을 하여 마음이 조금 불안했다. 마침내 꿈에 나타난 모습이 진실이라는 것이 밝혀졌다. 현실에 대한 본능적인 직관이야말로 모든 것을 설명해 준다.

너새니얼 호손, 『공책』

꿈 이야기

1판 1쇄 펴냄 2016년 6월 13일
1판 5쇄 펴냄 2024년 11월 20일

지은이 호르헤 루이스 보르헤스
옮긴이 남진희
발행인 박근섭, 박상준
펴낸곳 (주)민음사

출판등록 1966. 5. 19. 제16-490호
서울특별시 강남구 도산대로1길 62(신사동)
강남출판문화센터 5층 (우편번호 06027)
대표전화 02-515-2000/팩시밀리 02-515-2007
www.minumsa.com

978-89-374-3307-8 03870